www.bbulmedia.com

www.bbulmedia.com

아 · 찔 · 한

맞 선

아·찔·한 맞선

정이연 장편소설 | DAHYANG ROMANCE STORY

Contents

프롤로그

평일 저녁의 호텔 레스토랑은 비즈니스맨들만 간간이 자리 잡고 있을 뿐, 텅텅 비어 있었다. 아무리 한국 최고로 손꼽히는 고려호텔일지라도 말이다. 평일 날 한 끼 식사에 족히 이십만 원이나 하는 이곳에서 점심 식사를 즐길 이들은 많지 않았다.

한강이 한눈에 내려다보이는 뷰가 꽤 좋은 자리엔 각이 잡힌 슈트 차림의 혜성이 앉아 있었고, 그의 맞은편에는 아이보리 색상의 차분한 원피스를 입고서 조용히 웃고만 있는 여자가 앉아 있었다.

두 사람은 누가 보더라도 맞선을 보는 남녀처럼 보였다. 일단 그의 입에서 흘러나오는 시니컬한 말부터가 그랬으니까.

"사실, 전 결혼에 대해 큰 관심이 없습니다."

"네, 그러시군요."

"사업의 연장선상일 뿐, 사랑이란 허상을 가지고 하는 것이 아니니까요."

"그런 생각을 가지고 계시는군요."

혜성은 입가에 예의 바른 미소를 띤 채 웃고 있는 여자를 보며 속으로 한숨을 삼켰다.

참 재미없는 여자군.

자신이 하는 말에 그저 '네, 그러시군요' 혹은 '저도 그렇게 생각해요' 라는 말만 앵무새처럼 내뱉는 여자.

얼굴은 꽤 반반해 봐줄 만했으나 하는 말이나 행동거지는 그의 취향과 거리가 멀었다. 얌전을 떠는 것인지 아니면 원래 성격이 그러한 것인지는 모르겠으나 따분하기 그지없었다.

아, 정말 이 여자랑 결혼해야 하는 건가?

혜성은 더 이상 대화를 이어 나갈 필요성을 느끼지 못하고 입을 다물었다. 잠시의 침묵을 위해 찻잔을 든 그가 속으로 한숨을 삼켰다.

정말 이 여자랑 결혼을 해야 하나? 해야겠지. 당장 저 여자와 결혼하지 않으면 자신이 소유하고 있는 고려호텔이 언제 경매로 넘어갈지 모를 일이었으니까.

회사는 지난달까지만 해도 재정 상태가 꽤 괜찮았다. 그런데 이번 달에 들어서자마자 약속이나 한 것처럼 어음이 쏟아져 들어오기 시작했다.

그 탓에 정신없이 은행에서 돈을 끌어 썼고, 그것마저도 부도 소식이 들리자 막혀 버렸다. 이젠 주위에서 돈을 끌어오는 것도 한계가 있었다.

"후."

혜성의 낯빛이 어두워졌다. 만약 호텔만 정상궤도에 있었다면 이깟 결혼, 생각하지도 않았을 것이다. 자유로운 싱글의 삶을 마음껏 즐기며 독신주의자로 살아가길 바랐던 혜성은 요즘 들어 엉망이 된 제 인생계획을 떠올리며 자신도 모르게 미간을 구겼다. 1년 전, 목숨이 날아갈 뻔했던 사고와 별반 상황이 다르지 않다 생각하며.

달그락.

소리 나게 찻잔을 내려놓은 그가 시선을 들어 앞에 있는 여자를 볼 때였다.

"쭉 듣고 있으니 참 재미있네요."

"뭐가 말입니까?"

"음, 일일이 열거할 수 없을 만큼이요."

그러면서 눈을 반짝반짝 빛내는 여자를 보며 그가 미간을 일그러뜨렸다.

뭐가 그렇게도 재미있다는 것일까. 순간 궁금증이 돋았지만 더 이상 이 자리에서 시간 허비를 하고 싶지 않았던 그가 제법 강단 있게 말했다.

"혹여 사랑이 기반이 된 결혼을 원하신다면 지금 거절하셔도 좋습니다. 어찌 되었든 한 지붕 아래에 묶여 살아야 하는데, 다른 생각을 가진 사람과 살면 피곤하니까요."

"그렇게 말씀할 처지가 되나요?"

방금 전과 마찬가지로 생글생글 웃고 있던 여자가 그의 뒤통수에 강스파이크를 날렸다.

"결혼은 물론 사업의 연장선상일 뿐이겠죠. 지금 이곳만 둘러보아도 그렇지 않나요? 저희 대운의 원조를 기대하고 계신 것은 지금 스카이라운지만 봐도 알 수 있어요."

"지금 뭐라고 하셨습니까?"

당황한 혜성은 표정관리를 하지 못한 채 되물었다. 나긋나긋하게 웃는 모습은 여전했으나, 말엔 가시가 가득했다. 그러다가 그의 눈동자에 서리는 감정에 여자는 예의 바른 미소를 지운 채 흥미롭다는 듯 그를 바라보았다.

"흐응."

작게 콧소리를 낸 여자가 물었다.

"역시 절 잊고 계시는군요?"

여자의 말에 그의 얼굴이 일그러졌다.

도대체 이 여자가 무슨 소리를 하고 있는 거야?

그가 뇌 속을 뒤져 눈앞에 있는 여자를 혹여 과거에 본 적이 있는 것인지 떠올려 보았다. 하지만 대운의 고명딸을 개인적으로 만난 적은 없었다. 그녀는 지난달까지 프랑스에서 지냈고, 말일이 되어서야 한국으로 들어왔다 들었다.

이 결혼을 위해서.

그가 미간을 찌푸린 채 아무런 말도 하지 못하자 여자는 입가에 진한 웃음을 내걸었다. 마치 작은 마녀 같기도 했고, 남성을 꼬시는 요부 같기도 했다.

그러다 그는 깨달았다. 지금 이 여자가 입고 있는 옷이나 화장이 평소 하지 않는 것들이라는 것을. 그 웃음과 얌전한 화장은 참 어울리지 않았다.

"뭐, 기억 못 할 수밖에요. 저만 그 밤을 기억하고 있으니 아쉽기는 하지만."

"……."

멍하니 여자를 바라보던 혜성이 재빨리 정신을 수습하며 운을 떼려고 할 때였다. 옆에 있던 하얀색 가죽 백을 집어 든 여자가 자리에서 일어나 내리깐 시선으로 혜성을 보며 말했다.

"결혼에 대해선 별다른 이견이 없습니다. 그럼 먼저 일어나도 될까요?"

"자, 잠시만……."

마치 최후통첩을 하는 듯한 어투에 그가 서둘러 여자를 붙잡았다.

이렇게 궁금하게 해 놓고 설명 한 마디 없이 그냥 가려고?

그가 자리에서 벌떡 일어나 여자의 이름을 떠올렸다.

아차차, 잠시만. 이름이 뭐더라?

그의 미간이 찌푸려졌다.

"왜 그러시죠?"

여자의 얼굴을 보며 이름을 떠올리던 혜성이 곧 답을 찾고 고개를 끄덕였다.

우 회장의 고명딸, 우주영.

그것이 그녀가 가진 힘이자 이름이었다.

"주영 씨, 우리 잤습니까?"

그가 단도직입적으로 물었다. 그러자 주영은 턱을 치켜든 채 도도한 표정으로 말을 마쳤다.

"그건…… 당신 아랫도리한테 물어보시죠?"

또각또각.

멀어지는 주영의 뒷모습을 보며 혜성은 한동안 그 자리에 서 있어야 했다.

"잤다고……? 저 여자랑?"

아무리 생각해 보아도 방금 전 결혼을 합의한 여자와 잔 기억 따윈 떠오르지 않았다.

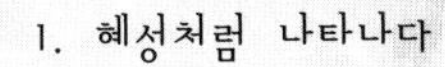

푸르른 녹음으로 눈이 시원해지는 경기도 근교.

서울에서 차를 타고 두 시간을 달려오면 이곳이 과연 도시 주변에 위치한 곳이 맞나, 라는 생각이 들 정도로 정겨운 풍광이 펼쳐진다.

차는 규정 속도보다 조금 느리게 달리고 있었다. 도로는 차가 한 대도 보이지 않을 정도로 한산했으나, 그는 드라이브를 즐기는 사람처럼 운전했다. 하지만 정면을 향해 있는 시선이 흐트러지지 않는 것을 보아하니 바깥 풍경을 즐기기 위하여 속도를 줄이며 달리는 것은 아닌 모양이었다.

그 이유는 그의 차종에서 알 수 있었다.

험비는 SUV 차종 중에서도 군용차에 버금갈 만큼 튼튼한 기종이었다. 하지만 커다란 호텔을 운영하는 오너가 몰고 다니기에 적합하다고 할 수는 없었다. 의구심을 표현하는 사람들에게 혜성은 짤막하게 대답하곤 했다.

"차는 튼튼해야 해."

1년 전, 교통사고로 지옥을 보고 겨우 살아 돌아온 그가 차를 선택하는 유일한 기준이었다.

한참을 달리던 차가 갓길로 빠졌다. 부드럽게 서행하며 구불구불한 산길을 오르던 그는 산 중턱에 위치한 2층 건물 앞 주차장에 차를 세웠다.

건물의 비중만큼이나 큰 주차장이었으나 듬성듬성 몇 대만이 주차되어 있었다. 낮은 건물이 최신 시설을 구비한 병원이라는 점을 감안했을 때, 어떻게 이곳이 유지되는지 신기할 노릇이었다.

차 안에서 잠시 병원 건물을 바라보던 혜성이 문을 열었다. 안으로 들어가고 싶지 않아 미적거리던 그는 병원에서 나와 자신과 얼마 떨어져 있지 않은 곳에 세워져 있는 세단으로 걸음을 옮기는 여자를 보았다.

높은 하이힐을 신은 여자는 거침없이 걸음을 옮기고 있었다. 온몸에서 당당함이 흘러넘쳤고, 살랑살랑 흔들리는 머리카락은 연출을 한 것처럼 허공에서 나부꼈다. 그 모습을 잠시 넋 놓고 바라보던 혜성이 차에서 내렸다.

탕.

문이 닫히는 소리에 여자의 시선이 그에게로 향한다.

“여기서 다 만나네요.”

기다란 다리로 몇 걸음 걸어온 여자가 인상을 찌푸리고 있는 혜성을 보며 웃었다. 우주영이었다. 맞선이 있었던 것이 3일 전, 그는 이런 의외의 장소에서 그녀와 다시 만날 것이라고는 짐작조차 하지 못했다.

“당신이 왜 여기 있습니까?”

그가 인상을 찌푸리며 물었다. 날카로운 눈매는 시린 기운마저 머금고 있었다.

매서운 반응에 주영은 겁을 집어먹거나 혹은 표정을 찌푸릴 만도 한데 웃고 있었다. 마치 그의 반응을 예상이라도 한 것처럼 보였다.

“병원에 무슨 일이겠어요?”

여유로운 웃음에 그가 잠시 그녀의 어깨 너머로 시선을 두었다.

<다범 병원>

우즈베크어로 ‘계속’이란 뜻을 가지고 있는 ‘다범’을 이름으로 사용하고 있는 이 병원은 VIP 병실로만 이루어진 곳이었다.

누군가 아픈 걸까? 주영이 아프다고 보기엔 무리가 있었으니까.

그가 결론을 내리고 물었다.

"누가 이곳에 입원해 있습니까?"

"강혜성 씨는요?"

"……."

하지만 이에 대한 답 대신 돌아온 것은 물음이었다. 여전히 웃는 기색으로 묻는 말에 악의는 느껴지지 않았으나, 혜성은 그녀와 이미 한 번 만난 적이 있었다. 여자는 표정에 자신의 생각을 투영시키지 않았다. 어수룩함 속에 본심을 숨겼고, 탁월한 사업가처럼 상대의 마음을 조종했다.

"그것 봐요. 강혜성 씨도 이야기하기 싫은 걸 남에게 강요하는 건 좋지 않은 버릇이에요."

능구렁이 같은 인간들 속에서 일을 하고 있는 그의 허점까지 찔러 올 정도로 완벽한 비난에, 혜성의 얼굴이 일그러졌다.

그녀의 말엔 틀린 점이 없다. 특수한 공간에서 개인의 사적인 문제를 물어보는 것은 실례되는 행동이었다.

"미안합니다."

"아니에요. 우연한 만남이었으니 이해해요."

어깨를 으쓱인 주영이 손목시계를 확인한 후 말을 이었다. 더 이상 이곳에서 시간을 허비하고 싶지 않다는 은연중의 표시였다.

"다음 이야기는 언제 할까요? 아주 쉬운 결론도 내리지 못하고 계시는 것 같은데."

"정말 저와 결혼하고 싶은 생각은 있으신 겁니까?"

"강혜성 씨 말대로 비즈니스잖아요."

문제 될 것 있냐는 말에 혜성의 입술이 굳게 다물렸다. 며칠 전, 자신이 말할 땐 몰랐는데 반대의 입장이 되어 보니 꽤 기분이 나빴다. 하지만 그녀는 거기서 말을 멈추지 않았다.

"비즈니스에 개인의 생각은 크게 중요치 않아요."

이 결혼에 너와 나의 생각은 중요하지 않다고. 이 결혼을 더욱 필요로 하는 것은 강혜성 당신이라고.

그녀의 눈빛이 그렇게 말을 했다.

애써 관리하고 있던 표정은 더할 나위 없이 일그러졌다. 인내심의 한계에 봉착한 듯.

그렇다면 여기서 대화를 끝내는 것이 좋았다. 감정이 갈무리되지 않은 채 중요한 이야기를 나누다가는 어떠한 봉변을 당할지 몰랐다. 스스로가 흥분해 소위 말하는 개소리를 내뱉을지도 모르니까.

당장 이 자리를 피하자.

의뭉스러운 이 여자를 피해야 해.

속으로 무던히 생각하던 그가 예의 바른 미소를 애써 만들었다.

"알겠습니다. 곧 연락드리겠습니다."

그의 미소에 주영이 고개를 끄덕였다.

이제 스쳐 가기만 하면 된다. 가볍게 고개를 숙여 인사를 건넨 그가 마지막까지 평정심을 유지하며 몸을 돌렸다. 병원 예약시간이 다 되었다, 애써 생각하며 평소보다 조금 빨리 걸음을 옮기던 그는 뒤에서 붙잡는 목소리에 몸을 돌렸다.

"부탁이 있는데요."

"뭡니까?"

당당하고 거칠 것이 없는 여자가 말한 '부탁'이란 단어에 그가 의아한 표정을 지었다. 무엇인지 감히 예상조차 할 수 없었다. 그리고 역시나, 이 여자는 자신의 허를 찔러 왔다.

"한 번 웃어 주시겠어요?"

"네?"

그의 얼굴이 당혹감에 일그러졌다.

갑자기 웃어 달라고? 이 여자, 진짜 머리가 어떻게 된 건가?

방금 전까지만 해도 날을 세우고 했던 대화들은 무엇이었나. 곧 처음 만났던 날 자신과의 잠자리를 여전히 기억하지 못하냐, 물었던 것이 퍼뜩 떠올랐다. 그런데 이젠 웃어 달라고?

이쯤 되니 자신을 만만하게 보는 것은 아닌가, 의심이 들 정도였다.

"웃어 달라고요."

주영은 그가 되물은 것이 못 들어서 그런 것인 줄 알고 다시 한 번 힘주어 말했다. 그는 일그러졌던 얼굴을 반듯하게 폈다. 하지만 그녀가 부탁했던 대로 웃어 주진 않았다. 오히려 평소보다 더 둔감하고 무심한 표정만 지을 뿐.

"왜 그런 부탁을 하는 겁니까?"

마치 감정을 느끼지 못하는 사람처럼 아무것도 담지 않은 그의 표정을 시선으로 훑던 그녀가 돌연 웃었다. 허탈한 웃음으로 그를 보던 그녀가 천천히 입술을 달싹였다.

"그래야 다음에 당신과 또 마주 보고 비즈니스를 계속 이어 나갈 수 있을 것 같아서요."

펄이 조금 들어가 있는 입술이 볕을 받아 반짝였다. 처음 선을 봤을 때와는 달리 화려하게 화장을 한 그녀를 보던 그는 속으로 숨을 왈칵 들이마셨다.

눈썰미 하나는 타고났다는 이야기를 듣는 그였지만, 이 여자는 자신의 기억 속에 명확하게 남아 있지 않았다. 그저 어디서 본 것만 같은 느낌만 들어 그는 가슴이 답답해지는 것을 느꼈다.

기억 속에서 그러한 느낌을 찾은 것은 아니었다. 그녀의 말을 통해, 그리고 이 여자의 행동을 통해 그는 은연중에 깨닫고 있었다.

자신이 잊은 기억 속, 이 여자가 있다고.

"역시 절 잊고 계시는군요? 뭐, 기억 못 할 수밖에요. 저만 그 밤을 기억하고 있으니 아쉽기는 하지만."

주영의 말이 떠올랐다.

그리고 덧붙인 말은 정 궁금하면 자신의 아랫도리에게 물어보라는 것이었다.

이 여자가 한국에 들어오고 나서 술을 진탕 마셨던 적이 있나, 생각해 보았다. 하지만 남의 앞에서 흐트러지는 것이 죽기보다 싫었고, 모두들 혀를 내두를 정도로 자기관리를 했던 터라, 정신을 잃을 만큼 술을 마신 적은 없었다.

도대체 뭐지. 도대체 뭘까. 도대체 과거, 그녀는 자신을 어떤 식으로 만났기에 그런 말을 했고, 지금 눈앞에서…….

“불쾌하신 것 같으니 부탁은 철회할게요.”

마치 울 것처럼 말하고 있는 것일까.

여잔 고개 숙여 인사를 한 후 자신의 차로 걸어갔다.

그녀가 병원을 나오자마자 차에서 내렸던 운전기사가 뒷문을 열어 주자 여잔 부드러운 동작으로 차에 올랐다.

주영은 그렇게 병원을 떠났다.

빠르게 주차장을 빠져나가는 매끈한 검은 차량을 보던 혜성이 걸음을 옮겼다. 병원 문 앞을 지키고 있는 경비는 그의 얼굴을 보자마자 굳게 닫혀 있던 유리문을 열어 주었고, 그는 막힘없이 걸음을 옮겨 주치의가 있는 곳으로 향했다.

진료실이 있는 2층으로 올라갔다. 복도는 인기척 없이 조용했다.

똑똑.

문을 열고 안으로 들어간 혜성은 의자에서 일어서는 흰 가운의 남자를 보았다. VIP만 취급하는 병원은 실력 좋은 서전이 무엇보다 중요했다. 그리고 눈앞에 있는 남자는 대한민국에서는 손 끝이 좋기로 둘째가라면 서러운 남자였다. 이제 겨우 마흔이 조금 넘은 나이였지만 오랫동안 워싱턴 DC에서 일을 하고 한국으로 돌아와 지금의 이 병원을 세웠다.

주치의는 먼저 혜성의 얼굴 표정부터 살폈다. 혹 어디가 불편한 데는 없나 해서. 안색이 좋은 걸 확인한 주치의는 자신의 앞자리를 권한 뒤 인사부터 했다.

"잘 지내셨습니까?"

"네. 생각보다는요."

까칠한 어투에도 주치의는 웃기만 하였다.

그는 처음 혜성이 기나긴 잠에서 깨어났을 때 깜짝 놀랐었다. 기억이 통으로 날아간 것은 정강이가 완전히 바스라지고 어깨뼈도 부러질 정도로 큰 교통사고였으니 그럴 수도 있었다. 하지만 인격 자체가 변해 버린 것은 가족은 물론 주치의인 그도 당황케 했었다.

기억을 잃었으니 그럴 수도 있다며 가족들을 안심시켰지만, 혜성은 사고 후 1년이 지난 지금까지 과거의 기억을 찾지 못한 것은 물론이고, 지금의 모습이 애초의 그였던 것처럼 자리 잡았다. 주치의는 사고 후 그에게 생긴 특유의 독특한 분위기와 서늘한 눈매를 보았다.

"기분이 어떻습니까?"

"그다지 좋지 않습니다."

"어디 불편하십니까?"

"그런 건 아닙니다. 몸은 다행히도 아주 좋습니다."

표정은 아니었지만 그는 좋다고 말했다. 주치의가 고개를 끄덕이며 물었다.

"그럼 기분은 왜 좋지 않으십니까?"

그럼 대체 무슨 이유냐고.

그의 물음에 한참 생각에 잠긴 듯 그가 입을 다물었다.

주치의는 그가 입을 열 때까지 충분히 기다려 주었다. 그사이 반듯한 이마나 쌍꺼풀 없이 매끈하게 뻗은 눈매, 굴곡 없이 솟아 있는 콧날, 아래가 더 도톰한 입술까지, 마치 그려 놓은 것처럼 완벽한 얼굴을 훑어보는 것을 잊지 않으며. 그러다 곧 주치의는 천천히 열리는 입술에 정신을 바로잡았다.

이 남자는 가끔, 넋을 놓고 보게 만들 때가 있었다. 지금처럼 마치 세상의 끝자락을 본 사람과 같은 표정을 지을 때.

"대운 쪽 사람이 이쪽에 입원을 해 있습니까?"

"대운그룹이요?"

"네."

짧은 답에 주치의는 두 번 생각할 것도 없다는 듯 고개를 저었다. 현재 이 병원에 입원해 있는 환자는 총 둘이었고, 그마저도 아파서 입원한 것이 아닌 요양차 온 돈 많은 졸부들이었으니까.

"아니요. 없으십니다."

"그럼 예전에는요?"

곧장 입술을 달싹이던 주치의가 입을 닫았다. 그리고 왜 갑자기 혜성이 이러한 질문을 하는 것인지 궁금해 그의 얼굴을 훑었다. 하지만 역시나 아무것도 알아낼 수 없었다.

"사장님, 아무리 사장님이셔도 환자의 개인정보는 말씀드릴 수가 없습니다."

그가 기본적인 방침을 내놓자, 혜성이 고개를 끄덕였다. 그리고 더 이상 이 문제에 대해 꺼내지 않겠다는 듯이 느긋한 표정으로 의자에 등을 기댔다.

기다란 다리를 꼬는 그를 보던 주치의가 물었다.

"외상 후 스트레스는 어떻습니까?"

"종잇장으로 만든 차가 아니라면 운전도 할 수 있고, 예전처럼 호흡곤란도 없습니다."

"다행입니다. 그럼 CT실로 가실까요? 이제 속을 들여다볼 차례입니다."

주치의의 말에 혜성이 자리에서 일어났다. 주치의가 인터폰을 눌러 간호사를 부르자 곧 문이 열렸고 하얀 간호복을 입은 여자가 들어왔다. 혜성이 자리에서 일어나 간호사의 뒤를 따르자 이 모습을 가만히 보고 있던 주치의가 자리에서 일어났다.

달칵.

문이 닫히자 깊은 한숨을 내쉰 그가 걸음을 옮겨 창가로 향했다. 그리고 방금 전까지 주영의 차가 세워져 있던 자리를 보며 미간을 찌푸렸다.

"설마……."

지질한 진료시간이 끝났다. 다행히 몸에 특별한 이상은 발견되지 않았고, 주치의는 그에게 3개월 뒤에 보자는 말만 남겼다.

병원을 나서던 혜성의 시선이 다시 병원으로 향한다. 그리고 CT 사진을 보는 내내 자신에게서 무언가를 알아내려던 주치의의 표정을 떠올렸다. 그가 그런 표정을 짓게 된 것은 혜성의 결정적인 질문 후부터였다.

예전 대운 쪽 사람이 이곳에 입원을 했었냐는 물음이었다. 혜성의 신경이 곧 끊어질 것처럼 팽팽하게 당겨졌다.

주머니에서 휴대전화를 꺼낸 그가 1분 대기조인 박 비서에게 전화를 걸었다. 통화음이 두 번 가기도 전에 상대가 전화를 받자마자 혜성은 본론부터 꺼냈다.

"알아볼 것이 있습니다."

— 뭡니까, 사장님.

깍듯한 극존칭에 혜성은 아무것도 담겨 있지 않은 눈동자를 깜빡였다.

"개인적인 부탁입니다."

— …….

강혜성은 이성적인 이였다. 자신의 일을 회사 일로 끌어오지도 않았고, 자신의 마음대로 부하 직원을 부리는 일도 없었다. 단적으로 보아도 병원에 진료를 받는 것조차 개인의 일로 규정지어 놓고 혼자 오곤 했다.

그런 그가 개인적인 부탁이라고 하자 박 비서는 의아한 마음에 아무런 말도 하지 못했다. 더욱이 지금은 위급상황이었다. 다음 주면 고려호텔의 명운을 건 주주총회가 있고, 고려그룹은 이때 어떠한 도움도 주지 않겠다고 혜성에게 말한 상태였다.

이런 상황에서 개인적인 부탁이라. 박 비서의 생각이 어지럽게 흐트러질 때였다.

"우주영에 대해서 알아봐 주십시오."

— ……네?

박 비서가 깜짝 놀란 듯, 한 템포 늦게 답했다. 이에 일자로 닫혀 있던 혜성의 입술이 매혹적으로 휘어진다.

역시나, 뭔가가 있구나.

그는 본능적으로 예감했다. 하지만 목소리는 짐짓 아무것도 모르는 척 평이하게 흘러나왔다.

"한 달 전, 한국에 입국하기 전까지 어디서 태어났는지, 학교는 어떤 곳을 다녔는지, 대인관계는 어떻게 되는지, 프랑스엔 왜 갔는지. 아주 세세한 것까지 모두 알아봐 주십시오."

그는 길게 이어지는 박 비서의 침묵을 즐겼다. 드디어 그녀와 자신이 어떠한 밤을 보냈는지 가닥이 잡히는 듯했다.

❖

상대의 패를 알지 못할 때, 게임은 어려워진다. 더욱 상대가 내 패를 알고 있을 땐 100전 100패다. 그러니 먼저 상대의 호흡을 읽고, 생각을 읽은 후 행동해야 한다.

강혜성은 그 단순한 진리를 법처럼 여기는 이였다. 거대한 사업체를 움직이고, 자신의 밑으로 수백의 직원이 있었으니 그만큼 책임감 있게 행동거지를 해야 했다. 1년 전, 자신의 기억이 시작됐던 그날로부터 그는 사업가로서 가져야 할 아주 기본적인 이 생각에 반하는 행동을 한 적이 없었다.

그런데, 최근 그를 당혹케 하는 사람을 만났다.

"이게 답니까?"

그는 박 비서가 건넨 얇은 서류를 받아 든 후 인상을 굳혔다. 샅샅이 뒤지라 말했건만, 그가 건넨 A4용지는 고작 다섯 장뿐이었다.

"대운그룹 아가씨 아닙니까. 자세히 알아볼 수가 없었습니다."

"우 회장이 이런 거에 치밀한 양반이긴 하지만……."

그래도 이건 너무 심하지 않나?

그가 서류를 휙휙 넘겨 보며 말했다.

박 비서가 건넨 서류는 인터넷만 검색해 보아도 알 수 있을 정도로 짧았다. 태어난 날짜와 졸업학교, 전공 정도의 이력과 작년부터 우 회장의 일을 도와 사회 활동을 했다는 자료뿐이었다.

A4용지 다섯 장으로 그 사람의 인생을 재단할 순 없을 것이

다. 간단한 학력과 반년 정도 팔자 좋게 프랑스 여행을 다녔다는 사실만 주구장창 적혀 있는 서류를 읽던 그의 시선이 다시 첫 번째 장으로 돌아갔다. 그리고 그의 눈길을 사로잡는 문구를 보았다.

[대운그룹 우정식 회장의 고명딸.]

대운은 비록 '그룹'이란 호칭을 붙이고는 있었으나, 그 기업의 토대를 이루는 것이 '사채업'이었기에 상류계에서 그들은 '아웃사이더' 혹은 '같은 취급 받고 싶지 않은 부류'란 인식이 강했다.

하지만 누구도 대놓고 대운을 무시하지 못했다.

그 이유는 대한민국에서 현금을 가장 많이 보유한 곳이라는 사실과, 우 회장의 성격 때문이었다. 그는 아군과 적군을 명확하게 분류했고, 제 눈 밖에 나면 어떤 식으로든 보복을 하는 사람이었다.

어디 현금만 많이 가지고 있던가?

돈 냄새는 기가 막히게 맡는 우 회장은 강남이 논밭이었을 때 무서운 기세로 땅을 사들였고, 개발에 들어갈 당시 20분만 걸으면 그의 땅을 밟지 않고는 길을 걸을 수 없다는 소리까지 들었다.

혜성은 빠르게 눈으로 활자를 읽었다. 대부분 그가 알고 있는 내용들이었기 때문에 시선은 막힘이 없었다. 그 모습에 박 비서가 침을 꼴깍 넘겼다. 긴장을 온몸으로 뿜어낸 그가 허리를 숙이며 말했다.

"시간을 조금만 더 주시면……."

"잠시만."

빠르게 움직이던 시선이 멈췄다. 생각할 것이 있다는 듯 박 비서의 말을 막은 그가 미간을 찌푸린다.

—2005년 3월 서울대학교 경제학과 입학

—2008년 9월 서울대학교 경제학과 휴학

"나와 같은 대학을 나왔어?"

자신이 03학번이었으니, 두 학년 밑이었다. 그렇다는 건 학교를 같이 다녔다는 말도 되었고, 과거 알고 지냈다는 말도 된다.

고개를 든 혜성은 무언가를 들킬까 봐 무서운 듯 전전긍긍하는 박 비서를 보았다.

도대체 뭘까.

박 비서와 주치의는 알고 있는데 자신은 모르는 과거.

깨어나고 1년 동안 과거 전체를 날려 버린 것에 이토록 답답함을 느꼈던 적은 없었다.

"한 번 웃어 주시겠어요?"

그렇게 말하며 그녀는 자신의 얼굴에서 다른 누군가를 찾는 듯 쉴 새 없이 눈동자를 굴렸었다. 혜성이 천천히 운을 뗐다.

"한 가지 여쭙겠습니다."

"네, 말씀하십시오."

그런데 지금은 신경이 쓰였다. 우주영, 그 여자 때문이다. 그 여자와 자신의 과거 고리가 궁금해 밤잠도 설치게 되었다.

자신의 일임에도 불구하고, 늘 무심한 태도를 취했던 그가 처음으로 백지가 되어 있는 과거를 떠올리기 위해 머릿속을 뒤졌다.

"제가 우주영 씨와 과거에 알고 지냈습니까? 사고 나기 전에 말입니다."

"그거야…… 오고 가면서 보셨을지도 모르겠지만 개인적인 친분은……."

말을 잇던 박 비서가 말을 끝맺지 못한 채 입을 다물었다. 혜성의 눈매가 순간 날카로워졌기 때문이다.

너무나 급작스러운 반응에 당황한 박 비서가 입술을 꾹 깨물었다.

위험하다.

머릿속에서 위험 경보가 삐용삐용 울렸지만, 언제까지 입을 다물고 있을 순 없는 노릇이었기에 박 비서가 애써 표정을 갈무리하며 물었다.

"왜 그런 눈으로 보십니까?"

"부하 직원이 상사에게 거짓을 고할 땐 어떻게 해야 하나, 생각하고 있었습니다."

"사장님……."

"박 비서님이야 말로 왜 절 그런 눈으로 보십니까."

하지만 눈동자에 스며든 감정까진 숨길 수 없었나 보다.

박 비서의 말이 끝나기도 전에 혜성은 물었다. 걱정 어린 기색이 가득한 눈동자로 왜 자신을 보냐고.

"그런 게 아닙니다."

그러니까 도대체 뭐가 아니냐고.

혜성의 얼굴이 짜증스럽게 굳어졌다. 가슴에 묵직한 돌을 얹은 것처럼 답답함이 몰려왔다. 어떻게 해야 입을 다물고 있는 박 비서가 진실을 말할까, 고민하던 혜성은 이내 입가에 희미한 웃음을 띠웠다. 그러자 방금 전, 인상을 찌푸렸던 때보다 더 격한 반응이 돌아왔다. 혜성은 백짓장처럼 새하얗게 변한 박 비서의 얼굴을 보며 즐거운 듯 웃었다.

"하지만 지금 박 비서님 표정을 보니, 왜 내 비서가 나에게 거짓말을 하는지 고민부터 해 보아야겠군요."

"그런 게……."

박 비서가 끝까지 거짓을 말했다. 하지만 이미 감을 잡았다는 듯 혜성의 눈이 초연하게 빛났다.

"친밀한 관계였군요."

그 여자와 내가.

❖

달그락.

포크와 접시가 부딪히는 소리만이 룸 안의 침묵을 깨 주었다.

주영은 자신의 맞은편에서 연신 정갈한 움직임으로 손바닥만 한 고깃덩어리를 한 입 크기로 썰어 입안으로 밀어 넣는 혜성을 바라보다가 다시 시선을 내렸다.

그 역시 그녀와 마찬가지로 특별한 세계에서 자란 사람이었다. 식사 예절쯤은 젓가락을 쥐는 순간부터 배워야 하는, 행동거지 하나가 남들에게 쉽게 책잡히는 이곳에서 살아남기 위해 아등바등 백조의 발짓을 해야 하는 이들 말이다.

예전에도 저렇게 음식을 깔끔하게 먹었었다. 웃는 얼굴이 예쁜 사람이었고, 쾌활하고 활동적인 사람이었지만 식사 때만큼은 조용조용하고 상대의 기분을 거스르는 행동을 하지 않았었다.

예전과 같은 모습을 발견하자, 주영의 입술이 부드럽게 휘었다.

"음식이 입에 맞지 않습니까?"

갑작스러운 말에 주영은 연신 움직이던 손길을 멈췄다. 말없이 혜성을 보던 주영이 고개를 내렸다. 시니컬한 웃음은 그녀의 인상을 더욱 시리게 만들었다.

"오늘따라 고기가 질기네요."

입을 크게 벌리지 않도록 적당하게 고기를 썰어 입안으로 밀어 넣은 주영이 타이어마냥 질긴 고기를 질겅질겅 씹었다. 고기는 투 플러스 한우였지만, 유독 질기고 맛없게 느껴지는 것은 눈앞의 남자 때문이었다.

결국 반도 먹지 못한 채 주영이 나이프와 포크를 내려놓았다. 그 역시 더 이상 마주하며 식사할 마음이 없는지 그녀와 마찬가지로 접시를 물렸다.

"생각보다 빨리 연락을 하셨네요."

주영의 물음에 혜성은 물로 입안을 헹궈 낸 후 물컵을 자리에 두며 말한다.

"결혼하기로 했으니 나머지 부분에 대해 이야기를 해야 할 것 아닙니까. 서로 얻고자 하는 것이 있어서 하는 결혼이니."

"제가 당신에게 얻고자 하는 게……."

있을 것 같나요?

주영이 그렇게 말을 하려고 했다. 하지만 돌연 혜성이 그녀를 꿰뚫어 볼 듯 날카로운 표정으로 말을 잘라 냈다.

"그 전에 궁금한 점이 있습니다."

그의 말에 주영의 입술이 닫혔다. 진중한 표정은 큰 거래를 앞둔 CEO의 것처럼 매서웠고 무게감을 가지고 있었다. 병원 앞에서 만났던 그때와는 달리, 혜성은 신중하고 흔들림 없는 목소리로 물었다.

"뭐죠?"

가벼운 물음에 혜성은 기다란 다리를 느긋하게 꼰 뒤 자신의 입술이 열리길 기다리는 주영의 얼굴을 꼼꼼하게 살펴보았다. 관찰하는 듯한 시선에 그녀의 몸에 빳빳하게 힘이 들어갈 때였다.

"우주영 씨와 제가 잤다고 했습니까?"

"그런데요?"

자신의 갑작스러운 물음에도 표정 하나 바꾸지 않은 채 무던하게 답하는 모습에 혜성의 입술이 삐뚜름해진다. 그가 느슨한 표정을 지으며 말했다.

"그런데 전 아무리 생각해 봐도 기억이 나지 않습니다."

분명 혼란스러워야 할 그였지만 어찌 된 것인지 여유로워 보였다. 저번의 만남과는 달리.

주영이 그의 의중을 알 수가 없어 고개를 기울이자 혜성의 웃음이 진해진다.

"혹시 제가 사고 전에 만난 사람입니까?"

"만났겠죠. 스쳐 지나가다가 만났을 수도 있잖아요?"

"우주영 씬 지금 저와 게임을 즐기고 계시는 것 같군요."

그의 말에 처음으로 주영의 얼굴이 일그러졌다. 늘 평온함을 유지하던 그녀의 얼굴이 변하는 것을 즐거운 눈동자로 바라보던 그는 조금 높아진 음성에도 눈 하나 깜짝하지 않고 말을 이어나갔다.

"왜 그런 생각을 하신 거죠?"

"이유를 말해 주지 않아서입니다. 우주영 씨는 충분히 저에게 결례되는 말을 했습니다. 지금 전 우주영 씨가 절 가지고 놀고 있다는 생각밖에 들지 않습니다."

"그렇군요. 제가 당신을 가지고 논 것이군요?"

자조 섞인 목소리는 어쩐지 슬퍼 보였다. 감정을 텅 비운 눈동자와는 달리.

혜성이 그녀의 얼굴 위에서 정처 없이 시선을 옮기고 또 옮겼다. 그녀가 어떠한 생각을 하는지 모두 알아내기 위해서. 그가 던진 짱돌에 흔들리고 괴로워하는 모습을 바라보던 그는 곧 이어지는 말에 또다시 입가에 웃음을 맺었다.

"전 가끔 당신이 날 가지고 노는 것 같은데. 입장에 따라 생각이 이렇게 달라질 수도 있네요."

재미있네.

처음엔 단순한 결혼 상대, 그 이상도 이하로도 보지 않았다. 하지만 직설적인 말과, 지금의 이 상황을 겪고 나니 눈앞에 있는 이 여자에게 관심이 간다.

감정을 터뜨리지 않기 위해 온몸에 힘을 주고 있는 여자를 보니까 즐거워졌다. 눈에 힘을 주어 애써 눈물을 흘리지 않기 위해 참는 여자를 보니 묘한 쾌감이 올라왔다.

그가 쐐기를 박듯 말했다.

"우주영 씨가 거짓을 말한다면 결혼은 할 수 없습니다. 아무리 전략적 관계라 해도 거짓이 섞이면 섞일수록 같이 몰락할 수도 있으니까요."

"……."

"전 안전을 추구하는 사람입니다. 그러니 우리 결혼은 없던 일로 하죠."

냅킨으로 입가를 닦은 그가 자리에서 일어났다. 이젠 더 이상 볼일이 없다는 듯 마지막 인사만 건네면 된다. 그럼 그가 원하는 반응이 돌아오겠지.

하지만 그의 예상보다 주영은 조금 더 빨리, 더 격하게 외쳤다.

"당신은!"

그녀의 고함에 주위에 있는 사람들의 시선이 날아들었다. 하지만 혜성은 그녀의 입술만 보았고, 주영은 그의 얼굴을 비난 서린 눈동자로 올려다보았다.

한참 두 사람은 말이 없었다. 무거운 침묵은 목을 죄는 것처럼 괴로웠으나 두 사람 모두 쉽사리 입술을 떼지 않았다.

하지만 첫 번째 만남과 두 번째 만남과는 달리 오늘 승기를 잡은 이는 혜성이었다. 결국 먼저 입을 뗀 것은 주영이었다.

"나와 결혼해야 하잖아요. 이번 주주총회에서 임원들에게, 주주들에게 그래야 할 말이 있지 않겠어요?"

방금 전보다는 많이 억눌린 어조가 흘러나왔다. 괴로움을 꾹꾹 눌러 담은 목소리에 그가 입술을 닫는다.

"전략적 관계를 맺을 수 있는 사람은 우주영 씨뿐만이 아닙니다."

"……."

아무리 좁은 상류계라고는 하나 혼기가 꽉 찬 여자들은 많았다. 더욱이 잘난 외모의 그를 마다할 여자가 이 바닥엔 그리 많지 않았다.

그가 승리를 확신한 후 웃었다.

"하실 말씀 끝났으면 먼저 가 봐도 되겠습니까?"

허락을 구하는 말 같기도 했으나, 그는 답을 듣기도 전에 몸을 돌렸다.

고개를 숙인 그가 걸음을 옮겼다. 대기하고 있던 웨이터가 다가와 그에게 외투와 가방을 건넸다.

망설임 없이 떠나가려는 그의 뒷모습을 멍하니 바라보던 주영은 그가 엘리베이터 앞에 서서야 정신을 차렸다. 자리에서 벌떡 일어난 그녀가 빠르게 걸음을 옮겼다. 아니, 뛰었다. 그리고 손을 뻗어 그의 옷자락을 붙잡으며 거칠게 외쳤다.

"가지 마!"

붉어진 얼굴은 슬픔으로 일그러져 있다. 어찌할 바를 몰라 바들바들 떨며 그를 놓아주지 않는 여자는 누가 보아도 상처받은 여인이었다.

하지만 그의 얼굴은 차가웠다. 그녀를 위로해 주어야 한다는 생각조차 하지 않았다. 그저 파르르 떨리는 그녀의 입술만을 보았다.

"강혜성…… 가지 마."

그가 즐거운 듯 웃으며 말했다.

"스쳐 지난 관계라고 하지 않으셨습니까?"

주영의 눈동자에 절망감이 스멀스멀 차올랐다.

"……."

"진실, 여전히 말해 주지 않을 겁니까?"

그의 말에 주영의 눈에서 눈물이 후드득 떨어졌다. 붉어진 눈망울로 그를 바라보던 주영이 팔을 뻗어 그의 팔목을 붙잡았다. 펄떡펄떡 뛰는 맥을 붙잡아 그가 살아 있다는 걸 확인하고 싶다는 듯이.

그녀가 그의 팔목을 붙잡자, 혜성의 심장이 와락 아래로 떨어졌다. 그러더니 양손으로 붙잡고 쥐어짜는 것처럼 격한 고통이 몰려들었다. 왜 그런 것인지는 모르겠으나.

지끈!

가슴이 지끈거림과 동시에 두통이 몰려온다. 그리고 제 안에서 무언가가 와르르 아래로 무너졌다.

그가 자신의 몸에 저절로 일어나는 반응을 이해 못 하겠다는 듯 주영을 바라보았다. 하지만 그녀는 이런 그의 반응을 알아차리지 못한 채 혜성의 손목을 놓아주고는 그의 얼굴로 두 손을 가져갔다. 그리고 천천히 입을 열었다.

"차가운 눈동자로 날 보는 당신……."

"……."

"울어도 날 달래 주지 않는 강혜성은 난 몰라."

천천히 띄엄띄엄 이어지는 말에 혜성은 제 뺨을 붙잡고 있는 손을 떼어 내는 대신 저도 모르게 그녀의 어깨부터 붙잡았다.

머리가 시킨 일이 아니었다. 몸이 먼저 앞으로 나가자 그가 미간을 찌푸리며 그녀를 바라보았다.

"당신…… 도대체 뭐야?"

그가 얼굴을 일그러뜨렸다.

2. 거짓을 말하는 입술

사방이 어둠으로 둘러싸인 공간은 쥐 죽은 듯 조용했다.

커다란 공간에 놓여 있는 것은 침대 하나뿐이었다. 그 흔한 협탁이나 테이블, 옷장 하나 없는 공간은 오롯이 그의 숙면을 위해 만들어진 것으로 스탠드조차 놓여 있지 않았다.

조용한 공간에 작게 숨을 내뱉는 소리만 들리기를 몇 분, 곧 이불을 덮고 잠들어 있던 인영의 몸체가 움찔 떨렸다. 그것은 마치 발작을 하는 것처럼 잘게 떨더니 어느 순간 벌떡 몸을 일으켰다.

상체를 일으킨 혜성의 이마에 땀이 송골송골 맺혀 있었다. 손을 들어 이마를 짚은 그의 입에서 거친 숨소리와 함께 욕설이 터져 나왔다.

"하아, 하아! 젠장!"

동공이 흔들렸다. 끔찍한 꿈을 꾼 듯 남자는 그 뒤로도 한참 동안 가슴을 들썩거렸다.

그가 안정된 것은 잠에서 깨어난 지 십 분 정도 흐른 뒤였다. 하지만 눈동자에 맺힌 의문은 사라지지 않은 채였다.

"그 여잔 뭐지……?"

꿈속에 나타난 여자는 웃고 있었다. 부드럽게 호를 그린 웃음이 예쁜 여자는 연신 자신을 '선배'라고 부르고 까르르 웃음을 터뜨리며 자신을 향해 손을 내밀고 있었다.

그리고 자신은 너무나 자연스럽게 그 손을 잡은 후 입을 맞췄다. 달콤한 입맞춤 후 여자가 소중해 미치겠다는 듯 품에 안았다.

분명 과거에 있었던 일이 분명한데 자신은 그 여자의 얼굴을 모르고 있었다. 아주 친밀한 관계임에도 불구하고.

계속 생각을 하던 그는 머리가 지끈지끈 아파 오자 관자놀이를 손가락으로 꾹꾹 눌렀다. 하지만 두통은 쉬이 가시지 않고, 계속 끔찍한 아픔만을 더하고 있었다.

"으."

옅은 신음을 내뱉은 그가 상체를 동그랗게 말았다. 그리고 이불에 얼굴을 묻으며 거친 숨을 토해 냈다.

"젠장. 누구냐고, 그 여자!"

난생처음 꿈에 나타난 여자가 그의 의식을 갉아먹었다.

❖

고려호텔 매각 소식은 2년 전부터 솔솔 풍겨 오던 이야기였다. 서로 오프 더 레코드라며 퍼트리던 소문을 기정사실화하려던 자는 기억을 잃기 전의 강혜성이었다. 하지만 그건 자금 문제로 힘들어지기 훨씬 이전의 소문으로, 대한민국에 현존하는 호텔 중 고려호텔이 첫 번째로 손꼽히던 때의 이야기였다.

그리고 1년 2개월 전, 이상하게도 그렇게나 건실하던 고려호텔이 자금난에 허덕인다는 소리까지 더해지기 시작했다. 자금 문제로 더 이상 호텔을 유지하기 힘들어졌다는 소문이 파다하게 퍼지면서 돈이 있는 자들은 고려호텔에 하나둘 눈독을 들이기 시작했다.

그리고 현재, 기억을 잃은 강혜성은 그 호텔을 지키기 위해 애쓰고 있었다.

"오늘까지 들어온 어음 규모가 어떻게 됩니까."

"89억입니다."

"현재까지 들어온 어음이요?"

"네, 계속 들어올 것까지 합치면 120억 정도 예상됩니다."

박 비서의 말에 혜성의 얼굴이 일그러졌다.

혜성은 박 비서를 통해 모든 보고를 받고 있었다. 그리고 마지막으로 어음에 관련한 보고를 받은 건 3일 전이었다. 그때 틀어막아야 하는 어음 규모는 52억 4000만 원이었다. 3일 만에 순식간에 불어난 금액에 혜성이 미간을 찌푸렸다.

“뭔가 이상하네요.”

“제 생각도 그렇습니다. 마치 짠 것처럼…….”

박 비서의 답에 혜성이 손을 들어 말을 막았다. 그의 생각도 그와 같았지만, 뒤에 정말 그런 세력이 있다면 더더욱 머리가 아파질 것이 분명했다.

만약 있다면 무슨 이유 때문일까. 고려호텔이 가지고 싶은 것일까?

수없이 물음이 이어졌고, 결국 당사자에게 묻지 않는 이상은 답을 알 수 없다는 것을 깨달은 그가 입술을 깨물었다.

다시 한 번 강 회장에게 부탁을 해야 하는 것일까.

치욕도 그런 치욕이 없었으나 출구가 보이지 않으니 그 방법밖에 없다는 생각도 들었다.

“주총 때 어쩌실 겁니까? 사장님께서 대운과 결혼을 하지 않으신다는 소문이 돌면 사람들이 많은 동요를 보일 텐데요.”

“그러면 무너지겠군요.”

혜성은 마치 제삼자처럼 말했다. 혹 그가 모든 걸 포기한 것은 아닌가, 박 비서가 걱정스러운 기색으로 그를 바라보았다. 그러자 혜성이 무심히 말했다.

“생각 중에 있습니다.”

“그렇게 간단한 문제가 아닙니다.”

박 비서가 반론했다. 자신의 말에 토를 다는 사람이 아니었기에 혜성이 의아한 눈으로 그를 바라보자 박 비서가 들고 있었던 파일을 그의 책상 위에 내려놓았다.

"어음 소식이 개미들 귀에 들어가면서 주식시장이 요동치고 있습니다."

"주식을 팔고 있겠군요?"

"그뿐만이 아닙니다."

박 비서가 파일을 펼쳐 보라는 듯 말했다.

혜성은 잠시 가죽 파일을 바라본 후 펼쳤다. 프린트된 종이엔 최근 주식 변동이 그래프로 나와 있었다. 혜성의 얼굴이 굳어졌다.

"그 주식을 우주영 씨께서 사들이고 있습니다."

"……."

그건 굳이 그가 언급하지 않더라도 알 수 있었다. 주식의 방향은 무섭게 주영에게 쏠리고 있었고, 이건 누가 보아도 그녀의 의도를 알 수 있을 정도였다.

"다섯 번째로 가장 많은 주식을 보유하고 계십니다."

"……하, 하하하!"

갑작스레 웃음을 터뜨린 혜성이 배를 붙잡았다. 재미있는 코미디 프로그램을 보는 것처럼 한참이나 박장대소를 하는 모습에 박 비서가 당황해 그를 불렀다.

"사장님?"

웃음이 손끝까지 전염이 되어 테이블을 붙잡은 그의 손이 바들바들 떨렸다.

한참 웃던 그가 순식간에 웃음을 지우며 말했다.

"이 여자, 정말 재미있네요."

"지금 그런 말을 하실 때가……."

"박 비서님이 보시기에 이 여자가 저에게 싸움을 거는 것 같습니까, 아니면 날 가지고 베팅을 하고 있는 것 같습니까?"

답을 원한 질문은 아니었던지, 그는 입술을 꾹 다무는 그의 모습을 보았다.

그리고 몸을 곧추세운 그가 파일을 덮은 후 한쪽으로 밀어 두었다.

자리에서 일어난 그가 창가로 향한다. 그리고 낮은 건물들을 바라보며 생각에 잠긴 듯 한참이고 말이 없었다. 그는 주영의 의도를 완벽하게 파악한 듯 보였다. 그리고 잠시 후 한참이고 말없이 서 있던 그가 몸을 돌리더니 벌을 서듯 자리에서 움직이지 않는 박 비서를 쳐다보았다.

"박 비서님이 제 곁에 있은 지 5년이나 되었다고 하셨습니까?"

"네, 그렇습니다."

"그럼 한 가지 여쭤 볼 게 있습니다."

"네, 물어보십시오. 답할 수 있는 물음이라면 답을 해 드리겠습니다."

답을 할 수 있는 물음이라. 신경에 거슬리는 말이었으나 그는 웃어넘긴 후 물었다.

"입술 옆에 점이 있는 여자와 제가 만났던 적이 있습니까?"

"네?"

"입술 바로 옆이요. 이 자리쯤. 있습니까?"

혜성이 자신의 입술 바로 밑을 가리키며 물었다. 그러자 박 비서의 얼굴이 창백하게 변했다.

"기억이 나시는 게 있습니까?"

"조금이요."

"……."

당황한 듯 박 비서가 입을 꾹 다물었다. 하지만 답을 할 때까지 기다릴 것처럼 느른한 표정을 짓는 혜성 때문에 이내 다시 입을 떼어야 했다.

"네, 만나신 적이 있습니다. 헤어지셨죠."

"헤어졌다라……. 언제쯤입니까?"

그의 물음에 박 비서가 기계처럼 말했다.

"1년이 조금 넘으셨습니다."

"왜 헤어졌습니까?"

취조를 하는 형사 같았다. 혜성은 어서 답을 해 보라는 듯 고개를 끄덕였다. 네가 알고 있는 사실을 모두 털어놓으라고.

하지만 박 비서의 마지막 답은 김을 푸시식 새게 하기 충분했다.

"……연인이 헤어진 이유까지는 모르지요. 예전에도 사생활에 관여하는 걸 무척 싫어하셨습니다. 저도 몇 번 스치듯 마주친 게 전부입니다."

"흐음, 그렇군요."

고개를 끄덕이는 그는 일단 믿어 주겠다는 듯 말했다. 그런 후 곧장 말을 잇는다.

"그렇다면 우주영 씨와는요?"

"네?"

깜짝 놀라는 그를 바라보며 그가 무심하게 말을 이었다.

"그 여자와 과거에 제가 연인이었던 모양입니다. 하지만 입가에 점이 있던 연인과 1년 전에 헤어졌고, 우주영 씨는 그때 프랑스로 갔죠. 그렇다면 내가 두 여자를 함께 만났다는 결론이 내려지지 않습니까?"

"……."

"어쩜 이 여자가 내게 이러는 이윤, 과거의 저에게 배신을 당해서 그렇다는 생각이 들어서 말이지요. 혹시 여기에 대해선 아는 게 있습니까?"

혜성은 박 비서가 솔직히 토로하지 않을 것을 알면서도 물었다. 그리고 역시나 그의 예상과 전혀 비껴 나가지 않는 답이 흘러나오자 입가에 웃음을 띠웠다.

"그 역시 잘 모릅니다."

"그렇군요."

가벼운 어조로 이야기를 끝낸 그가 걸음을 옮겼다. 외투와 차

키만 간단히 챙겨 드는 모습에 박 비서가 그의 뒤를 따르며 물었다.

"어디 가십니까?"

"어디 가겠습니까?"

그의 물음에 박 비서가 아무런 답을 하지 못하자, 혜성이 곧 답을 내놓았다.

"우주영을 만나러 갑니다."

그녀의 패를 모두 보았으니, 제대로 된 거래를 해야 하지 않겠습니까?

그의 말에 박 비서의 얼굴이 자세히 보지 않으면 알지 못할 정도로 작게 일그러졌다.

심플하게 꾸며진 사무실 안은 새 가구 냄새로 가득했다. 페인트 냄새와 목재 특유의 냄새가 뒤섞여 머리를 지끈지끈 아프게 만들 정도였지만, 통유리로 되어 있는 쪽으로 옮기는 주영의 걸음은 더디기만 했다.

느리게 걸음을 옮긴 그녀가 창문을 열었다. 옆으로 밀어 조금씩 열리는 틈새에 미간을 찌푸리던 주영은 뒤에서 들려오는 말에 고개를 돌렸다.

"어때? 그 사람 다시 만난 소감이."

"음…… 나쁘진 않았어."

무던한 표정으로 말하던 주영은 말을 마치자마자 멍한 표정을 지었다. 무언가 생각에 잠긴 듯 한참 눈을 깜빡이던 주영은 끝내 고개를 저으며 말을 정정한다.

"아니, 좋았어."

질끈 머리를 묶고서 멍한 표정을 짓는 주영의 모습에 시연은 기가 막히다는 듯 콧방귀를 뀌었다.

"좋으면 좀 더 환하게 웃으면서 좋다고 하면 안 되냐? 뭐."

잠시 말을 끊은 시연이 한숨을 푹 내뱉었다.

"후우."

깊은 한숨에 다시 고리를 끼우기 시작하는 작은 몸집을 바라보던 시연은 머리가 지끈 아프다는 듯이 손을 들었다.

중학교 2학년, 반이 바뀌면서 평소 놀던 친구들과 한 반이 되지 못한 두 사람은 낙동강의 오리알 신세였다. 다들 마음이 맞는 아이들끼리 짝을 지어 앉자 둘만 멀뚱히 교실 뒤에 남게 되었다.

"이름이 뭐야?"

먼저 다가온 것은 평소 원만한 성격을 가진 시연이었다. 그녀의 말에 주영은 멍하니 제 이름을 말했고, 두 사람은 짝이 되었다.

그 연을 시작으로 두 사람은 15년째 함께하고 있었다.

대학은 서로 다른 곳으로 갔기에 그 시절 주영이 학교에서 어떻게 지냈는지는 알지 못했으나, 시연은 혜성을 알고 있었다.

우주영의 첫사랑.

대학 시절 동아리에서 만난 혜성에게 첫눈에 반한 주영이 그의 뒤를 졸졸 쫓아다녔다는 것을 알게 된 이후로 시연은 그에 대해 관심을 가졌다. 연애세포는 모두 죽어 버린 것 같았던 친구에게 첫사랑이라니, 얼마나 대단한 사람인가 궁금증이 일어서 말이다.

더욱 1년이나 떨어져 지냈음에도 그를 잊지 못해 한국으로 들어온 주영의 사랑은 너무나 극진해 가끔 감복할 때도 있었다.

하지만 상대가 너무 바빠.

속으로 생각한 시연은 지금이라도 순진한 친구를 말리는 것이 좋지 않을까, 하는 생각에서 말을 꺼내 놓았다.

"그런 남자, 어디가 좋은 거야?"

시연의 물음에 새하얀 가구를 바라보던 주영이 고개를 기울였다.

"왜? 선배가 어때서."

"뭐, 객관적으로 보면 멋있지. 잘생겼어, 돈도 많아, 키 커, 보이스도 완벽해. 그래, 겉으로 보면 아주 좋지. 허우대는."

"다른 곳은 안 좋다는 듯이 말한다?"

일그러지는 주영의 얼굴을 보며 시연은 두 번 말하면 입 아프다는 얼굴로 말했다.

"위험하잖아."

"좋은 사람이야. 잘 웃었고, 다정했고, 늘 날 위해 줬었어. 우린 행복했어."

"네가 말하는 것도 과거형이네."

"……."

시연이 정확히 정곡을 찔러 오자 주영의 다리가 허물어졌다. 그녀가 힘겹게 창틀에 앉자 시연이 바짝 다가와 옆에 세워져 있던 의자를 끌어다 앉았다.

"예전에야 스피드광이라는 것 빼곤 괜찮았는데, 지금은 다르잖아? 성격 안 좋은 거로 소문이 파다해. 그런데 정신 나간 년들은 그래도 좋다고 옷 벗고 달려들기나 하고. 그걸 또 그 사람은 받아 줘요."

그런 사람이 우주영의 상대라고? 오, 노!

두 사람이 예전에 만났을 땐 시연 또한 주위의 반대를 무릅쓰고 만나는 두 사람의 모습에 응원을 보내기도 했었다. 그런 힘든 상황 속에서도 두 사람은 참 예쁘게 사랑을 키워 나갔었다.

하지만 지금은 어떤가. 한쪽은 사랑에 대한 기억을 모두 잊었다. 그런데 주영은 이를 인정하지 못하고 미련하게 붙잡고 있는 것이다.

시연은 손을 뻗어 거친 주영의 손을 움켜쥐며 고개를 내저었다. 간절하게 자신을 바라보는 표정에 주영의 고개가 옆으로 기울었다.

"너, 멍청한 여자들이 빠지는 흔한 착각을 하고 있는 건 아니지?"

"뭐?"

"바람기, 그거 못 잡아. 관 속에 들어가는 순간까지."

갈수록 가관인 말에 주영이 그녀의 손을 탁 털어 냈다.

"박시연."

"왜! 내가 틀린 말 했니? 너, 지금 잘 몰라서 그러는 것 같은데 강혜성 그 자식, 사고 후에 완전 다른 사람이 됐어. 1년 동안 걔가 갈아 치운 여자가 몇인데! 예전에 죽도록 사랑했으면 뭐해? 지금은 아니잖아! 걔, 예전의 강혜성이 아니라고."

시연의 말에 무어라 반박을 해 주어야 하는데, 주영은 아무런 말도 하지 못했다. 친구의 말에 틀린 점을 하나도 찾을 수가 없어서.

그녀는 자신의 애원에 서늘하게 웃던 그를 떠올렸다.

예전엔 참…… 예쁘게 웃는 사람이었는데.

그녀의 입술 끝에 음울함이 내걸렸다.

"지금이라도 결혼 물러. 네가 뭐가 아쉬워서 그런 사람이랑 결혼을 해?"

눈을 동그랗게 뜨며 속사포 랩처럼 빠르게 말을 내뱉은 시연이 제발 다시 한 번 생각해 보라며 빽 소리를 질렀다.

"인생 망칠 일 있어? 다 잊었잖아! 너란 존재는 깡그리 잊은, 핵폐기물이라고!"

격한 반응에 주영이 낮은 웃음을 내뱉었다.

핵폐기물이라니, 너무하잖아.

그렇게 말하고 싶었지만 그녀는 말을 아꼈다. 예전의 그는 덕망 높고, 주위 사람들에게 사랑받는 사람이었지만 지금은 아니었다.

냉철함을 무기로 권력을 휘두르며, 무자비하게 사업체를 이끌어 가는 사람만 남았다. 흰색과 검은색, 아침과 저녁처럼. 마치 정반대의 모습으로 바뀐 그의 모습에 그녀도 처음엔 많이 당황했었다.

지금은 바뀌어 버린 그도 자신이 사랑했던 강혜성이라 애써 인정했지만.

"큰…… 사고였어."

"알아. 둘 다 요단강 건널 뻔했지."

"그때…… 날 감싸 줬어."

"알아, 덕분에 넌 턱뼈만 날아갔지."

"그 사람은…… 내면이 바뀌었지만 난 외모가 바뀌어 버렸잖아."

"지금이 더 예뻐."

힘겹게 내뱉는 말에 시연은 연신 심드렁하게 답해 주었다. 그녀의 반응에 주영이 더 이상 아무런 말도 하지 못하고 입을 꾹 다물었다. 어떤 말을 해도 이러한 반응이 돌아올 것 같았으니까.

그녀의 모습에 시연이 한숨을 푹 내뱉었다.

자신의 친구 역시 혜성처럼 너무나 많은 것이 바뀌었다. 예전엔 세상 그 누구보다도 웃음이 많다고 생각될 정도로 잘 웃는 사람이었다. 엉뚱한 면이 있긴 하였으나, 사람을 끌어 모으는 힘이 있었고, 모두 그녀를 사랑했다.

하지만 지금의 우주영은 어떤가.

강혜성이 바뀐 것만큼이나 많은 것이 변했다. 외모는 물론이고, 성격, 분위기까지.

"둘 다 천운이었어. 둘 다 살았고 빠르게 완치도 되었고."

"너무 많은 것이 바뀌었지만."

자조 섞인 주영의 답에 시연 역시 우울한 표정을 지었다.

시연은 주영의 사무실을 눈으로 훑었다. 이것 역시, 그녀가 바뀐 것 중 하나였다.

예전에 그녀는 경영학도이긴 하였으나, 아버지의 회사를 물려받지 않겠다고 했었다. 아버지가 어떤 식으로 돈을 모아 지금의 대운을 만들었는지 알았기 때문이다. 그래서 아버지에겐 경영학도가 되는 것까지 소원을 들어주겠다 말했고, 후엔 충분히 많이 벌었으니 자신은 그저 호의호식하며 살겠다고 장난스럽게 말했던 그녀였다.

하지만 지금, 대운그룹 본사 가장 높은 52층에 그녀의 사무실이 생겼다. 자신의 뜻에 의해서, 그를 가지기 위해 예전엔 밀어내던 그 힘을 가지기로 결정했다.

하지만 그 방법이 잘못되었던 것일까. 주영은 잔인하게 웃던 그의 모습을 떠올리며 무심하게 말했다.

"날 싫어하는 것 같아. 그러길 바랐던 건 아닌데……. 하지만 그 사람 얼굴만 보면 나도 모르게 화가 나."

그가 자신을 그런 눈으로 볼 때마다 화가 난다. 그의 입장이 이해가 되면서도 이렇게 화가 날 수가 없다.

어떻게 우리의 과거를 잊어!

어떻게 내 이름을, 내 모습을 잊어!

어떻게, 어떻게.

그런 생각만 드는 것은 어쩔 수가 없었다.

"얼마나 힘들게 얻은 마음인데. 우리가 얼마나 힘들게 여기까지 왔는데. 그걸 다 잊고 나에게 사랑 없는 결혼도 할 수 있다고 말하는 그 입을 틀어막고 싶었어."

그런 결혼을 할 수 없어서, 사랑하는 우리끼리 살고 싶어 기나긴 싸움을 했었는데. 변한 그는 그게 가능하다고 말했다. 그 순간 그녀는 다시 한 번 깨달았다.

이 사람은 내가 그토록 사랑했던 강혜성이 아니야, 라고.

"그것 봐. 너도 옆에서 힘들잖아. 이제 다 잊고 새 출발해."

시연이 걱정스럽게 말했다. 하지만 주영은 고개를 저었다.

처음엔 그렇게 생각하기도 했었다. 우린 정말 인연이 아니구나. 그래서 신이 그의 기억을 말끔히 지워 버렸구나, 하고.

"그럴까……. 그럴 수 있을까."

그런데 머릿속에선, 심장은, 계속 그래선 안 된다고 한다. 1년

만에 본 그의 얼굴에 빠르게 반응하는 자신의 심장이 그러지 말라고 발악을 했다.

주영의 얼굴이 괴로움에 일그러지는 것을 보던 시연이 한숨처럼 말했다.

"그래. 아직은 안 늦었어. 고려그룹 강 회장한테 가서 그 말도 안 되는 내기는 미루고 나랑 같이 프랑스 가자. 어? 거기서 다시……."

"왜 하필 프랑스인데?"

"좋아했잖아. 아름다운 곳이라고."

시연의 말에 주영은 웃음기가 담긴 목소리로 말했다.

"프랑스를 좋아한 건 내가 아니었어."

그곳이 좋다고 한 사람은 섬세한 감성의 강혜성이었다. 완전히 사라져 버린 그 인격이 그곳을 참 좋아했었다.

결국, 사고 후 그와 함께 가기로 했던 프랑스를 홀로 가게 되었다. 그와 웃으며 정했던 목적지들을 하나하나 밟으며 괴로움에 몸부림쳤다.

그리고 돌아왔다. 안 된다는 결론을 내리고. 자신은 그의 옆에 있어야 한다는 생각만을 가지고서.

"정말 안 돼? 그렇게 포기가 안 되는 거야?"

"할 수 있었으면…… 과거에 하지 않았을까?"

어른들이 그렇게 심하게 반대했을 때 말이야.

그녀의 말에 시연이 입을 꾹 다물었다. 아무리 설득을 해 보아도 안 된다는 말만을 하니, 그녀도 슬슬 지치는 모양이었다.

시연의 생각을 알았던 것인지 주영은 입가에 은은한 미소를 머금었다.

"나도 그렇게 할 수만 있다면 하고 싶어. 미련스러운 건 나도 싫어."

그녀가 자포자기해 말했다.

그 미련을, 그녀는 지금 떨고 있었다.

시연이 돌아간 후 주영은 사무실을 정리했다. 곳곳에 자신의 물건을 놓아두던 그녀는 모니터 바로 옆에 액자 하나를 세워 두었다.

사각의 틀 속, 혜성과 주영은 웃고 있었다. 단아한 원피스를 입고 기다란 머리카락을 늘어뜨리고 있는 여잔 지금의 그녀와는 달랐다. 웃으면 입꼬리를 따라 올라가는 점도 없었고, 예전보단 입술도 더 도톰해졌다.

하지만 그것이 전부는 아니다. 페이스오프라고 할 정도로 많은 것이 바뀌진 않았다. 얼굴보다 더 바뀐 것은 마음이다. 메말라 버린 마음. 예전엔 늘 웃고 있던 얼굴이 지금은 슬픈 기운만 머금고 있을 뿐이었다.

한참 액자 속 행복했던 순간을 떠올리던 그녀가 손을 뻗어 혜성의 얼굴을 더듬었다. 그도 웃고 있었다. 늘 시선만 마주하면 웃고 또 웃었으니, 남아 있는 사진 대부분도 함께 웃고 있는 사진

들뿐이었다.

"행복했는데."

주영은 5년 전, 혜성과 양평에 가서 찍은 사진을 한참이고 보았다. 그리고 그날의 일을 추억하는 듯 행복하게 웃었다. 그녀의 눈동자에 빛이 서렸다.

이땐, 더할 나위 없이 행복했었다. 날 따스하게 품어 주던 그 품이 너무 좋아 매일매일 꿈만 같았었다.

참 행복했었다. 이날의 기억을 떠올리는 것만으로도 그녀는 행복했다. 자신을 바라보는 눈동자엔 늘 사랑이 넘쳤고, 따스한 품에 코를 묻고 있을 때면 그 어느 때보다도 안정감을 느끼곤 했었다.

그와는 취미도 맞았고, 생각도 맞았다. 그런 그를 당연한 절차라는 듯 그녀는 사랑하게 되었다. 그래서 먼저 사랑을 주었고, 그는 그녀가 준 것보다 더 큰 사랑으로 되돌려 줬었다.

두 사람의 연애 기간은 결코 짧지 않았다. 아니, 실질적으로 부모님들의 반대에 결혼만 하지 못했을 뿐이지 거의 함께 생활을 하다시피 하였다.

이렇게 몸을 섞고 감정을 섞은 지 9년. 10년에서 딱 1년 모자란 그날, 두 사람은 사고를 당했고, 헤어져야 했다. 그녀도 아팠고, 그도 아팠다.

그리고 사랑이 이루어진 지 10년이 되는 날, 두 사람은 다시 마주했다.

그는 그녀를 모르는 상태로, 그녀는 그가 낯선 상태로.

예전의 그라면 함께 축하 파티라도 하자며 부산스럽게 굴었을 터다. 근교로 가서 두 사람만의 시간을 보내며 행복한 미래를 그려 나갔을지도 모르겠다.

엄지손가락으로 사진 속 혜성의 얼굴을 쓰다듬던 그녀는 문이 열리는 소리도 듣지 못한 채 그의 생각에 잠겨 있었다. 방문객이 그토록 그리워하던 이라는 것도 알지 못한 채.

한편 혜성은 인기척을 내지 않은 채 그녀의 모습을 바라보고 있었다. 책상 앞에서 소중한 보물이라도 있는 것인지 처음 보는 따스한 미소로 웃고 있는 여잔 낯설었다. 자신에게 공격적이었던 그 여자가 맞나, 라는 생각이 들 정도였다.

게슴츠레 눈을 뜨고서 여자를 바라보던 그가 곧 정신을 차린 것인지 손을 들어 문을 두드렸다.

똑똑.

그렇게 큰 소리는 아니었지만, 다른 생각에 잠겨 있던 주영은 갑작스런 인기척에 화들짝 놀라 고개를 들었다. 그가 눈앞에 있었다.

눈을 동그랗게 뜨며 혜성을 바라보던 주영이 서둘러 표정을 갈무리했다.

"당신이 여긴 어쩐 일이시죠?"

"대운이 돈이 많다더니 틀린 말은 아니군요."

탁.

액자를 얹은 그녀가 걸음을 옮겨 혜성의 앞으로 다가갔다. 그는 주영의 사무실을 둘러보며 휘파람을 불었다.

예전의 그였다면 저렇게 빈정거리지 않았을 것이다.

그래, 이젠 인정하자. 이 남자는 예전 자신이 사랑하던 그 사람이 아니라는 것을.

하지만 도저히 그의 곁을 떠나지 못하는 것은, 그가 예전으로 돌아갈지도 모른다는 일말의 희망 때문이었다. 1년째 기억을 찾지도 못하며, 찾을 생각도 못 하는 이 남자에게 '과거'의 기억을 떠올리게 만들면, 예전 자신이 사랑하던 그 남자로 되돌아갈지도 모른다는 부질없는 희망이 계속해 그녀를 부추겼다.

돌아갈 수 있어. 예전의 그로. 예전 그렇게 사랑했던 우리의 관계로.

"빈정거리려고 오셨나요?"

"그럴 리가 있겠습니까."

날카로운 주영의 눈빛에 혜성이 고개를 저었다. 그런 후 아직 사용한 흔적이 없는 새하얀 소파를 보며 말한다.

"손님에게 차 한 잔도 내어 주지 않으십니까?"

"손님이 아니니까요."

"뭐, 좋습니다."

그녀의 말에 혜성은 고개를 끄덕였다. 그런 후 그녀와 시선을 똑바로 마주하며 입술을 늘어뜨렸다.

"몇 가지 여쭤 볼 게 있어서 왔습니다."

"대화가 긴가요?"

"당신이 똑바로 답만 해 준다면 길지 않을 겁니다."

그의 말에 굳게 닫혀 있던 주영의 입술이 살짝 벌어졌다. 그리고 그와는 달리 비틀린 웃음을 지으며 자조 섞인 목소리로 말했다.

"협박처럼 들리네요."

주영이 창틀에 걸터앉았다. 그리고 가느다랗고 예쁘게 뻗은 다리를 꼰다.

몸에 착 달라붙는 무릎 기장의 치마가 살짝 올라가며 새하얀 허벅지를 드러냈다. 혜성의 시선이 자연스럽게 그곳으로 향했다.

"그렇습니까?"

"네."

그녀가 그의 시선을 느끼지 못할 리가 없었으나 여유로운 웃음만 지을 뿐, 치마를 정돈할 생각은 하지 않았다. 그저 허공에 들린 발을 까딱거리며 그에게 궁금한 점을 말해 보라는 듯 말간 눈만 떴다.

허벅지에 닿아 있던 시선을 애써 뗀 그가 주영의 얼굴을 보았다. 보통 사람들보다 창백하고 혈색이 없는 얼굴은 아픈 사람처럼 보였다.

"당신 앞에서 제가 없어져 주길 원한다면, 진실만을 말하는 게 좋을 겁니다."

"뭐가 궁금하신데요?"

더 이상 길게 이야기하고 싶지 않다는 듯 주영이 말했다. 이마를 꾹꾹 누르는 손을 보니 두통이라도 몰려온 모양이었다.

주영은 아침 일찍 일어나 사무실을 정리해야 했다. 그렇게 거부하던 자리에 앉기 위해서.

그녀가 이 자리를 선택한 것엔 여러 이유가 있었다. 하지만 근본적인 이유를 말하라면 단 한 가지뿐이다.

눈앞에 있는 이 남자를 가지기 위해. 강 회장과 동등한 위치에 서서 그와 거래하기 위해서였다.

어느 누군가는 물을지도 모른다. 그깟 강혜성이 뭐기에 네 인생을 송두리째로 시궁창으로 밀어 넣느냐고. 실제로 시연 또한 그녀에게 말했었다. 강혜성의 존재 따윈 깨끗하게 잊고 새 출발을 하라고. 아직은 늦지 않았다고.

하지만 그녀의 마음이 강혜성밖엔 되지 않는다고 하니, 어쩔 도리가 있겠는가.

그녀는 피곤함이 가득한 얼굴로 그를 올려다보았고, 그는 망설임 없이 질문을 던졌다.

"제가 1년 전에 큰 사고를 당했다는 건 알고 계십니까?"

"알고 있어요. 이 바닥에서 기생하는 사람 중에서 그 사실을 모르는 사람은 없을걸요?"

"그럼 솔직하게 물어보겠습니다. 우주영 씨는 제가 대학을 다녔을 때, 절 알고 계셨습니까?"

"네."

주영이 망설이지 않고 말했다. 그리고 다시 입술을 휘어 웃는다.

알기만 했겠는가.

대학 시절, 그녀는 스물한 살이 되면서 그에게 처녀성을 내던졌다. 끔찍한 고통에 몸부림치는 그녀를 밤새 안아 주었던 것이 눈앞에 있는 강혜성이다. 그는 기억하지 못하겠지만.

그녀의 웃음을 날카로운 눈매로 보던 그가 입술을 깨물었다. 어딘가 본 적이 있는 웃음으로 느껴졌으나, 과거에 알고 지냈다 하니 간단히 넘겨 버렸다. 그리고 정말 궁금한 것부터 물었다.

"그럼 입술 밑에 점이 있는 여자를 알고 계십니까?"

"……네?"

"알고 계신 모양이군요."

주영의 표정이 무너지자, 그가 고개를 끄덕이며 단정했다.

입술 밑의 점.

그가 갑자기 왜 그런 것을 물어보는 것일까? 혹 자신을 기억하는 것일까?

그녀가 기대감에 차 물었다.

"그런데요?"

"그 여자와 제가 과거 연인이었다고 합니다. 아마 끔찍하게 사랑했던 모양입니다."

맞아, 선배.

우린 그렇게 끔찍하게 사랑했었어.

아니, 사랑하고 있어.

주영은 속으로 자조 섞인 생각을 뱉은 후에 그를 바라보았다. 그는 아직 말이 끝나지 않았는지 입술을 달싹이고 있었다.

"그럼에도 불구하고 저와 결혼을 원하시는 걸 보면, 우주영 씨는 어떤 여자인가, 생각해 봤습니다."

"……."

자신을 능멸하는 말에 주영의 표정이 굳어졌다. 그녀의 모습에 그가 가닥을 잡았다는 듯 좀 더 진한 웃음을 지으며 말했다.

"아니면 제가 그 여자와 당신 사이에서 줄다리기라도 했습니까? 그 여자와도 연인이었고, 당신과도 연인이었다면 그런 결론밖에 내려지지 않더군요."

그렇게 말한 그가 성큼성큼 걸음을 옮겨 팔을 뻗었다. 그리고 그녀의 가느다란 팔목을 붙잡으며 고개를 옆으로 기울인다.

"왜 그런지 모르겠지만 당신과 닿으면 평소와는 달리 평정심을 유지할 수 없으니까."

펄떡펄떡.

맥이 지나치게 빨리 뛰었다. 그가 확신하듯 자조 섞인 웃음을 내뱉자 그녀가 서둘러 그의 손을 털어 냈다. 고개를 옆으로 돌린 그녀가 숨을 크게 쉬었다가 훅 하고 내뱉었다.

그는 자신을 기억하지 못했다. 아니, 과거 자신의 모습을 떠올리긴 하였으나, 그 사람이 자신인지는 몰랐다.

어디 그뿐인가. 자신을 값싼 여자로 치부해 버렸다. 아니, 과거의 본인조차도 싸구려 취급하고, 우리의 사랑을 그저 그런 것으로 싸잡아 버렸다.

하지만 그는 거기서 말을 멈추지 않았다. 지극히 이성적인 모습으로 제안을 해 왔다.

"주식, 주세요. 그리고 호텔 어음 막을 수 있는 금액을 주십시오. 그럼 당신과 결혼하겠습니다."

아니, 협박을.

"당당하시군요."

다시 한 번 숨을 훅 내뱉은 그녀가 찌르찌르 울어 대는 심장 위에 손을 얹었다. 꽉 막혀 있던 무언가가 밖으로 그렇게 쏟아져 나왔다. 하지만 그는 그녀가 감정의 동요를 보이는 것을 다른 식으로 받아들인 것인지 잔혹한 웃음을 지었다.

나쁜 자식, 개자식.

속에서 또다시 욕설이 터져 나왔다. 주영은 애써 겉으론 아무렇지도 않은 척을 했다. 속으로는 아무리 감정이 썩어 문드러진다 하더라도, 이 정도는 예상하고 있었으니까.

"그럼 당신은 저에게 뭘 주실 건가요?"

그녀가 물었다. 그에게.

너에게 그 큰 금액의 주식을 모두 넘기고, 네가 원하는 대로 해 주면 뭘 해 줄 수 있는지. 그러자 그는 방금 전에 했던 말을 반복한 후 뒷말을 덧붙였다.

"당신과 결혼하죠. 그리고 여잔 당신 하나만으로 하죠."

헛웃음이 터져 나왔다. 그럼 이 남자는 애초에 자신과 결혼하더라도 여러 여자를 만날 생각이었단 말인가.

"사랑해, 주영아."

그가 달콤하게 속삭이던 사랑의 언어가 떠올랐다. 따스한 웃음이 떠올랐다. 그래서 더욱 괴로움에 몸부림을 친다.

"왜 울어, 울지 마. 주영아, 주영아, 울지 마. 내가 더 아파."

속으로 피눈물을 흘리자 과거의 그가 그녀를 다독인다.

주영이 입술을 악물자, 혜성이 입꼬리를 비틀며 웃었다.

"왜요, 싫습니까?"

그녀가 자신을 원한다는 것을 알았으니 거칠 것이 없는 듯 보였다. 그래서 그녀는 허탈한 표정으로 말을 할 수밖에 없었다.

"사랑이 없는 결혼은 힘들어요."

사랑이 없는 사람과 평생을 보내는 것이 얼마나 힘든지, 이 세계에 속한 사람들은 잘 알고 있었다. 원하는 것이 있어 상대와 백년가약을 맺었으나 평생을 외로운 것을, 그래서 다른 사람을 뒤에서 몰래 만나며 그들조차도 외롭게 만든다는 것을. 주영은 너무나 잘 알고 있었다.

"그걸 당신은 지금 어떤 수를 써서라도 하려고 하고 계시지 않습니까."

그의 말에 주영이 천천히 고개를 끄덕였다.

"당신 정말 나쁜 사람이군요."

"그건 제가 하고 싶은 말입니다. 호텔을 흔들지 않았어도 당신과 결혼했을 겁니다."

왜 그런 짓까지 했는지 이해하지 못하겠다는 듯 그가 말을 이었다.

"당신이죠? 호텔 어음."

"……하하."

옅은 웃음을 뱉은 그녀가 고개를 기울이며 그를 바라보았다. 그 일에 그는 꽤 많이 화가 났나 보다. 하지만 주영은 눈 하나 깜짝하지 않고 물었다.

"그렇다면요?"

"그렇게까지 하실 필요는 없었습니다."

"결혼과는 별개로 그 호텔은 제가 아는 사람이 무척 싫어했었죠. 당신은 지키고 싶은 모양이지만."

그녀가 그를 흔들림 없이 바라보며 말했다. 그러더니 자리에서 일어나 그에게 다가가 앞에 섰다.

그녀는 높은 힐을 신고 있음에도 그와 겨우 눈을 마주할 수 있었다. 그건 그가 지나치게 큰 키이기도 했으나, 주영이 여자치곤 조금 작기도 해서였다.

하지만 예전의 그는 그녀가 지금처럼 높은 구두를 신는 것을 싫어했다. 자신의 품에 쏙 들어오지 않는다고. 하지만 지금의 혜성은 눈 하나 깜짝하지 않은 채 그녀를 바라보고 있었다.

참, 이 상황이 웃기다.

그녀가 그를 가만히 올려다보며 제발 기억해 내라는 듯 슬픔이 그득한 목소리로 말했다.

"고려호텔을 허물고 그 자리에 커다란 나무를 심고 싶었거든요."

그녀가 좋아하는 아카시아 나무를 심겠다고 했었다. 그래서 싫은 공간을 상쇄시키고 싶다고.

하지만 주영의 말에도 혜성은 표정 변화 하나 없었다. 움푹 들어가 있는 뺨을 바라보던 그녀가 어깨를 으쓱한 후 몸을 돌렸다. 그리고 자신의 책상이 있는 쪽으로 걸음을 옮기며 이 대화를 끝내고 싶다는 듯 잘라 말했다.

"당신의 조건은 받아들일게요. 제 쪽에서 변호사가 찾아갈 겁니다. 서류 검토하신 후에 연락 주세요."

드르륵, 의자를 빼내 앉은 그녀가 책상으로 시선을 내렸다.

엎어져 있는 액자.

그에겐 보여 줄 수 없는 그들의 과거.

그 시간들이 마음이 아프다.

"더 하실 이야기는 없으세요?"

그녀가 액자를 바라보며 물었다. 그러자 그에게선 '더 이상 물어볼 것이 없다' 라는 답만이 흘러나왔다. 그럴 수밖에. 그는 이곳에 와 원하는 것을 모두 받아 낸 상태였으니까. 그에게서 지금 가장 중요한 것은 고려호텔의 안위뿐이었다.

"아, 참."

문 쪽으로 걸음을 옮기는 그의 모습을 말간 눈동자로 바라보던 그녀가 순간 몸을 돌리는 그와 시선을 맞췄다. 그는 더 할 말이 남아 있냐는 듯 그녀를 보고 있었다.

주영은 느른한 표정으로 턱을 괴었다. 그리고 미간을 장난스럽게 일그러뜨리며 말했다.

"더 이상 그 호텔로 여잔 끌어들이지 마세요. 아니, 끌어들이실 거면 제발 급이 좀 높은 여자들과 어울리세요."

최근에 그와 밤을 보낸 사람은 최근 예능에서 종횡무진 활약하고 있다는 모델 최수현이었다. 입이 가벼운 여자여서 그런지 그 하룻밤이 연예계는 물론이고, 그녀의 귀에까지 들려왔다.

뭐라고 했더라? 아. 끝내주는 밤이라고 했던가.

그녀가 미소를 지으며 말했다.

"제 격까지 떨어지거든요."

직설적인 말을 잠자코 듣고 있던 그는 무슨 생각을 하는지 알 수 없을 만큼 무표정한 얼굴이었다. 감정 한 터럭 느낄 수 없는 그의 얼굴을 바라보던 그녀가 잔뜩 세우고 있던 바늘을 감췄다.

재미없다. 참.

질투에 눈이 멀어 날카로운 바늘로 콕콕 찔러 대는 자신이 참 불쌍하고 바보 같아 보여 그녀가 그에게 향해 있던 시선을 옮겼다.

우주영, 어쩌다가 이렇게까지 됐냐. 완전 바닥이잖아.

그녀가 한숨을 푹 내뱉었다.

"그럼 당신이 대신 가 주겠습니까?"

갑자기 들려온 그의 말에 깜짝 놀란 주영이 고개를 번뜩 들었다. 말도 말이었지만 지나치게 가까운 곳에서 들려온 목소리 때문이었다.

고개를 들자, 곁으로 다가온 그가 팔을 뻗어 그녀의 턱을 잡아 위로 올렸다. 그리고 이타적인 눈동자로 그녀를 내려다보며 말한다.

"남자의 몸은 여자들이 생각하는 것보다 훨씬 단순하거든요."

탁!

그의 손을 거칠게 쳐낸 주영이 거친 숨을 토해 냈다. 거친 풍랑을 만난 것처럼 뒤흔들리는 그녀의 모습에 그가 승자의 미소를 지으며 말했다.

"생각나면 말씀해 주십시오. 당신 외모, 꽤 내 취향이거든요."

그가 말을 마친 후 다시 걸음을 옮겼다. 그리고 문을 열고 사무실을 나서기 전, 주영이 비틀거리며 자리에서 일어났다.

"당신, 나중에 죽고 싶을 거야."

팔로 책상을 짚은 그녀가 몸을 의지했다. 다리가 바들바들 떨려 왔지만, 다행히도 이 모습은 그에겐 보이지 않을 것이다.

그녀는 고집스레 그를 바라보며 이를 악물었다. 그리고 경고

했다.

“오늘 일 기억하면, 아니, 과거를 잊었을 때 있었던 일들을 기억하면 몸서리치게 후회할 거야.”

그녀를 뚫어지게 바라보던 그가 문에 몸을 비스듬히 기댔다. 그리고 일그러져 있는 주영의 얼굴이 아름다운 미술품이라도 되는 것처럼 한참이고 관찰하는 시선으로 바라보았다.

저 사람은 이 상황이 재미있는 건가?

개구진 웃음을 짓는 그의 얼굴을 보며 그녀가 눈을 감았다.

“그럴까요? 전혀 후회하지 않을 것 같은데.”

그의 말이 비수가 되어 가슴을 찌른다. 하지만 그는 거기서 말을 멈추지 않았다.

“예전의 나는 어떤 사람이었는지 모릅니다. 하지만.”

말을 멈춘 그가 잠시 호흡을 가다듬은 후 말을 이었다.

“지금의 나와는 다른 사람이라는 것은 알겠습니다.”

말을 마친 그가 사무실 문을 열고 나섰다.

“당신은…….”

예전에 아주 따스한 사람이었어요.

“그래서…….”

정신없이 당신을 사랑했어요.

“당신은 내 인생의 처음이자 마지막 남자였어…….”

그리고 당신도 날, 그렇게 사랑했어.

❖

“부사장님.”

마지막 일정까지 마친 주영은 본사로 들어가려다 말고 자신을 붙잡는 정 비서를 보았다. 그가 이런 말을 해야 할지 말아야 할지 모르겠다는 듯 고민하는 얼굴로 주영을 보더니 이내 운을 뗀다.

“저녁에 대운 리조트 사업과 관련하여 자리가 잡혀 있습니다.”

“정 비서님, 꼭 그런 자리까지 가야 해요?”

며칠 전에도 들었던 이야기이기에 주영은 놀란 표정 대신 얼굴을 일그러뜨렸다.

오늘 저녁엔 대운 리조트 사업과 관련하여 술자리가 있었다. 단순한 술자리였다면 그녀 역시 군말 없이 참석했겠지만, 남자들이 모여 술을 마시는 장소가 어떻겠는가.

주영의 얼굴이 창백하게 굳어졌다.

“제주도 대운 리조트는 우 회장님의 관심 사업이었습니다.”

“그랬으니, 이렇게 직접 술자리까지 가지려고 하셨던 거겠죠.”

“네.”

정 비서의 말에 그녀가 고개를 끄덕였다. 대운의 수장이 술자리에 직접 나설 정도였다면, 아버지가 이 사업에 지대한 관심을 가졌다는 말이기도 했다.

병상에 누워 있는 아버지셨다. 좁은 침대에 누워 깊은 잠에 빠져 있는 우 회장의 모습을 떠올리던 주영은 정 비서의 목소리에 고개를 들었다. 흰머리가 성성한 노인은 주영을 안타까운 눈으로 내려다보았으나, 입술을 통해 흘러나오는 말은 단호했다.

"이 이사님이 계셨다면 참석하셨겠지만, 현재 일본 출장 중에 계시지 않습니까. 부사장님께서 참석해 주셔야 합니다."

"후, 네. 여자라고 뺄 수는 없겠죠."

여자라고 책잡힐 필요도 없고. 웅얼거린 후 차에 오른 그녀는 앞좌석에 앉는 정 비서의 인기척이 들리자 눈을 감았다.

"가시죠, 그럼."

피곤함이 얼굴 위로 깊게 내려앉았다.

저녁의 도로는 주차장처럼 꽉꽉 막혔다. 테트리스처럼 맞물려 천천히 이동을 했다.

평소라면 30분이면 갈 거리를 한 시간이 넘어서야 도착한 주영은 직접 문을 열고 차에서 내렸다.

정 비서의 안내를 받아 2층 룸으로 올라온 주영은 반쯤은 벗고 있는 여자들의 모습에 인상을 찌푸렸다. 여자들도 주영을 힐끗힐끗 노려보고 지나가는 것을 보니, 기분이 나쁜 것은 서로가 마찬가지인 모양이었다.

"이쪽입니다."

예상했던 것과 같은 분위기에 주영이 손을 들었다. 두통이 몰려와 이마를 손으로 꾹꾹 누르던 그녀는 매니저가 룸으로 안내를 하려 하자 눈을 떴다.

고개를 끄덕인 주영이 정 비서를 돌아보며 말했다.

"정 비서님은 이만 퇴근하세요."

"아닙니다. 밖에서 기다리고 있겠습니다."

"스무 살 아니거든요? 술 마실 생각도 없고요. 잘 들어갈 테니, 정 비서님도 이만 퇴근 하세요."

그녀의 말에 정 비서가 고개를 숙였다. 주영이 이렇게까지 말하니 더 버틸 수가 없어서.

그에게 고갯짓을 한 주영은 매니저의 안내를 받아 기다란 복도를 걸었다. 양쪽으로 쭉 늘어서 있는 룸은 일반 손님을 받는 곳인지 좁아 보였다. 그렇게 미로 같은 복도를 걷고 또 걸을 때였다. 반대쪽에서 붉은색 미니드레스를 입은 여자와 노출이 심한 하얀색 원피스를 입은 여자가 걸어왔다.

"야, 로사 땡잡은 거 아니야?"

"그냥 졸부가 아니잖아. 고려호텔 사장이라니. 땡잡은 거 맞지."

"실제론 처음 봤는데 진짜 잘생겼더라."

"잘생기기만 했니? 돈도 많지."

그녀들의 말에 주영의 걸음이 순간 멈췄다. 그리고 막 매니저에게 고개를 숙인 채 걸어가는 여자들의 뒷모습을 보며 말했다.

"지금 고려호텔 사장이라고 했나요?"

"뭐야?"

그녀의 말에 여자들이 날카로운 반응을 보였다. 그녀가 입고 있는 옷이 지나치게 비싼 명품이란 것도, 반반하고 예쁘장하게 생긴 얼굴이라는 것도, 주얼리 또한 비싸 보인다는 것도 마음에 들지 않는데 고개를 치켜들고 도도한 표정까지 짓고 있으니 짜증이 난 모양이었다. 하지만 주영은 더욱 턱을 치켜 올리며 묻는다.

"고려호텔 강혜성 사장이냐고요."

"그런데요?"

흰 원피스를 입고 있던 여자가 짜증스럽게 말했다. 방금 전까지만 해도 혜성의 외모에 대해 침이 마르도록 칭찬했던 여자였다.

갑작스러운 주영의 반응에 놀란 것은 그녀를 안내하던 매니저도 마찬가지인 것인지 물었다.

"무슨 일이시죠?"

"글쎄요, 저도 무슨 일인지 모르겠네요."

왜 그 사람이 여기에 있는지.

그녀가 애써 뒷말을 삼킨 후 자신을 노려보는 여자들에게로 시선을 돌렸다.

"지금 어디에 있는지 안내해 주실 수 있나요?"

"손님이 있는 곳은 안내해 드릴 수 없습니다."

더욱 그 사람이 고려호텔 강혜성이라면 더 그럴 수가 없다며 매니저가 인상을 굳히자, 붉은색 원피스를 입은 여자가 짜증스럽게 말했다.

"당신이 뭔데 그 사람이 있는 곳에 가겠다, 말겠다 하는 거예요?"

"약혼녀."

"네?"

주영이 딱 잘라 말하자, 세 사람의 얼굴이 순간 벙쪘다. 하지만 그녀는 거기서 말을 멈추지 않는다.

"내가 그 사람 약혼녀라고요. 그러니까 안내하시죠. 안내하지 않으시면……."

주영이 느슨하게 말끝을 흘리자, 매니저가 그녀에게 한 걸음 다가왔다.

이 자리에서 그만이 유일하게 알고 있었다. 그녀가 가진 힘을.

"안내하겠습니다."

"매니저님!"

그건 안 된다고요.

흰색 원피스를 입은 여자가 말했다. 손님에 대한 것은 철저하게 비밀로 부쳐야 한다. 그것이 이곳의 룰이었다. 그런데 안내를 하겠다니, 말이 되는가!

여자가 짜증스럽게 말을 이었다.

"장사 접고 싶어요? 하루 이틀 한 것도 아니고."

"안내를 하지 않으면 당장 내일 접어야 할지도 몰라요."

"뭐예요?"

"제가 가진 힘은 그렇게 커요."

그녀의 말에 여자가 입술을 깨물었다. 표정은 '도대체 당신이 누군데?' 라고 묻는 것만 같았다. 만약 그녀가 말한 대로 약혼녀라 한다면 대단한 집 자제라는 것은 알 수 있었다. 고려그룹 후계자와 결혼을 할 사이라면 그만한 힘을 가졌을 테니까. 하지만 고려그룹이 힘이 더 강하다면 접네, 마네 할 수는 없는 것이지 않은가.

그러자 주영이 희미한 웃음을 머금으며 말했다.

"대운이요. 대운이라면 이곳을 당장 문 닫게 할 수도 있다고요."

그 말을 하는 순간 사람들은 더 이상 토를 달지 못했다. 단순한 위협이라고 받아들일 수 없었으니까. 그녀가 안내하라는 듯 매니저를 바라보자 그는 군말 없이 복도를 걸었다. '이리 오시죠' 라고 말하는 친절까지 잊지 않은 채.

A-1이라 써 있는 방 앞에 멈춰 선 그가 문을 보며 말했다.

"여깁니다."

"절 기다리고 계실 분들에겐 잠시만 기다려 달라고 전해 주시겠어요?"

말을 마친 그녀가 들고 있던 가방에서 팁을 꺼내 그에게 건네자 그가 군말 없이 이를 받은 후 사라진다. 그의 뒷모습을 한참이고 바라보던 주영이 문을 열고 안으로 들어갔다. 그러자 커다란 소파에 느슨한 표정으로 앉아 있는 혜성과 그에게 착 달라붙어 아양을 떨고 있는 여자가 보인다.

"아우, 사장니임."

말꼬리를 늘리며 하는 말엔 애교가 뚝뚝 흘러넘쳤다. 여자는 알딸딸하게 술이 취한 것인지 주영이 들어오는 것도 알아차리지 못하고 있었다.

하지만 혜성은 달랐다. 그녀가 자신의 가슴을 만지는 것도 밀어내지 않은 채 주영을 바라보는 그의 눈빛은 어둠을 머금고 있었다.

“이게 당신의 바닥이군요.”

주영이 그를 보며 말했다. 셔츠 안으로 파고들던 여자의 손이 멈춘 것도 그때였다.

“당신 뭐야!”

여자가 소리쳤다. 하지만 혜성은 이에 대한 제재도 하지 않은 채 언더락 잔에 담긴 술로 입안을 적신다.

그의 모습에 분노가 치밀었다. 몸이 부들부들 떨리기도 했다. 당신이 왜 여기에 있냐고, 왜 옆에 있는 여자가 몸을 더듬는 것조차 막고 있지 않냐고 묻고 싶었다.

하지만 그 말을 하는 순간 자신의 마음이 아래로 추락할 것이란 걸 주영은 너무나 잘 알고 있다.

“여긴 어쩐 일이지? 당신이 올 만한 곳은 아닌 것 같은데.”

그의 말에 주영의 다리가 부들부들 떨리기 시작했다. 술집 여자와 함께 술을 마시는 모습을 자신에게 보였음에도 그는 아무렇지도 않은 모양이었다.

주저앉을 것만 같았다. 하지만 그녀는 온몸에 힘을 주었고, 울음이 터지려고 하는 것도 애써 참았다. 그래, 모든 걸 애써 참았다. 여기서 무너질 수는 없으니까.

"그럼 당신은 왜 여기에 있는 건데요?"

"보시다시피."

그가 어깨를 으쓱이더니 옆에서 주영만 노려보는 여자에게 잔을 내밀었다.

"술잔이 비었는데?"

"아, 네. 사장님! 근데 저 여자 뭐예요?"

잔이 차자 그가 입술 끝을 적신 후 주영과 자신의 관계를 단정지어 말했다.

"아마도 나랑 결혼할 여자."

"강혜성 씨!"

그녀가 비명처럼 외쳤다. 그러자 그는 눈 하나 깜짝하지 않은 채 테이블 위에 잔을 내려놓은 후 입술을 비틀며 웃었다.

"이 여자랑 잘 마음은 없어. 그럼 된 것이지 않나?"

"……."

"함께 마시지 않을 거면 이만 나가 주겠어? 지금 이 행동, 상당히 결례인데."

"결례……."

지금 당신의 행동이 더 결례예요.

그 말을 했었어야 했다. 그렇게 말하며 지금 혜성의 행동을 꼬집어야 했다. 하지만 그녀는 충격에 아무런 말도 하지 못한 채 자리에서 비틀거렸다.

벽을 짚은 그녀가 눈을 감으며 거친 숨을 토해 냈다.

"당신 정말 끔찍해요."

"……."

"너무너무 끔찍해."

주영이 읊조리듯 말하자, 그가 고저 없는 소리로 물었다.

"그래서, 이젠 나와 결혼할 마음이 들지 않는 건가?"

마지막까지 그가 그녀의 심장에 비수를 내리꽂는다.

주영이 더 이상 할 말이 없다는 듯 그를 바라보더니 몸을 돌렸다. 그리고 문을 열고 밖으로 나가는 그녀의 모습에서 한참이고 시선을 떼지 않던 그가 자신에게 계속해 찰싹 달라붙는 여자의 몸을 밀어냈다. 그리고 허리를 동그랗게 말아 숙이며 숨을 훅 내뱉는다.

"끝까지 결혼 안 한다는 말은 하지 않네."

그의 목소리에 웃음이 서려 있었다.

❖

온몸이 아팠다. 분명 꿈인 것이 분명한데도, 사고를 당하고 처음 의식을 찾았던 그 날의 고통은 너무나 강렬해서 허상에서도 몸이 부서지는 느낌을 받았다.

흐릿해진 시야에 먼저 보이는 것은 1년 전 처음 보았던 병실이었다. 모든 기억이 사라졌다는 것도 알지 못했던 당시, 처음 보는 낯선 천장에 혜성은 한동안 눈을 깜빡이고 있었다.

머리도 아팠지만, 상대적으로 뼈가 바스러질 정도로 끔찍한 부상을 입은 몸보단 덜 아팠기에 그는 점점 또렷해지는 시야를 느끼며 손가락을 까딱였다.

자신의 옆에 누워 있던 인영이 작은 움직임을 눈치채곤 상체를 벌떡 일으켰다.

"선배, 내 목소리 들려요?"

머리가 멍멍 울릴 정도로 큰 목소리로 외친 여자는 얼굴에 붕대를 칭칭 감고 있었다. 하지만 간절함을 담은 눈동자는 너무나 명확하게 보여 그는 미간을 찌푸렸다.

이 여자 때문에 머리가 더 아파 왔다.

날 아는 건가?

몇 번이고 자신을 목 놓아 불렀다는 듯 여자는 억울함이 가득한 얼굴로 자신을 보고 있었다.

뭐가 그렇게 원망스러운 거야?

그가 힘겹게 뜨고 있던 눈을 다시 감자, 여자가 그의 환자복을 붙잡으며 거칠게 고개를 저었다.

"안 돼요, 선배! 눈 감지 말아요. 나 봐, 응? 나 좀 봐봐."

귓가에 쨍알쨍알 울리는 여자의 목소리에 그가 얼굴을 일그러뜨리며 물었다.

"당신, 누구야?"

"선배……?"

여자의 눈동자가 순간 감정 한 터럭 남기지 않고 텅 비어 버린 듯했다. 모든 것을 잃은 사람처럼 한참이고 그를 바라보던 여자는 혜성이 목이 아픈 듯 손가락으로 꾹꾹 누르자 그제야 정신을 차린 것인지 작은 목소리로 말했다.

"선배……."

그가 환자인 것처럼 그녀 또한 환자였다. 똑같은 환자복을 입은 채 턱 부분은 붕대로 칭칭 감겨 있었다. 어디 그뿐이던가. 입이 잘 벌어지지 않는 것인지 발음 또한 불명확했다. 귀를 기울이고 자세히 듣지 않으면 무슨 말을 하는지 알 수 없을 만큼.

하지만 여자는 혜성의 시선이 자신에게 닿지 않자 다시 한 번 힘겹게 말했다.

"선배……."

그리고 드디어 남자의 시선이 자신에게 닿는 순간 아래로 무너져 내렸다.

"안 돼……. 어떻게, 어떻게 날 잊어."

그녀는 본능적으로 알았다. 눈앞에 있는 이는 자신이 사랑하던 그 사람이 아니라는 것을. 퉁퉁 부은 얼굴을 혐오감 어린 눈동자로 바라보는 그 눈망울이, 아무런 감정이 담겨 있지 않은 고저 없는 목소리에. 그녀가 숨을 헐떡였다.

눈을 뜨길 기다렸다. 그가 정신 차리기를. 다정한 눈망울로 자신을 바라봐 주기를. 하지만 2주 만에 깨어난 남자는 그녀를 완벽하게 잊은 채 타인이 되어 있었다.

"당신이 어떻게 날 잊어!"

여자가 벼락처럼 외쳤다. 엉덩이가 시린 것도 모른 채 그 자리에 주저앉아 악악 소리를 질러 댔다.

소란스러운 소리를 들은 사람들이 안으로 튀어 들어왔다. 하지만 여자는 끝까지 고함을 질러 댔다.

"어떻게! 어떻게!! 선배가 어떻게 날!"

그 사람들은 여자를 '아가씨' 라고 불렀던 것 같다. 아니, 확실히 그렇게 불렀다.

그들의 손에 이끌려 밖으로 나가면서도 여자는 끝끝내 남자에게서 시선을 떼지 못했다. 그녀의 눈망울에는 애증이 가득 들어차 있었다.

"하아! 하아!"

거친 숨을 몰아쉬며 상체를 일으킨 혜성이 이마에 맺힌 땀을 닦았다.

남자들의 손에 이끌려 질질 끌려가던 모습. 그건 자신이 기억을 잃기 전에 겪은 일이 아니었다. 병실에서 처음 눈을 떴을 때의 일이었고 그때 처음 마주한 여자는 그 후로 자신의 앞에 나타난 적이 없었다.

"누구지……."

도대체 누구지.

그때 당시엔 그저 정신을 놓아 버린 여자라고 생각했다. 주위 사람들에게 물어보아도 그 사람이 누구인지 정확하게 모른다는 말만 했고, 자신의 사고와 관련이 있는 사람이냐는 물음에도 아니라는 답을 들었었다.

자신은 홀로 교통사고를 당했었다. 예전엔 스피드를 즐기는 스피드광이었고, 차가 적은 서해안 고속도로를 달리다가 큰 사고를 겪었다고 했다. 상대도 없이 가드레일을 박은 사고에 그는 몇 차례 큰 수술을 받아야 했고, 2주 만에 겨우 정신을 차릴 수 있었다.

그때, 자신이 살아난 것은 모두 천운이 따른 것이라 했다. 기억이 모두 날아간 것은 안타까운 일이었으나 일상생활에는 별 무리가 없었고, 아무리 떠올리려고 애를 써 보아도 두통만 몰려올 뿐, 딱히 생각이 떠오르지 않자 기억을 찾는 것을 반쯤 포기해 버렸었다.

하지만 최근, 그는 계속해 꿈을 꾸고 있었다.

자신을 선배라고 부르는 여자.

거기까지 생각이 닿은 그는 입 밑에 점이 있던 여자를 떠올리며 자리에서 일어났다. 침대맡에 슬리퍼가 놓여 있었으나 그는 맨발로 걸음을 옮겨 옷 방으로 향했다.

그는 쭉 늘어선 붙박이장 중 가장 구석진 곳으로 걸음을 옮겼다. 그곳은 두꺼운 코트만 있는 곳이었는데, 다른 붙박이장과는 달리 특별히 따로 만든 공간이 있었다.

10cm 정도 벌어진 틈을 보던 그가 손을 뻗었다. 손끝에 딱딱한 상자가 걸린다. 상자를 가지고 온 그가 협탁 위에서 뚜껑을 열었다.

안에는 잡다한 물건으로 가득했다. 우연히 이 상자를 발견했을 땐, 의미 모를 것들만 가득해서 처음엔 쓰레기통에 처박으려고 했던 적도 있었다.

하지만 찬찬히 물건을 살펴본 결과 알았다. 과거의 자신이 이 것을 남들 몰래 붙박이장에 숨겨 두었다는 것을. 아무리 가까운 이들이라 하더라도, 이 안에 있는 것들을 그 사람들에게 보여 주고 싶지 않았음을.

이렇게 꽁꽁 숨겨 있던 탓에 자신이 극심한 두통을 겪는다는 이유로 대부분의 물건들이 바뀐 것과는 달리 이 상자만은 살아남았다. 그리고 그는 이 상자를 발견한 그 날부터 신경 쓰지 않았던 비행기 티켓을 만지작거리게 됐다.

"프랑스 파리 도착이라……."

어차피 1년 전의 것이라 사용하지 못할 텐데도 그는 이 물건을 버리지 못했다. 아니, 이것뿐만이 아니었다.

그가 상자 안에 있던 수첩을 꺼내 펼쳐 들었다. 여자의 이름과 연락처가 적혀 있는 수첩에는 그 여자들이 자신과 무슨 관계인지는 따로 메모되어 있지 않았다. 그래서 그는 기억을 잃기 전, 자신은 천하의 카사노바라는 생각만 했었다.

"여자가 있었을 줄이야."

사랑하는 연인이라…….

그런 것이 있을 줄은 몰랐다.

혹 그 여자에 대한 것도 이 수첩에 적혀 있을까.

고민하던 그는 빨간색으로 체크해 둔 곳 바로 밑에 있는 연락처를 보았다.

[강주현 010-1000-001*]

"강주현이라……."

이번엔 이 여자와 오늘 밤을 보내야겠다고 생각한 그가 휴대전화를 집어 들었다.

몇 번의 통화음이 흐른 후 여자가 전화를 받았다.

— 여보세요?

어린 여자는 아닌 듯 나이가 느껴지는 목소리에 그가 인상을 찌푸렸다. 도대체 예전의 자신은 어떤 취향을 가졌나, 진지하게 고민해 본다.

그는 늘 그랬던 것처럼 자신의 이름을 밝혔다. 그러자 늘 그랬듯 똑같은 반응이 돌아왔다.

"강혜성이라고 합니다."

— 강혜성이요? 강혜성, 강혜성…… 아!

여자가 자신의 존재를 떠올린 듯 짧게 소리를 질렀다.

늘 이런 반응들이었다. 그가 이름을 밝히면 잠시 생각을 떠올리는 듯했고, 곧이어 자신의 제안에 은밀한 웃음을 내뱉곤 했었다.

"오늘 뵐 수 있을까요?"

— 오늘이요?

"네. 장소는……."

고려호텔로 오라고 하려던 그가 입을 다물었다.

"더 이상 그 호텔로 여잔 끌어들이지 마세요. 아니, 끌어들이실 거면 제발 급이 좀 높은 여자들과 어울리세요."

강주현이란 여자가 기억 속에 없으니, 이 여자의 급이 무엇인지 모른다. 하지만 묘하게 주영의 목소리가 그의 신경을 건드리고 있었다.

호텔로 끌어들이지 말라라…….

그가 입가에 웃음을 띠우며 말했다.

"저희 집으로 와 주시겠습니까?"

낡은 건물을 바라보던 혜성이 인상을 찌푸렸다. 페인트칠이 벗겨지고, 제대로 된 간판 하나 없는 건물은 흉물처럼 느껴졌으나, 2층에 자신이 원하는 목적지가 있었으니 어찌 되었든 안으로 걸음을 옮겨야 했다.

한숨을 내뱉은 그가 걸음을 옮겨 2층으로 걸음을 옮겼다. 계단도 여기저기 부서져, 걸음을 디디는 것도 아슬아슬하게 느껴졌다.

기다란 복도를 걸어 중간 문 앞에 멈춰 선 그가 벽에 걸려 있는 촌스러운 노란 간판을 보았다.

<무엇이든 합니다>

흥신소 이름이 참 친절하기도 하다 생각하던 그가 문을 열고 안으로 들어갔다. 그러자 화려한 셔츠를 입고 있는 촌스러운 남자가 자리에서 벌떡 일어났다.

"기다리고 있었습니다!"

밝은 인사에 그가 고개를 끄덕였다. 남자가 소파로 안내하자, 그를 따라 자리를 옮기던 혜성의 눈에 뽀얗게 먼지가 쌓인 소파가 보였다. 장사가 더럽게 되지 않는 모양이었다.

한숨을 내쉰 그가 손수건을 꺼내 의자를 닦은 후에 자리에 앉았다.

"역시 호텔 사장님이라 그런지 상당히 깔끔 떠시네요."

건달처럼 보이는 남자가 낄낄거리며 말했다. 그의 행동에 기분이 나쁠 법도 했건만 그는 아무래도 좋다는 모습이었다.

"그래, 누구의 뒤를 캐면 됩니까?"

오기 전 대략적인 이야기를 나누었던 터라 남자는 본론부터 꺼냈다. 그러자 혜성도 길게 이야기하고 싶은 마음이 없다는 듯이 빠르게 답했다.

"제 과거입니다."

"에?"

이해하지 못할 말에 남자가 눈을 동그랗게 뜨자, 혜성은 혹여 이 멍청해 보이는 남자가 자신의 말뜻을 정확하게 이해 못 한 것은 아닐까 생각하며 말을 덧붙였다.

"강혜성의 과거를 알아봐 주십시오. 사생활까지 전부 다."

"자신의 과거를요? 내 살다 살다 이런 의뢰는 처음……."

남자가 기가 막히다는 듯 허허 웃자, 혜성은 준비해 온 현금을 테이블 위에 내려놓았다. 노란 5만 원권 묶음이었다.

"오백만 원입니다. 제가 원하는 것을 알아내면 이것만큼 더 드리지요."

"오……!"

남자의 눈이 빛났다. 어떠한 의뢰라도 모두 받아들일 것처럼.

그리고 완벽하게 사건을 접수했다는 듯 돈뭉치를 끌어다 한 손에 움켜쥐고 허공에서 팔랑이며 웃는다.

"여자관계까지 싹 알아다 드립죠."

"원하던 바입니다."

혜성의 얼굴이 무감하게 굳어졌다.

"출근을 안 했다고요?"

아무리 전화를 해도 받지 않아 사무실까지 찾아온 주영은 자신이 헛걸음을 했다는 사실을 깨닫곤 미간을 찌푸렸다.

그녀의 손엔 노란 봉투가 들려 있었다. 그와 본격적인 결혼 이야기를 하기 전, 그들의 거래 조건이 적힌 서류였다. 변호사 공증까지 완벽하게 받아야 하는 것이었기에 초안을 가져온 그녀가 헛웃음을 뱉었다.

“네. 따로 일정이 있으시다고요.”

“태평하군요. 호텔이 남의 손에 들어가게 생겼는데.”

태평하다 못해 무슨 생각을 하는지 알 수 없을 정도였다. 술집에서 한가롭게 여자를 끼고 술을 마시지 않나, 출근을 안 하지 않나.

자신과 비즈니스 운운하며 지키고 싶어 했던 호텔은 당장 오늘 넘어가도 이상하지 않을 지경이었다. 아니, 아닌가? 그 원흉이 자신이라는 사실을 알았고, 그 키를 주기로 하였으니 해이해진 것일까?

주영이 눈살을 찌푸리자 이를 보고 있던 박 비서가 감정이 배제된 이성적인 표정으로 말했다.

“다 아가씨 때문이 아닙니까.”

모든 것은 그녀 탓.

그렇게 확언하는 모습에 그녀가 입술을 비틀며 웃었다.

“정말 저 때문이라고 생각하시는 건 아니죠, 박 비서님?”

그녀의 물음에 박 비서는 답 대신 입을 다물었다. 하지만 침묵은 충분한 답이 되어 주었다.

호텔이 힘들어진 것은 그녀의 탓이 아니다. 그녀를 도발하고 진창에 발을 담그게 한 사람들에게 있었지, 본질적인 문제는 그녀에게 있는 것이 아니었다.

강 회장과 그녀의 거래는 박 비서도 잘 알고 있었다. 아니, 그의 주도 아래 부하 직원들의 입단속이 되었고, 그것이 혜성의 두 눈을 가리고 있었다.

굳이 기억할 필요성을 느끼지 못하시면, 하지 않으셔도 됩니다. 지금도 충분하지 않습니까.

강 회장의 뜻에 따라 박 비서는 그렇게 앵무새처럼 말을 반복하고 있었다.

그녀는 삐딱했던 몸을 똑바로 세우며 그를 바라보았다. 그리고 도도하게 턱을 치켜들며 차디찬 시선으로 말했다.

"일이 이렇게 된 데엔 강 회장님의 잘못이 커요. 그리고 침묵으로 일관한 박 비서님의 죄도 아주 조금 있죠."

"……."

박 비서의 턱이 움찔거린다. 그 또한 인정한다는 듯.

주영과 혜성의 주변엔 이처럼, 그들이 헤어지길 바라는 사람들만 가득했다.

그녀가 대답해 보라는 듯 자신을 바라보자 박 비서는 한동안 침묵만 지켰다. 그러다가 다른 곳으로 말을 돌렸다.

"댁으로 가시면 될 겁니다. 예전 그 집에서 지내고 계십니다."

"……거기서요?"

"네."

"……."

"아가씨의 흔적은 말끔하게 치워진 곳이지요."

"치워도 남아 있을 거예요."

그녀가 한숨처럼 말했다.

그 공간에서 쌓은 두 사람의 추억은 가늠할 수 없을 정도로 많고 깊었다. 아무리 물건을 치워 내고 벽지를 새로 바르고, 작은 먼지까지 닦아 낸다 하더라도 모두 지울 수는 없었다.

그녀가 입술을 느른하게 벌리며 말했다.

"그곳은 우리 추억 그 자체니까."

"정말 그렇게 생각하십니까?"

그녀의 답에 박 비서가 물었다. 말처럼 생각 또한 그러하냐고. 그러자 주영은 망설임 없이 그렇다고 답했다.

박 비서가 가볍게 고개를 내저었다.

"가끔 추억은 혼자 간직하는 것이 더 좋을 때도 있는 법입니다."

"알아요."

짧게 답한 그녀가 입술을 비틀며 웃었다.

"그러니까 가르치려 들지 마세요."

입 아프게 설명하지 말라고.

그녀의 모습에 박 비서의 표정이 흐려진다.

"정 비서 님도 걱정이 많으십니다."

"……."

"이틀 전의 일을 모두 전해 들으셨나 봅니다. 부사장님을 잘 보살펴 달라고 신신당부하셨습니다."

룸에서 있었던 일을 정 비서가 모두 들은 모양이었다.

그의 말에 주영이 아무런 말도 하지 못한 채 뒤돌아섰다. 그리고 도도하게 걸음을 옮기는 그녀의 모습을 바라보던 박 비서는 그녀가 자신의 시야에서 사라지고 나서야 긴장하고 있던 마음을 놓았다.

"……두 분 다 어쩌면 좋습니까."

침묵을 동조한 그였으나, 마음이 쓰이는 것은 어쩔 수가 없었다.

고려호텔을 나온 주영은 익숙하게 그의 집으로 향했다.

예전엔 함께 살았던 장소였다. 부모님의 반대에 부딪혀 어쩔 줄을 몰라 할 때, 그는 그녀와 미래를 함께하고 싶다고 했고, 주영 또한 같은 생각이라며 기쁨에 차 고개를 끄덕였었다.

"아직은 이것밖에 해 줄 수 있는 게 없지만, 나중엔 더 큰 것으로 해 줄게."

그는 작은 실반지를 끼워 주며 주영에게 말했다. 그것이 3년

전의 일이었다.

그가 고려그룹에 들어간 지 얼마 되지 않았을 때의 일로, 본사에서 차근차근 경력을 쌓아 나가고 있었다. 강 회장은 그녀와 헤어지기 전까진 원조를 하지 않겠다고 말했고, 그는 자신이 일한 대가로 근근이 지내고 있던 와중이었다.

그때 그가 반지를 끼워 주었다. 미래를 약속하며. 그리고 두 사람은 두 집안 어른들의 반대에도 불구하고 함께 지냈었다.

호적을 합칠 수는 없었다. 하지만 끊임없이 어른들을 설득하려 노력했었다.

그 장소로 향하는 지금, 그녀의 얼굴은 그 어느 때보다도 부드럽게 변해 있었다.

빠르게 달리던 붉은색 차량이 지상 주차장에 부드럽게 멈춰 섰다. 주차를 마친 그녀는 곧장 로비로 향했고, 구석진 곳에 있는 엘리베이터로 걸음을 옮겼다.

또각또각.

경쾌한 하이힐 소리에 그녀의 마음도 저절로 들떴다. 하지만 이런 마음도 잠시, 엘리베이터에 있는 한 커플을 보는 순간 마음은 순식간에 아래로 추락했고, 표정이 허물어졌다.

"만나자고 연락한 지가 언젠데, 이제야 연락하기 있어요?"

"죄송합니다. 사고가 있었거든요."

가볍게 대화를 주고받는 커플을 보던 주영의 눈동자에 순식간에 눈물이 맺혔다.

그였다.

사랑하던 남자의 얼굴을 하고 있는 머나먼 타인.

바들바들 떨리는 몸으로 그를 바라보던 주영이 비틀거리는 걸음을 옮겼다.

그녀는 혜성이 자신을 돌아보는 순간 손을 번쩍 들어 올렸다.

짝!

뺨을 내려치는 손길에 혜성의 고개가 옆으로 홱 돌아갔다. 덕분에 옆에 있는 여자나 갑작스럽게 뺨을 맞은 혜성이나 깜짝 놀라 그녀를 바라보았지만 주영은 옅은 욕지거리만 내뱉었다.

"나쁜 자식."

그녀의 눈에서 후드득 눈물이 쏟아지는 것을 보던 그가 얼굴을 일그러뜨렸다.

지끈.

갑자기 심장이 아팠다.

처음 겪는 변화에 그가 당황해 어쩔 줄 몰라 하고 있을 때였다.

"호텔로 가지 말라고 했다고 집으로 데려와?"

그녀의 말에 그가 서둘러 정신을 갈무리했다. 자신의 변화에 당황하면서도 그는 아무렇지도 않은 척 말했다.

"우주영 씨 말대로 하지 않았습니까."

두근두근.

지끈!

빠르게 심장이 뛰과 동시에 아파 왔다. 애써 관리한 표정이 다시 한 번 일그러졌다.

아파? 도대체 왜? 이 여자가 상처받은 모습은 몇 번이고 보았다. 우는 모습에 속으로 쾌재를 부르기도 했었다. 그런데 왜 지금은 아픈 것일까? 알 수가 없었다.

그가 부러 아무렇지도 않은 척 상처가 가득한 그녀의 얼굴을 보았다.

“다른 사람들에게 소문만 안 나면 그만 아닙니까.”

“…….”

비틀, 흔들리는 몸의 균형을 애써 잡은 그녀가 손을 들어 눈을 가렸다.

술집에서 일이 있은 뒤로, 아니, 그에게 호텔로 사람을 끌어들이지 말라는 말을 한 뒤로, 이 이상의 바닥은 보여 주고 싶지 않았다. 하지만 머릿속이 하얗게 변하면서 이성의 끈을 툭 하고 잘라 버리는 기분이 들었다.

몸을 똑바로 세운 주영은 뒤에서 자신을 놀란 눈으로 바라보는 여자를 보았다. 30대 후반 정도 되어 보이는 여자는 값싼 장신구를 한 여자였다. 세월의 흔적이 고스란히 묻어 있는 얼굴을 바라보던 그녀가 또박또박한 어조로 말했다.

“당신 덕분에 값싼 여자가 되었으니, 너와 오늘 같은 밤을 보내기로 했던 저 여자도 바닥으로 내려와야지.”

“우주영……?”

자신을 부르는 목소리에 그녀가 고개를 돌렸다. 그리고 멍한 눈빛을 보며 입술을 비틀어 웃었다.

"키스를 하겠지. 넌 턱에 키스를 하는 걸 좋아했으니까."

그럼 그는 세상에서 가장 따스하게 웃어 주었다. 그리고 커다란 손으로 자신의 머리를 쓰다듬은 후 양 뺨을 쥐었다.

"턱에 입을 맞추면 당신은 늘 뺨을 감싸 쥐어 줬어. 그리고 눈꺼풀에 입을 맞춰 줬어."

가볍게 쥔 손바닥은 늘 체온이 올라가 있었다. 곧 닥칠 관계의 기쁨 때문인지 기대감 때문인지는 몰랐으나, 그는 자신을 향해 방긋방긋 웃으며 말했다.

"너무 예쁘게 보지 말라고!"

늘 그렇게 말했다. 늘, 늘!

그러면 난 행복함에 어쩔 줄 몰라 그의 품에 안겼다. 실오라기 하나 걸치지 않은 두 몸은 하나처럼 착 달라붙었다.

파르르 떨리는 눈을 감자, 그녀의 뺨이 눈물로 얼룩졌다. 눈물은 차가웠다. 서늘하게 식은 그녀의 심장 때문인지.

"침대에서 당신의 이름을 불러 주는 걸 좋아했어."

"……."

"선배라고 부르면 그러지 말라고 했어. 이름을 불러 달라고 했어, 몇 번이나."

눈을 뜬 그녀가 혜성을 바라보았다. 눈동자는 바닥을 드러낸 감정처럼 텅 비어 있었다.

"강혜성, 혜성, 혜성 오빠. 오빠. 오빠."

"……."

그녀의 말에 그의 얼굴이 왈칵 일그러졌다. 손을 든 그가 가슴께를 붙잡으며 그녀를 바라봤다.

멍한 시선은 왜 자신이 아픈지, 왜 그녀의 감정에 자신이 동요되는지 몰라 혼란스러워 보였다. 그 모습을 보자 그녀의 입가가 호를 그렸다.

넌 잊었는데, 네 심장은 잊지 않은 모양이구나.

그렇게 자조 섞인 생각을 하던 그녀는 어느새 멀찍이 떨어져 있는 여자를 바라보며 힘없이 말했다.

"당신도 그렇게 해 줘요. 그럼 아주 좋아할 테니까."

말을 끝낸 그녀가 몸을 휘청거렸다. 진이 빠져 똑바로 서 있을 수가 없어서. 그러자 서둘러 손을 뻗은 그가 주영의 가느다란 팔뚝을 움켜쥐었다. 얼마나 힘을 주었는지, 그녀의 얼굴이 순간 일그러질 정도였다.

입술을 깨문 그가 주영을 내려다보며 낮게 으르렁거렸다.

"당신 뭐야."

분노를 담은 목소리에 그녀가 웃음이 담긴 목소리로 되묻는다.

"뭐냐고?"

"……."

"지금 뭐냐고 물었어?"

그녀가 몇 번이고 그렇게 말했다. 하지만 그는 굳게 입을 다물며 그녀를 노려보고만 있었다.

당장 말해!

그의 눈빛이 사납게 말했다. 붉어진 눈동자는 마치 짐승처럼 보였다.

하지만 주영은 눈 하나 깜짝하지 않은 채 그와 시선을 맞춘 후 말했다.

"당신이…… 그랬어."

그 뒤로 힘겹게 토해져 나온 말에 그의 얼굴이 딱딱하게 굳어졌다.

"내 이름은 강혜성. 네 이름은 우주영."

"……아."

"넌 날 언제나 품어 준다고. 힘들고 아플 때, 아무것도 하고 싶지 않을 때 안아 주면 그렇게 포근할 수가 없다고."

그가 뒤통수를 강하게 후려 맞은 것처럼 그녀를 바라보았다.

"그 날도 그랬어."

이제야 알 것만 같다.

눈앞에 있는 이 여자의 정체를.

지끈! 지끈!

고통이 커져 갔다.

"비 오는 그 날도."

이 여자는 분명 자신의 과거 속에 있었다. 아주 깊숙한 곳에.

자신의 꿈에 나와 늘 웃는 입술 밑에 점이 있는 그 여자와 같이.

아마도…… 이 여자와 자신은 사랑을 했을 것이다.

그의 얼굴이 일그러졌다. 끔찍한 감정을 담은 채.

"그 날도!"

그녀가 비명처럼 외치자 그가 붙잡고 있던 팔을 놓아주었다. 그리고 손을 들어 눈두덩을 손바닥으로 꾹 눌렀다.

뜨거웠다. 감정이 풍부한 사람이었다면 아마 울었겠지만 안타깝게도 그는 기억을 잃는 순간 감정까지도 모두 잃어버렸다.

"당신…… 사고 날 같이 있었네."

"……."

그의 말에 답은 되돌아오지 않았다. 그러자 그는 감고 있던 눈을 떠 주영을 보았다.

피곤함이 가득한 눈동자에 주영이 담긴다. 그녀의 눈가가 붉게 변해 있었다. 충분히 운 것 같은데도, 그녀는 또다시 울고 있었다. 더 흘릴 눈물이 남아 있다는 듯이.

"그렇지?"

그가 물었다. 그러자 그녀가 비틀린 웃음으로 말했다.

"멍청아. 묻지 마."

지끈, 지끈, 지끈.

3. 은밀한 거래

도망치듯 자리를 벗어나는 여자의 뒷모습에 그는 가슴이 아팠다. 지끈지끈, 계속해 저며 오는 심장에 당황한 채 그 자리에 서 있기를 몇 분. 그는 허리를 숙여 주영이 떨어뜨리고 간 봉투를 집어 들었다.

봉투는 안에 내용물이 있을까 싶을 정도로 얇았다.

이걸 주기 위해서 온 것일까?

낮게 가라앉은 시선으로 봉투를 바라보는 그의 눈동자에 감정이 어렸다.

"괜찮아요?"

뒤에서 사달을 바라보고 있던 여자가 그에게 다가와 물었다. 끼어들어 뭐라고 할 수 없을 만큼 격정적이었던 대화에 그녀에게도 비난이 날아들었다 생각한 그가 그제야 허리를 가볍게 숙이며 사과의 말부터 전했다.

"아, 죄송합니다."

정작 표정에선 아무것도 느낄 수 없었으나 깍듯한 인사와 말씨에 주현이 허공에서 손을 내저었다.

"아니에요, 괜찮아요."

"험한 꼴을 보였습니다."

나지막한 말에 주현의 미간이 찌푸려졌다. 그리고 방금 전까지 주영이 악을 쓰며 소리를 내지르던 곳을 힐끗 보며 걱정스럽게 말했다.

"저 여자분, 뭔가 오해를 하는 것 같은데……."

그것도 아주 큰 오해.

그녀가 정말 안 따라가 봐도 되냐는 듯 그를 올려다보자, 그는 희미하게 웃음을 머금으며 입가를 올렸다.

"지금은 차라리 오해를 받는 게 낫습니다. 제가 천하의 난봉꾼이어야 모두들 안심을 하시니까요."

왠지 씁쓸해 보였다, 그 웃음이. 그래서 입안이 텁텁해지는 기분이었다. 겉으로만 보면 그녀가 마음을 써야 할 하등의 이유가 없을 정도로 그는 완벽한 남자였다. 그러나 왠지 지금은 그가 안쓰럽게 느껴져 뭐라고 한마디라도 해야 할 것 같았다.

하지만 이런 그녀의 생각을 눈치챈 것일까. 위로를 바라지 않는다는 듯 그는 1층에 도착했다가 다시 닫힌 엘리베이터 문을 가리키며 말했다.

"올라가서 이야기하시죠."

"아니에요. 또 오해를 받을까 무섭네요."

그녀가 고개를 절레절레 젓는다. 처음엔 긴밀하게 물을 것이 있다는 말에 그의 집으로 가겠다고 말을 하긴 했었다. 그와 자신을 누가 찍어 붙이겠나, 그런 생각 때문이었다.

하지만 방금 전 주영의 반응을 본 후로 그녀는 정신이 번뜩 들었다는 듯 엘리베이터에 오르지 않았다. 그리고 당혹으로 굳어진 그의 얼굴을 말간 눈동자로 보았다.

"여긴 좀……."

그가 인기척 없는 주위를 살핀 후 목소리를 한층 더 낮췄다.

"보는 사람들이 있으니까요."

사람 그림자 하나 보이지 않았으나, 강 회장이 붙인 사람이 어디서 지켜보고 있을지 모를 일이었다. 아니, 강 회장 정도 된다면 당장 이 건물에 있는 CCTV를 볼 수도 있었다. 그렇기에 그는 늘 닫혀 있는 공간에서 사람들을 만났다.

제일 안심이 되는 곳은 고려호텔이었다. 그곳은 다른 곳과는 달리 자신이 구축한 세계 안이었고, 룸에 CCTV가 설치되어 있을 리가 없었으니까. 그곳 안으로만 들어간다면 완벽한 밀실이었다. 그리고 그다음은 바로 자신의 집이었다.

그가 자신의 집이 아니면 곤란하다는 듯 주현을 바라보자 그녀도 고민에 잠긴 듯 한참을 망설였다. 그러다 한숨을 푹 내쉬더니 이내 승낙했다.

"흠, 좋아요. 정 그러시다면."

그와 그녀가 엘리베이터 위에 올랐다. 그리고 빠르게 변하는 층수만 바라보며 한동안 침묵을 지켰다.

집에 도착한 그가 주현과 마주하기 전까지 한 말은 딱 두 마디였다. 깨끗하고 넓은 공간에 발을 디디자마자 어쩔 줄 몰라 하는 그녀에게 '저기에 앉으세요' 라고 자리를 권한 것과, '차는 무엇으로 드릴까요?' 였다.

아무리 기억을 잃은 그라 하더라도 자신을 기만했다고 생각했던 것과는 달리 그는 명확한 선을 그은 채 주현을 대했다. 그리고 주현 또한 그가 그은 선은 넘지 않으려 하는 모습이었다.

찻잔을 쥔 채 그녀를 바라보던 그가 물었다.

"제가 뭐라고 연락을 했었습니까?"

"로즈에 관련해서 물어봤었어요."

주현의 답에 그는 예상하고 있었다는 듯 고개를 끄덕였다. 그리고 한숨처럼 말했다.

"제가 1년 동안 만난 여자들의 입에선 그와 비슷한 이름의 술집이 나왔습니다. 로즈, 담비, 샤넬, 몽블랑. 모두 술집이었습니다."

직업여성들 쪽으로 성도착증이 있는 것은 아닐까, 처음엔 그렇게 생각했다. 지금은 유명한 모델이 되어 있는 사람들도 과거 그가 연락을 했을 땐 모두 룸살롱에서 일을 하고 있었던 때였으니까. 그러다 과거에 자신에게 연인이 있었다는 것을 알게 된 후론 가볍게 여성들을 만나 잠자리만을 즐겼나, 하는 생각도 해 보았다. 만약 그런 것이라면 아무리 과거의 자신이라 하더라도 불결하게 느껴지는 것은 어쩔 수가 없었다.

그것만 아니었으면 하는 바람이 있었으나, 누군가에게 물어볼 수 있는 사안은 아니었다. 강 회장은 물론이고 박 비서까지. 자신의 주위에 있는 사람들은 죄다 그가 과거의 기억을 찾지 않길 바랐다.

그것이 그 노트 속에 적힌 인물들과 관련이 있다고 생각한 그는 잠시 멈췄던 말을 이어 나갔다.

"제가 그곳에 다니냐고 물어본 후에, 만나자고 약속을 잡았답니다. 그런데 아까 보셔서 아시겠지만 전혀 기억이 나지 않습니다."

"저도 로즈에서만 일을 해서 잘 모르겠어요. 그곳들의 연관성이 어떻게 되는지."

그녀가 대략 1년 전에 했던 대화 내용을 떠올린 후 고개를 저었다. 그가 다시 연락을 했을 때, 강혜성에 대한 기억은 몇 가지 없었다.

과거 그녀의 직업여성 이력을 알고 있다는 것. 그리고 그곳이 어디인지까지 알고 있다는 것. 목소리가 낮고 지극히 좋다는 것.

일을 한 곳이 남들의 인식이 좋지 않은 곳이었기에 과거엔 만남을 거절하기도 했었다. 지금은 잘 살고 있는데 굳이 자신의 과거를 알고 있는 사람을 만나 그때의 일을 들춰낼 필요는 없다고 생각했으니까.

하지만 이런 그녀의 생각이 바뀐 것은 아주 찰나였다.

"제발 부탁입니다."

간절한 말과 목소리. 그리고 꼭 찾아야 하는 사람이 있다는 말. 사례도 하겠다고 했지만 주현은 이를 거절했다. 단 한 번의 만남이면 되냐고 물어봤을 뿐. 그때 힘겹게 만나기로 수락했던 것이 이제야 성사가 된 것이다.

"돈 많은 사장님이니 사람을 시켜서 알아보면 되지 않나요?"

주현은 왜 이렇게 힘들게 돌아가느냐 물었다. 그 정도의 재력이 있으면 무엇이든 못 하냐고. 하지만 그는 허탈한 웃음을 지으며 고개를 절레절레 저었다.

"제가 안 그랬겠습니까?"

이미 할 수 있는 건 다 해 보았다. 그리고 그가 알아낸 건 아무것도 없었다.

"없어진 술집들에 대해선 아무것도 알아낼 수가 없었습니다. 마치 누군가가 일부러 깨끗이 지운 것처럼요."

"그럼 열심히 생각하려고 애쓰는 거는요?"

"그 역시 안 됩니다. 아프기만 할 뿐."

과거 자신의 기억에서도 알아낼 수 있는 것은 아무것도 없었다. 아니, 없었었다. 하지만 주영을 만난 이후로 간혹 꿈에서 펼쳐지는 과거. 그리고…….

"마치 몸이 알아서 기억을 막는 기분이랄까요?"

다른 곳들은 다 잊어도 심장만은 기억하고 있다며 전해지는 아픔.

지끈!

주영을 생각하는 것만으로도 또다시 가슴께가 저릿저릿해 오자 그가 허탈한 듯 웃었다.

그녀가 봉인을 푸는 열쇠라도 되는 건가? 갑작스러운 변화에 그가 혼란스러운 눈으로 주현을 바라보았다. 그녀는 이해한다는 듯 그를 향해 고개를 저었다.

"처음 뵙는데 별말을 다 하네요."

"아니에요. 오히려 도움이 되어 드리지 못해 죄송한걸요."

만남이 허무할 정도로 두 사람의 대화는 짧았다. 과거 그가 이 여자에게 무슨 말을 듣고 싶어 했는지, 그 실마리조차 찾지 못했으니까.

이걸로 그가 만난 직업여성의 수만 열한 명이었다. 그리고 그들의 공통점은 과거든 현재든 술집에 다녔다는 것. 그에게 갑작스러운 전화를 받았고, 만나 달라는 부탁을 받았다는 것. 그게 전부였다.

주현은 대화가 끝이 나자 홀가분한 얼굴로 자리에서 일어났다.

그녀 역시 만나자고 했던 이가 연락이 없어 찜찜했었는데, 이제라도 그를 만나 다행이라는 표정이었다.

그녀가 현관으로 향하자 그 역시 뒤를 따랐다. 그가 준비한 차가 식기도 전이었다.

그는 그녀가 구두를 신는 것을 보며 말했다.

“처음입니다.”

“네?”

무슨 말이냐는 듯 주현이 눈을 동그랗게 뜨자 그가 개구진 아이처럼 말한다.

“다른 사람들은 모두 절 어떻게든 유혹하려고 애쓰던데.”

어머어머.

주현의 입에서 호들갑스러운 반응이 흘러나왔다. 그럴 수밖에.

눈앞에 있는 남자는 아주 멋있었다. 그가 고려그룹의 후계자이며, 외모는 물론 기럭지까지 훌륭하자 눈독을 들이는 이들이 많았을 것이다.

그렇게 연락을 받은 여자들은 그가 만나자고 했다며 주위 사람들에게 소문을 냈고, 막상 그와 아무 일 없이 볼일이 끝나자 기분 나빠했다. 그중 자존심이 상해 그와 끝내주는 뜨거운 밤을 보냈다는 헛소문까지 내는 이들도 있었다.

하지만 혜성은 이를 바로잡지 않았다. 오히려 그 소문들이 그는 고마웠다. 덕분에 뱀 같은 강 회장의 눈 밖에 날 수 있었고, 자연스럽게 메모 속 여자들을 만날 수도 있었다. 그에겐 다행인

일이었다.

매력적인 웃음에 주현은 고개를 절레절레 저었다.

"미안하지만 가정이 있어서요."

아무리 그가 멋있다 하더라도 자신의 과거까지 모두 이해해 주고, 불행했던 일들을 위로해 주는 자신의 남편이 최고라며.

주현은 그렇게 미련 없이 떠났다. 그는 테이블 위에 있는 잔을 바라본 후 걸음을 옮겨 바 테이블로 향했다. 그리고 며칠 전에 개봉한 양주 한 잔을 언더락 잔에 따른 후 창가로 향했다.

노란 불빛과 붉은 불빛이 어우러져 아름답게 빛나는 세상을 바라보던 그가 술잔을 기울여 입안에 술을 머금었다. 독한 양주에 식도가 타들어 갈 것 같았지만, 머릿속을 하얗게 태우고 싶은 그에겐 딱 적당한 도수의 술이었다.

평소 술을 즐기지 않는 그였지만 한 잔을 모두 비우고 나서 또 다시 잔을 채운 후 그가 휴대전화를 집어 들었다.

9시가 넘은 시각이었다. 누군가에게 연락을 하기엔 늦은 시간이었지만 그는 저장해 두지 않은 번호로 전화를 건 후 본론부터 꺼냈다.

"시간을 조금 더 당겨 주십시오."

— 얼마나요?

낮에 만났던 흥신소 직원이었다. 그가 날짜를 가늠해 보았다. 그리고 더 이상 시간을 줄 수 없다는 듯 잘라 말한다.

"다음 주까지 부탁드립니다."

— 에헤이, 그건 무립니다. 아무리 나라도 그렇게 빨린…….

"얼마를 더 원하십니까."

그의 물음에 상대는 침묵으로 일관했다. 하지만 그의 속이 빤히 보인다는 듯 혜성이 진한 웃음으로 말을 잇는다.

"원하는 만큼 드리죠."

— 알았습니다. 다음 주 금요일 오전까지 준비하지요.

전화를 끊은 그가 테이블 위에 휴대전화를 내려놓은 뒤 술잔을 기울였다. 그리고 울리지 않는 휴대전화를 한참이나 바라본 후 거친 숨을 토해 냈다.

처음, 병실에서 눈을 떴던 그 이후로 강혜성의 인생은 늘 혼란의 연속이었다. 일상생활은 가능했지만, 과거의 기억은 모두 날아가 버린 상태에 마치 아이가 되어 버린 기분이었다. 덕분에 그는 재활을 시작하면서부턴 회사 일도 함께 병행하기 시작했다.

예전과는 달리 일에 욕심이 생긴 그는 본사에서 빠르게 승진하기 시작했다. 하지만 막 과장에서 부사장 위치로 올라가던 그 순간 그는 고려호텔로 가길 원한다고 강 회장에게 말했다. 이에 강 회장은 반대했지만 혜성의 생각은 굳건했다.

"그곳은 어머니가 지키고 싶어 했던 곳이라고 하지 않으셨습니까. 매각은 반대입니다."

그대로 어머니의 추억이 가득한 곳이 다른 사람들의 손에 들어가길 원치 않았던 그는 고려호텔로 오게 되었다. 그리고 그 호텔을 지키기 위해 강 회장이 원하는 상대와 맞선까지 보게 되었다.

생각이 결국 잊고 싶었던 주영에게까지 닿자, 그는 그녀가 던지고 간 봉투를 향해 손을 뻗었다.

그 안에 있는 것은 결혼 전 두 사람의 거래에 관한 것들이었다. 주식 전부를 그에게 양도한다는 것.

그리고 두 사람의 식은 두 달 뒤에 올리자는 것.

"결혼식을 두 달 뒤에 하자라……."

일반적으로 보더라도 지나치게 빠른 감이 있자, 그가 미간을 찌푸렸다. 상식선을 넘어선 범주의 속도였다.

"이렇게 서두르는 스타일은 아닌 것 같은데."

멍하니 읊조리던 그가 미간을 찌푸렸다.

그녀는 왜 자신과 결혼을 하려고 하는 것일까. 자신에게 원하는 것이 도대체 무엇일까.

아무리 생각해 보아도 그는 이해가 가지 않았다.

그녀가 자신과 사고 당시에 함께 있었다면 지난 1년 동안 왜 제 앞에 한 번도 나타나지 않았을까? 그러다 갑자기 나타나 자신이 가지고 있는 부를 줄 테니, 결혼을 하자고?

이 역시 상식적이지 않았다.

"안 돼……. 어떻게, 어떻게 날 잊어."

사고 당일 그녀가 끔찍한 목소리로 읊조리던 말이 떠올랐다. 괴로움에 일그러져 자신에게 소리치던 그 여자가 우주영이라고? 그렇다면 입가에 점이 있었던 그 여자와 헤어진 후에 만난 게 우주영이라는 건가?

"뭐야, 도대체 뭐냐고."

마치 스무고개 같은 과거에 그가 짜증스럽게 읊조렸다.

❖

달큰한 정사의 냄새가 코끝을 찡하게 울렸다. 하지만 실오라기 하나 걸치지 않은 채 여자를 안고 있는 남자는 지친 기색 하나 없었다.

여자를 바라보던 남자가 입가를 부드럽게 휘며 거친 목소리로 말했다.

"우주영……."

"흣."

남성을 힘껏 악물고 있던 여성이 움찔거렸다. 힘껏 남성을 조이는 몸에 그가 손을 뻗어 여자의 얼굴을 따스하게 감싸 쥐었다.

"주영아."

"아흣, 흐으……."

"주영아……."

여잔 그가 주는 감각에 정신을 차리지 못한 채 연신 옅은 신음만 쏟아 낼 뿐이었다.

넓은 등에는 땀이 송골송골 맺혀 있었다. 그가 연신 그녀를 다정히 쓰다듬어 주자 근육이 꿈틀꿈틀 움직였다. 둥글게 맺혀 있던 땀이 움직임에 아래로 또르르 흘러내려 소담한 가슴 위에 톡톡 떨어졌다.

움찔움찔.

작은 자극에도 허리를 비틀며 파르르 떠는 여자가 눈을 질끈 감았다. 쾌락에 취해 정신을 차리지 못하는 여자의 사타구니 사이로 정액이 흘러내리고 있었다. 오늘 그녀가 절정에 닿은 것도 벌써 다섯 번째였다. 함께 살고 오랜 연인으로 마음을 나누고 있었으나, 그는 늘 모자라다는 듯이 그녀를 안았고 끝까지 몰아붙였다.

천천히 움직이던 허리가 점차 빨라지기 시작했다.

찰싹찰싹!

사타구니가 맞닿으며 살결이 부딪히는 소리는 거칠었으나 남자의 손길과 표정은 따스하기만 하다.

가느다란 허리를 붙잡은 채 자신의 안으로 끝없이 밀고 들어오는 남성에 그녀가 까무러쳤다. 하지만 그는 그녀의 몸이 흔들리지 않도록 더욱 힘주어 잡으며 안으로 들어갔다 나오길 반복했다.

"서, 선배……! 그, 그만…… 그만요."

여자가 힘이 쭉 빠진다는 듯 고개를 내저으며 부탁했다. 안달이 난 모습에 그가 눈매를 부드럽게 휘며 낮게 웃음을 터뜨렸다.

웃음에 그의 몸이 흔들리자 여자의 고갯짓은 더욱 강력해졌다. 쾌락의 냄새, 몸 안으로 묵직하게 들어온 그의 감각에 정신을 차리지 못하겠다는 듯 여자가 작게 비명을 내질렀다.

"아!"

짜릿한 쾌감. 그리고 깊은 만족감. 사타구니는 따가웠으나 그는 척추를 타고 파르르 전해지는 감각들에 정신을 차릴 수 없다는 듯 낮은 신음을 내뱉었다.

"으."

그 역시 점점 절정에 달하는 것인지 낮게 숨을 토하며 상체를 아래로 내렸다. 그녀의 양어깨를 붙잡고 좀 더 깊숙이 파고들기 위해 허리를 비틀었다.

집요한 움직임과 뜨거운 체온에 여자가 발끝을 떨었다. 이제 고지였다. 조금만 더 달리면 애써 억누르고 있던 무언가가 펑 하고 터질 것만 같았다.

"아아, 아아아……!"

연신 뜨거운 신음을 내뱉던 여자가 도망치고 싶다는 듯 몸을 옆으로 돌렸다. 그러자 남자는 가느다란 발목을 붙잡아 완전히 몸을 돌린 후 뒤에서 그녀를 껴안는다. 조금 벌어졌던 남성과 여성의 간극이 다시 착 달라붙고, 그는 소담한 가슴을 주무르며 어루만졌다.

뾰족하게 솟은 돌기를 자극하고, 꼬집으며 괴롭히던 그는 몸이 앞으로 푹 꺼지며 여자가 흐느끼자, 더욱 힘껏 허리를 움직였다.

퍽퍽!

허리를 튕겨 연신 남성을 꽂아 박던 남자가 새하얀 엉덩이를 쥐었다. 그리고 윤활유가 흘러넘치는 여성의 살결을 느끼며 눈을 감았다.

"윽!"

숨을 쉴 힘도 없다는 듯 여자가 허벅지를 푸르르 떨더니 아래로 떨어졌다.

사랑이 동반된 관계의 끝은 짙은 만족감과 동시에 갈증을 느끼게 만들었다. 여전히 연결되어 있는 남성이 점차 커지자, 여자가 눈을 동그랗게 뜨며 애원했다.

"그만해요, 제발."

"아직 모자란데?"

"너무해, 정말!"

목소리는 점차 커져 갔다. 그러자 그가 웃음을 내뱉으며 새하얀 등줄기에 입을 맞춘 후 붉은 흔적을 남겼다.

자상한 남자는 관계를 가질 때마다 새하얀 도화지 위에 붉은 수를 놓는 것을 좋아했다. 그것이 그의 집착의 반증이라는 것을 알고 있는 여잔, 기쁜 마음으로 이를 받아들였다.

묵직하게 위에 닿아 있던 그가 몸을 옆으로 돌린 후 침대에 엎

드렸다. 그리고 축 늘어져 있는 여자와 눈을 맞추며 웃는다.

그의 눈동자가 빛나고 있었다. 사랑하는 여인을 그득 담고서.

하지만 여자의 마음은 다른 것인지, 입술을 내밀며 투덜거렸다.

"너무해요, 선배."

그렇게 애원했는데, 제발 멈춰 달라고.

몇 번이고 애원했는데!

원망을 가득 담은 눈망울이 그렇게 외치는 것 같았다. 하지만 남잔 짐짓 모른 척 고집스럽게 말했다.

"이름 불러."

"침대에서만 꼭 그러더라?"

그는 침대에선 평소보다 더 친밀하길 원했다. 관계가 끝난 후에도 스킨십은 이어졌고, 쾌락을 배제한 입맞춤은 너무나 달콤해 오히려 관계를 가질 때보다도 더 그녀의 심장을 뛰게 만들었다.

그가 이마에 입을 맞추자 그녀가 바들바들 떨리는 팔을 힘겹게 세운 후 그의 몸 위로 올라왔다. 그리고 심장을 맞춘 후 그의 턱으로 입술을 내린다.

쪽.

입맞춤 뒤, 그녀가 해사하게 웃으며 말했다.

"강혜성."

두 살이나 나이가 많은 사람이었기에 평소 그녀는 '선배' 혹은 '오빠'라고 부르곤 했다. 첫 관계의 시작은 선배였고, 그다음에 정해진 호칭이 오빠였다. 하지만 침대에서, 그와의 관계를 가지면서는 이름을 불렀다. 다정하게.

그녀가 콧잔등을 찡긋거리며 장난을 쳤다.

"혜성아."

"어쭈."

그가 눈을 반짝이며 그녀의 양 뺨을 붙잡자, 그녀가 까르르 웃음을 터뜨렸다.

그 모습을 가만히 바라보던 그가 촉촉하게 젖은 입술에 입을 맞춘 후 미소 지었다.

"예쁘다."

그의 시선은 오로지 그녀만을 향해 있다. 그리고 연신 속삭인다.

"예뻐, 우리 주영이."

예쁜 우리 주영이. 사랑스러운 우리 주영이. 내 전부 우리 주영이.

그들은 그렇게 사랑을 했다.

번뜩 눈을 뜬 그가 상체를 벌떡 일으켰다. 그의 온몸은 방금 정사를 한 것처럼 땀으로 흠뻑 젖어 있었다.

차라리 거기서 끝이 났다면 다행이다. 고개를 숙여 자신의 아랫도리를 보던 그가 기가 막히다는 듯 허탈한 웃음을 내뱉었다.

"고딩이냐?"

젠장! 이 무슨……!

짜증스럽게 자신의 남성을 보던 그가 이불을 걷고 자리에서 벌떡 일어났다. 옷은 물론이요, 속옷까지 비릿한 정액 냄새로 엉망이었다.

마치 사춘기 청소년처럼 몽정을 한 이 상황이 짜증이 나 미칠 것 같았다. 아니, 기억을 잃은 후 처음으로 제대로 된 성욕이 뻗치자, 자신의 몸이 당황스러웠다.

욕실로 성큼성큼 들어간 그가 거칠게 문을 닫았다. 그리고 얼마의 시간이 지나지 않아 시원한 물줄기가 쏟아져 내리는 소리만 들렸다.

쏴아아———

❖

띠리리리— 띠리리리—

멋없는 벨 소리가 차 안을 가득 울렸다. 하지만 정작 휴대전화의 주인인 주영은 이를 받을 생각을 하지 않은 채 바라만 보고 있었다.

[강혜성]

액정에 떠 있는 이름에 그녀의 입가에 처연한 웃음이 잡힌다.

예전엔 잠시만 떨어져 있어도 휴대전화를 손에 떼지 않았었다. 그에게선 쉼 없이 연락이 왔고, 자신 또한 그가 연락이 없을 때면 문자를 보내거나 전화를 하며 외로움을 달래곤 했었다.

그런데 지금은 이 전화를 받기 싫었다. 무서웠다. 그의 전화를 받는 순간 또다시 자신의 심장이 떨어져 나갈 것만 같아 공포에 휩싸였다.

"왜 연락을 하고 그래요? 적응 안 되게."

끊기지 않는 벨소리에 대고 그녀가 무던히 말했다. 그리고 웃음을 터뜨린다.

그렇게 한참이고 운전석에 등을 기대고 있던 그녀가 가방을 들고 차에서 내리다 말고 손바닥을 보았다.

그의 뺨을 때렸었다. 심한 다툼 한 번 한 적이 없었기에 이런 날이 올 줄은 예상조차 못 했다. 최근 그와 만나며 때려 주고 싶을 땐 많았지만 말이다.

계속 울리는 휴대전화를 차에 두고 내린 그녀가 곧장 고려그룹 본사로 향했다.

경비에게 막히지 않은 채 곧장 임원 엘리베이터로 향한 그녀가 제일 위층으로 향했다.

태어날 때부터 금수저를 문 강 회장은 지급한 것들과는 어울리지 말아야 한다는 철칙을 가지고 있었다. 그렇다면 자신의 급까지 떨어진다나 뭐라나? 그리고 그의 기준에선 자신 또한 급이 떨어지는 사람이었다.

예전이라면 이렇게 그와 독대를 하는 것은 상상조차 할 수 없는 일이었다. 대화를 할 때도 직접 자신에게 전하지 않았다. 그의 심복과 다름없는 이 비서를 통해 전달했고, 주영은 그런 것에 더 이상 상처를 받지 않을 정도로 오랜 시간 무시를 당해 왔다.

그런데 지금은 위치가 바뀌었다. 그가 완벽하게 기억을 잃고 난 후에.

무심한 얼굴로 강 회장을 마주한 그녀가 소파에 앉았다. 비서가 차 두 잔을 놓아두고 나가자, 강 회장은 달콤한 향이 나는 차를 한 모금 마시며 분위기를 자신 쪽으로 이끌었다.

예전이라면 잔뜩 겁을 먹었을지도 모르겠다. 그가 내뿜는 위용에 짓눌려 숨을 꺽꺽거리거나, 울음을 터뜨렸을지도 모른다. 예전의 자신은 그렇게 나약했었다.

"많이 영악해졌더구나. 고려그룹에 한 것처럼 고려호텔의 목도 쥘지 몰랐다."

달그락.

찻잔을 내려놓으며 강 회장이 말하자 그녀는 그제야 입술을 떼었다.

"강 회장님이 그러셨잖아요. 우리 집에 있는 건 돈뿐이라고. 그런 집은 상대하고 싶지 않다고."

부드럽게 휘는 입술에 강 회장이 미간을 찌푸렸다. 하지만 그녀는 표정 변화 하나 없이 독선적인 시선을 받아 냈다.

"그 말을 계속 듣다 보니 알겠더라고요. 결국 우리 집이 가지고 있는 것으로 내가 원하던 바를 이루어 내야겠다고. 그리고 워낙에 회장님께서 말도 안 되는 조건을 거셨잖아요."

"그게 말도 안 된다?"

그가 비웃으며 되물었다. 그러자 주영은 답을 하는 대신 침묵을 하기로 결정한 것인지 굳게 입술을 닫았다.

"그렇게 느꼈다면, 너희가 말하는 사랑이 고작 그 정도겠지."

3개월 안에 결혼할 것. 그 대신 과거를 혜성에게 알리지 말 것.

이 조건을 지킨다면 저급한 집안과도 사돈을 맺겠다고 강 회장이 말했었다.

저급한 집안.

자신의 아버지가 어떤 식으로 부를 쌓았는지 주영도 알고 있었다. 없는 사람들의 돈까지 빼앗고, 투기를 하여 초반 자본을 쌓았다. 그 후엔 승승장구하며 합법적으로 사업을 이어 나가긴 하였으나, 초기 투자자본 자체가 어두운 루트를 통해 들어온 것들이었으니, 고고한 강 회장이 이를 인정할 리가 없었다.

3개월 안에 그와 다시 한 번 사랑에 빠질 수 있을까?

천천히 그에게 다가가 예전처럼 행복한 순간을 쌓을 수 있을까?

그의 입에서…… 그 시간 안에 '결혼하자' 라는 말을 들을 수 있을까?

그렇게 생각했던 적도 있었다.

하지만 혜성은 변했다. 그의 곁엔 수많은 여자가 있었고, 문란한 생활을 이어 나가고 있었다. 그런 남자가 스스로 '우리 결혼하자' 라는 말을 꺼낸다는 건 무리라는 것을 그녀는 알고 있었다. 공공연하게 독신주의자라고 말하는 그가 자신의 무엇을 보고 사랑에 빠진단 말인가.

자신은 예전처럼 반짝이지도 않았다. 예전처럼 생기가 넘치지도 않았다. 자신은 그저, 사랑에 상처받고 아픈 여자일 뿐이었다.

그런 여자가 매력적일 리가, 없다.

사랑을 받을 수 있을 리가, 없다.

그녀가 천천히 눈을 깜빡였다.

애초에 강 회장은 혜성이 자신과의 결혼을 받아들이지 않을 것이라 확신하였기 때문에 이러한 제안을 했을지도 모르겠다. 현재의 그는 결혼을 원치 않는 사람이었으니까.

그렇게 된다면 이 내기에서 자신은 지게 되고, 3개월 안에 '고려그룹' 의 목을 죄고 있던 자금의 흐름은 원활해질 테니, 그로선 손해 볼 것 없는 장사였다.

주영이 자조 섞인 목소리로 말했다.

"저희들의 관계를 떠나…… 회장님은 슬프지 않으셨나요? 손주 얼굴도 못 보셨는데."

"……."

고개를 든 그녀가 텅 빈 눈동자를 한 채 읊조렸다.

"전 이겨 내는 데만 1년이 걸렸는데……."

매일 매 순간, 나쁜 생각만 들어 그것을 떨치는 데만 해도 그렇게 오랜 시간이 걸렸다. 가장 행복했던 순간 모든 것을 잃게 되었을 때, 그녀는 그렇게 무너졌었다.

혜성은 더 이상 자신을 사랑하지 않았다. 아니, 사랑했던 그 순간을 깡그리 잊고 다른 사람이 되었다. 그와 자신의 사랑의 결실은 세상의 빛을 보기도 전에 죽어 가야 했다.

입덧이 시작되어 헛구역질을 하는 자신에게 매일 딸기를 사다 주며 걱정스럽게 바라보았던 내 사랑. 매일 초음파 사진을 손에서 떼어 놓지 못하던 사랑. 부른 배에 입을 맞추며 '아가' 라고 다정하게 속살거리던 사랑.

그 사랑을 잃는 순간 그녀는 세상을 향해 분노를 쏟아 냈다.

"우리가 이렇게 된 건 모두 회장님 때문인데!"

그리고 이 모든 일을 만든 강 회장을 바라보며 외쳤다.

끔찍해! 당신이란 사람!

하지만 강 회장은 격렬한 그녀의 반응에도 입술을 비틀며 웃을 뿐이었다.

"차라리 잘됐다고 느꼈다."

"……."

잔인한 사람이라는 것은 알고 있었다. 그러니 자신의 아들인 혜성에게도 그렇게 모질게 굴었겠지. 그는 두 사람의 관계를 반대하는 것에 그치지 않고, 그의 인격을, 생각을, 심장을 그렇게 파괴했었다.

그때 그녀는 이해하지 못했다.

이렇게 따스하고 좋은 사람에게 이런 아버지가 있다니.

하지만 이제 와 보니 그 답을 찾았다.

“지금의 강혜성 씨가 누굴 닮았나 했더니 회장님을 많이 닮았군요.”

지금의 강혜성은 눈앞에 있는 강 회장과 아주 많은 것이 닮아 있다고. 그리고 이런 사람을 상대하기 위해 자신 또한 시궁창에 발을 들여놔야 한다는 것도.

그녀가 앞에 있던 찻잔을 들어 찻물을 입안에 머금으며 말했다.

“지금 누가 우위에 있는지, 아직 감이 없으신가 봐요.”

향긋한 차향에 그녀의 입가에 부드러운 미소가 잡혔다. 속마음을 감춘 채 모호하게 웃는 모습에 강 회장의 눈동자가 신중해졌다.

예전엔 애송이였는데. 1년이란 시간이 그녀에겐 억겁과 같았던 것인지 아주 많이 변해 있었다. 그저 웃고 울 줄만 알았지, 자신의 상대는 되지 못했던 주영이 이젠 물러섬 없이 그를 협박하고 있었다.

“그 사람 가지고 싶어서 머리가 돌아 버릴 지경이에요. 다시 예전으로 돌아가고 싶거든요. 그런데 제가, 그 모든 걸 포기하는 순간 칼날이 누구에게 돌아가는지, 회장님은 아셔야 해요.”

현재가 너무 불행해서 과거에 집착한다. 그와 웃기만 했던 그 순간. 그리고…… 두 사람을 떼어 내기 위해 악을 썼던 강 회장에게서 자신을 지켜 주었던 그 사람.

반대에 부딪혀 평행선을 달리던 관계는 새 생명을 가지자 순식간에 변하기 시작했다. 그도 더 이상 기다릴 수 없다고 판단을 한 것인지 강 회장의 강한 반대에도 결혼을 서둘렀다. 행복하게 해 주겠다고, 우리 평생 함께 있자고 맹세했던 그였다.

그리고 사고가 난 다음 날은 두 사람이 함께 동사무소에 가려던 날이었다. 그리고 아이가 세상에 태어나면 조촐하게 결혼식도 올리기로 했었다.

사랑에 눈이 멀었던 그 시절, 작은 것에서 행복을 찾아가며 세상에서 가장 행복했던 그 시절, 그녀는 항상 울고 웃었다. 지금처럼 악기를 품고 세상과 맞서 싸우지 않았었다.

어쩌면 그때, 지금처럼 혜성과 함께 싸웠어야 했을까. 그에게 힘이 되어 주었어야 했는데. 그런 생각을 요즘도 가끔 한다.

"회사가 빠르게 정상화되는 건, 제 돈 덕분이라는 걸 절대 잊으시면 안 돼요."

나도 이런 말을 할 수 있는데.

남의 약점을 쥐고, 상대의 얼굴이 일그러지는 것을 보며 쾌감을 느낄 수 있는 나쁜 여자인데.

그때의 어린 자신은 몰랐었다.

주영은 대화가 끝났다 판단한 것인지 가방을 들고 자리에서 일어났다. 그리고 허리를 숙여 인사하며 '다음에 또 봬요' 라는 말을 남겼다.

그녀가 몸을 돌리며 문으로 향하자 이를 가만히 보고 있던 강 회장이 까드득 이를 악물었다. 하지만 목소리는 평온하다.

"우 회장은 괜찮나?"

"……괜찮아요."

그녀가 한 템포 늦게 답했다. 눈동자에 비친 제 감정을 들킬까 싶어 차마 뒤돌아보지 못한 채.

다시 걸음을 옮겨 손잡이를 붙잡은 그녀는 마치 모든 상황을 꿰뚫고 있다는 듯 하는 말에 숨을 들이켰다.

"딸에게 사업을 맡길 정도면 많이 편찮으신 것 같은데, 건강관리 잘하시라고 전해 다오."

"……."

알고 있구나, 모든 것을.

그래, 아무리 딸이라 하더라도 순식간에 회사의 높은 자리로 치고 올라갔는데…… 진즉에 눈치챘을지도 모르겠다. 이 사실이 밖으로 새어 나가면 회사는 또 혼란스러워지겠지.

그녀가 입가에 희미한 웃음을 머금었다.

강 회장이 어떤 자인지 잠시 잊고 있었다. 기고만장해서는 안 되는 것인데.

그 역시 자신의 약점을 쥐고 있다며 은근히 하는 협박에 주영이 천천히 몸을 돌렸다. 그리고 여전히 상석에서 느른한 표정을 짓고 있는 강 회장을 보며 나지막하게 말했다.

"회장님, 이번 일 말이에요. 수많은 경우의 수 중에서 제가 과거를 모두 말하고 백기를 드는 건 생각해 보셨나요?"

그녀의 말에 강 회장의 눈동자에 의문이 스몄다. 하지만 곧 그녀가 내뱉는 말에 표정을 얼음장처럼 굳힌다.

"강혜성 씨는 고려호텔이 어떤 의미를 가진 곳인지 모르고 있더라고요. 그걸 알게 되면 지금의 그는 어떨까요? 예전에 오빠가 했던 것처럼 단순히 호텔을 팔아 버리려는 걸로 끝날까요?"

"너, 지금 날 협박하는 게냐?"

그가 눈을 날카롭게 뜨며 물었다. 그러자 주영은 답을 해 주는 대신 다른 물음을 던졌다.

"그렇게 되면 전 그때 제가 가지고 있는 주식들을 다 어떻게 할 것 같나요?"

"너……!"

굳이 지금의 강혜성이 아니더라도 자신이 그렇게 할 수도 있다며.

"저 건들지 마세요. 회장님이 그러지 않으셔도 저 이미 한계예요."

나른한 웃음을 지은 그녀가 손잡이를 돌린 후 밖으로 나갔다. 그녀가 문을 닫자마자 안에서 우악스러운 소리가 들려왔으나, 주영은 조소를 지으며 당당하게 걸음을 옮겼다.

❖

하나둘 퍼즐이 맞춰질 때마다 속이 시원해져야 할 텐데 그렇지 않았다. 오히려 가슴은 더욱 답답해져 왔고, 머릿속은 의문투성이가 되어 간다.

지난 1년간, 그는 마치 게임을 하는 심정으로 자신의 과거 퍼즐 조각을 모았다. 아주 단순한 생각으로.

혜성은 옷 방에 있었다. 의자에 앉아 과거 자신의 물건을 바라보며 한참이고 생각에 잠겨 있었다.

수첩 속 여자들은 자신의 잠자리 상대가 아니었다. 바람둥이인 줄 알았더니 그건 아니었던 모양이었고, 만남을 약속하긴 하였으나 그가 실제로 만난 사람들은 하나도 없었다. 무언가 궁금해 그들을 만나려 노력은 한 것 같았지만 그것이 무엇인지 기억을 잃은 지금의 혜성은 알지 못했다.

붉은색으로 쭉쭉 그어진 이름을 바라보던 그가 미간을 찌푸렸다.

처음에 기억을 찾으려 마음먹은 것은 오기였다. 과거의 이야기를 물을 때마다 움찔 몸을 떨며 굳이 생각할 필요가 없다는 주위 사람들의 반응이 처음엔 재미있었다. 혼란스러운 와중에 그들이 무언가 '비밀'을 지키려는 것처럼 아등바등하는 것을 보며 호기심이 생겼다.

그리고 마치 과거의 기억이 돌아오는 것을 막듯, 생각만 하면 시작되는 두통.

처음엔 그 끔찍한 고통에 숨조차 쉴 수 없을 정도였으나 시간이 흐름에 따라 많이 퇴색이 된 것인지 지금은 약간의 고통만 느끼고 있었다.

내 일인데, 내가 모르다니.

그런데 그런 과거의 자신과 제대로 된 조우가 시작되게 한 것은 주영과의 만남이 처음이었다.

그가 눈을 가늘게 뜨며 상자 옆에 놓여 있는 휴대전화를 보았다. 그는 정확히 이틀 전부터 오늘까지 주영에게 다섯 통의 전화를 하였다. 아무런 답이 없어 방금 전에는 문자까지 보냈다.

[문자 보면 연락 주십시오.]

정중한 문자에도 그녀는 연락이 없다. 명백히 자신을 피하는 모습에 그가 미간을 찌푸렸다.

"멍청아. 묻지 마."

그녀가 가슴을 내려치며 하던 말이 떠올랐다.

"어려워."

휴대전화를 내려다보던 혜성이 짜증스럽게 말했다. 자신을 이렇게 혼란스럽게 만든 그녀는 그에게 비난만을 쏟아 낸 뒤에 연락 자체를 피하고 있었다.

어쩌면 당연한 반응일지도 모른다는 생각은 하나, 그는 답답한 마음에 인상을 찌푸렸다.

두 명의 여자가 있었다. 자신의 꿈속에 나와 계속해 괴롭히는 여자 '들'.

그중 한 명은 입술 밑에 점이 있는 여자였고, 한 명은 우주영이었다. 사고를 당할 당시엔 우주영과 함께 있었으니, 병실에서 처음 눈을 떴을 때 본 붕대를 한 여자도 그녀일 것이다.

하지만 꿈속에서 자신을 보며 '선배'라 부르던 여자. 그녀는 분명 주영이 아니었다. 그녀에게 물었을 때도 알고만 있었다고 했지, 자신이라 하지 않았다.

"하지만 과거를 말해 주지 않는 사람이니……."

거짓으로 똘똘 뭉친 여자였다. 무언가를 숨기는 듯한 행동을 보면…….

"지나친 비약이야."

그가 기가 막히다는 듯 웃었다.

그래, 무슨 드라마도 아니고. 상황에 맞춰 짜깁기를 하는 자신의 모습이 우습게 느껴졌던지 그가 손을 뻗어 술잔을 쥐었다.

두 사람이 같은 인물이라니.

세상에 그런 드라마틱한 반전은 없으리라 생각하던 그가 술잔을 기울였다.

술이 썼다.

❖

주영은 계속해서 울리던 휴대전화가 끊기자 무심하게 눈만 깜빡였다.

많은 것을 겪고, 많은 것을 잃은 여자는 웃지 않았다. 그렇게도 원했던 자신의 사랑이 먼저 연락을 해 왔는데도, 집요하리만치 많은 연락을 받았음에도 그녀는 전혀 기쁘지 않았다.

자리에서 일어난 그녀가 창가로 향했다. 팔짱을 끼며 세상을 내려다보는 여자의 얼굴에 서늘한 기운이 내려앉았다.

"너 누구야?"

예전엔 달콤하게 사랑을 속삭이던 목소리로 그가 물었다. 그리고 그 물음에 그녀는 아무런 답을 해 주지 않았다.

그도 혼란스러울 거야.

처음엔 그렇게 생각을 했다. 하지만 그다음에 따라온 것은 분노였다.

선배가 어떻게 나와 아이를 잊어?

이젠, 그를 가지기 위해서가 아니었다. 처음엔 어떻게 자신과 세상을 떠나 버린 아이를 잊을 수가 있냐며 오기에 차서 받아들였던 그 내기 때문에도 아니었다.

그저, 말해 주기가 싫어졌다. 그 남자의 곁에 있으면 있을수록 그런 마음은 더욱 커져 갔다.

서운한 마음도 들지 않았다. 이젠, 그가 밉지도 않다. 미운 것은 오히려 자신이었고, 너무나 잔인하게 갈라놓은 세상만 미웠다.

그녀는 이제 인정할 수밖에 없었다.

혜성과 자신은 예전으로 돌아갈 수 없다는 것을.

그리고…… 그의 옆에 있다면 자신은 계속 자존감을 잃고 상처받을 것이란 것을.

똑똑한 그녀는 금세 결론을 내렸다.

똑똑.

노크 소리에 주영이 고개만 돌려 문을 바라보았다. 그녀를 보좌하는 정 비서가 깍듯하게 허리를 숙였다.

"무슨 일이에요?"

고저 없는 목소리에 정 비서가 감정 없는 얼굴로 말했다.

"인터폰에 답이 없으셔서요."

"아."

저만의 세계에 빠져 있느라 시끄럽게 울리는 그 소리조차 듣지 못했나 보다.

잠시 눈을 크게 떴던 그녀가 표정을 갈무리하며 고개를 끄덕였다.

"생각할 게 있어서요."

"손님이 오셨습니다."

그 말에 주영이 입을 꾹 다물었다. 혹여 '그' 인가 싶어서.

하지만 허무하게도 그의 입술을 통해 흘러나온 말은 다른 것이었다.

"친구분이 오셨습니다."

"아, 시연이요?"

"네."

그녀가 고개를 끄덕이자 정 비서가 몸을 옆으로 틀어 시연을 안으로 들였다.

연락도 없이 사무실을 방문한 친구의 얼굴을 웃는 얼굴로 보던 주영의 얼굴이 순간 일그러졌다. 시연의 얼굴은 굳어 있었다. 감정 표현에 솔직한 친구였으니 숨기지 못한 모양이었다.

정 비서가 '차를 준비해 드릴까요?' 라고 묻자 시연이 고개를 저었다. 주영은 걸음을 옮겨 소파로 향하며 말했다.

"차는 괜찮아요."

"네, 말씀 나누십시오."

정 비서가 문을 닫고 나가자 주영은 소파에 앉으며 제 앞자리를 시연에게 권했다. 씩씩거리며 소파에 앉은 시연이 도끼눈을 뜨며 와락 외쳤다.

"너 어떻게 된 거야?"

"뭐가."

주영이 심드렁하게 답하자 더욱 열이 오르는 것인지 시연의 언성이 높아졌다.

"그 문자 뭐냐고!"

그 말에 주영이 입가를 늘어뜨려 웃었다.

문자를 보낸 지 30분도 채 되지 않았다. 아마도 그 문자를 보자마자 전화를 내던지고 잠수를 탈 그녀가 걱정이 되어 달려왔을 것이다.

주영은 멍하니 문자 내용을 떠올렸다. 그러다 눈꺼풀이 힘없이 아래로 내려앉았다.

[잊을까 봐.]

너무나 많은 뜻을 내포하고 있는 문자였으나, 시연은 기가 막히게도 그녀의 의중을 알아차리곤 뛰어왔다.

주영이 양손을 무릎 위에 올려놓은 후 시연을 보았다. 그리고 처연히 말한다.

"누군가에게 조언을 구하고 싶었거든. 근데 네가 알다시피 내가 인맥이 좁잖아. 가족에게 물어보고 싶어도 그럴 상황도 아니고……."

"머저리!"

시연은 말이 끝나기도 전에 비명처럼 외쳤다. 그 말에 주영은 기분이 나빠하기는커녕 웃었다.

"알아."

"멍청이!"

"알고 있다니까? 그만 욕해."

그녀가 고개를 절레절레 젓자, 시연의 얼굴이 일그러졌다. 아무리 생각해도 눈앞에 있는 제 친구를 이해하지 못하겠다는 듯이.

"왜 이제 와서? 내가 그렇게 뜯어말릴 땐 귓등으로도 안 듣더니."

답답한 듯 가슴을 쿵쿵 내려치는 시연을 보며 주영은 잠시 말을 골랐다. 필터링을 거치지 않은 머릿속에 있는 생각들은 자신을 비참하게 만드는 것뿐이었다.

무슨 말을 해야 할까.

아니, 무슨 말부터 꺼내야 할까?

고민하던 그녀가 천천히 이야기를 시작했다.

"난 정말, 그 사람과 행복했어."

"알아."

심드렁한 답에 주영의 웃음이 더욱 진해졌다. 그리고 곧 자신이 내뱉는 말에 아무 말 없이 굳어지는 표정을 보며 입꼬리를 더욱 올린다.

"너무 행복해서 세상이 온통 핑크빛으로 보였고, 달콤한 향내만 나는 것 같았어."

"……."

"그래서 그 사람이 더 미웠어. 사랑하는데 밉기도 하다니. 너무 이상하다, 나 어딘가 잘못된 것 같다, 그런 생각을 했었거든."

그 모습이 얼마나 기괴해 보이는지 알고는 있는 것일까.

주영은 모를 것이다. 슬픈 목소리로 말을 하면서도 웃는 모습이라니. 그저 그녀는 지난 기억이 행복해 웃었고, 지금 자신의 처지가 불행해 가라앉은 목소리로 말하고 있을 뿐이었으니까. 그것이 아수라백작처럼 완벽히 다른 모습의 얼굴 같기도 했다.

입을 다물며 잠시 말을 멈춘 주영은 자신의 말에 울음이라도 터뜨릴 것 같은 시연을 보았다. 자신이 울지 못하니 그녀가 울어준다. 붉어진 눈망울을 바라보던 주영은 멈췄던 말을 이었다.

"이별할 준비를, 하는 것 같아."

"뭐?"

시연이 멍하니 물었다.

그러자 주영은 눈을 반달로 만들며 고개를 끄덕였다.

"생각해 보니까…… 알고 있었던 것 같아."

애초부터 그와 다시 만나더라도 잘될 리가 없다는 것을.

어쩌면 자신은…… 그와 제대로 된 '안녕'을 고하기 위해 이 재미없는 거래를 하게 된 것일지도 모른다는 것을.

"안 될 줄 알았거든. 너무 많은 것을 준 사람이어서. 만약 내 인생에 다른 이도 있었다면 이 정도로 집착하진 않았을 텐데…… 그 사람뿐이어서 도저히 안녕이란 말을 하지 못할 줄 알았거든."

"……."

"그런데 다시 만나면서 조금씩 알아 가고 있어."

"주영아……."

시연의 얼굴에서 걱정이 뚝뚝 떨어졌다. 그럴 수밖에. 제 목숨처럼 사랑했던 남자와 이별하기 위해 다시 나타났다는 그녀의 말에 자신의 심장도 떨어져 나갈 것 같은데, 주영의 마음이야 오죽하겠는가.

더욱, 지난 1년 동안 주영은 너무나 불행했다. 평생 겪을 불행을 한꺼번에 겪는 것처럼 온갖 일들이 다 닥쳐왔다.

어릴 적, 어머니가 돌아가신 후로 재혼도 하지 않은 채 그녀를 살뜰히 돌봐주었던 우 회장이 그녀의 사고 소식에 쓰러졌다. 곧 의식은 되찾았지만, 뇌출혈로 거동이 불편해졌다.

그리고 행복의 전부 같다는 아이를 사고로 잃었다.

9년간 끔찍이 사랑했던 남자는 그녀를 타인으로 보았다. 그러면서 그가 불쌍해 미치겠다고 했다. 아무것도 모른 채 얼마나 혼란스러울지 안타깝다고. 그러더니 곧 화를 냈다. 마치 미친 사람처럼 화를 냈다가 울다가 제정신이 아니었다.

나쁜 선택을 해도 이상하지 않을 상황에서 주영은 턱 성형이 끝나자마자 그와 함께 떠나기로 했던 프랑스로 떠났다.

어쩔 수 없는 선택이었다. 그와 자신의 사이를 갈라놓던 사람들은 그가 기억을 잃는 순간부터 그녀를 차단했다. 매일 밀쳐졌고, 떨어져 나가야 했다. 슬픔에 허덕거리는 그녀의 모습에도 그들은 무심히 말했다.

"강혜성 씨는 더 이상 당신을 기억하지 못하십니다."

날 보면 기억할 수 있을 거라는 말은 메아리처럼 울렸다.

흔들렸다. 무너졌다. 그래서 그녀는 그와 함께 가기로 한 그 나라를 떠돌 수밖에 없었다. 기둥을, 뿌리를 잃은 상태였으니까.

그런 그녀가 돌아왔다.

우 회장은 여전히 아팠다. 오히려 상황은 더욱 악화되어 이젠 더 이상 다른 이들을 만나 사업체를 이끌어 갈 수 없을 지경까지 되었다.

우 회장은 그녀가 회사를 물려받길 바랐다. 그 말을 유언처럼 남긴 것이 두 달 전이었다. 합병증에 아파하는 와중에도 딸 걱정을 아끼지 않으며 '사랑하는 내 딸' 만 말했다. 그리고 마지막으로 그녀에게 '힘내라' 라는 무심한 말만 남겨 두고서 깊은 잠에 빠졌다.

사랑하던 남잔 여전히 자신을 기억하지 못했다. 오히려 그녀가 떠나 있었던 그 시간 동안 호텔로 여자나 끌어들이며 방탕한 생활을 이어 갔다.

어디 그뿐이던가. 며칠 전엔 자신의 집으로까지, 아니, 두 사람이 함께 살던 곳에까지 여자를 불러들였다.

지옥일 것이라 예상은 했다. 괴로움과 맞서 싸워야 한다는 것도 예상은 했다. 하지만 고통은 예상보다 컸고, 아팠다.

그리고 이내 그녀는 깨닫는다.

"나도 그 사람에게 안녕을 고할 수 있다는 걸."

절대 헤어질 리 없다던 우리도 '안녕' 이라 말할 수 있음을.

4. 모르는 과거

붉은색 자동차가 서해안 고속도로를 빠르게 달리고 있었다. 속도에 최적화되어 나온 자동차는 슈퍼카를 좋아하는 이들이라면 군침을 흘릴 만큼 고가의 것이었다. 국내에 단 다섯 대만 들어와 있는 차는 람보르기니에서 2013년에 선보인 것이었다.

광택이 나는 차는 적정선을 모른 채 달리고 있었다. 뻥 뚫린 도로 위를 겁도 없이 달리는 차는 단속 카메라도 신경 쓰지 않은 채, 레이싱을 하는 것처럼 달렸다.

180, 190, 200.

계기판의 숫자가 끝도 없이 올라갔으나, 주영은 마치 속도 경쟁을 하는 것처럼 끝없이 속도를 올렸다. 보통의 여자라면 쌩쌩 변하는 창밖 세상에 두려움을 느낄 법도 했지만, 그녀의 얼굴엔 표정 변화 하나 없었다. 속도가 올라갈수록 몸속에서 아드레날린이 솟는다.

정면을 주시한 채 무표정하게 달리던 그녀가 순간 기가 막힌 듯 헛웃음을 뱉었다.

"왜 옆자리에 태워 주지 않은 거야."

이렇게 기분이 좋은데.

그녀가 속으로 읊조리며 액셀을 밟아 더 속도를 높인다. 순식간에 옆으로 휙휙 지나가는 풍경을 돌아보지도 않은 채.

안정감 따윈 없이, 마치 죽고 싶은 사람처럼 속도를 올리던 그녀는 백미러 밑에 달아 놓은 방향제가 달랑달랑거리자 그제야 속도를 줄이며 차를 멈췄다. 흔들리고 거칠게 부딪치는 소리에, 과거 자신의 목소리를 들었기 때문이다.

"너무 달리지 마. 그러다가 죽어."

그녀는 스피드광인 혜성을 걱정했었다. 그래서 방향제를 달아 주며 이 소리가 들리면 그땐 속도를 늦추라 했다. 그렇게 잔소리를 하면 과거의 혜성은 고개를 절레절레 저었다.

"속도가 올라갈 때 얼마나 짜릿한데."

"그럼 옆에 태워 주든가."

자신의 불만 어린 말에 혜성은 웃기만 할 뿐이었다.

이 차 역시, 혜성이 구입한 것이었다. 빠르게 달릴 수 있는 곳이 적은 국내에서 허영심을 채우기 위해 산 것이 아니었다. 그는 오직 달리기 위해 슈퍼카를 구입했고, 일주일에 한 번은 서킷을 달리거나 텅 빈 고속도로를 미친 듯이 달리곤 했다. 마치, 무언가를 갈구하는 것처럼.

그런 그가, 주영은 참 걱정이 됐었다. 이러다 사고를 당하면 큰일인데. 너무 위험한데. 그는 그걸 알고 있을까? 걱정에 그의 차 키를 빼앗아 보기도 했고, 별의별 짓을 다 해 보았다. 하지만 그는 알고 있었다.

"안 돼. 위험해."

빠르게 달리다가 사고를 당하면 목숨이 온전치 못하리라는 것을.

그래서 그는 주영을 옆자리에 태웠을 땐 늘 안전운전을 했었다. 다른 운전자들보다 속도를 늦췄었다.

그래도 그녀는 이해하지 못했다.

"위험한 짓을 넌 왜 하는 건데?"

그래서 물었다.

왜 이렇게 위험한 레이스를 즐기냐고.

이에, 그는 망설임 없이 웃으며 답해 주었다.

"가끔 끝도 없이 달리고 싶을 때가 있거든."

그때 자신은 그를 이해하지 못했었다. 과속을 하는 것이 뭐가 좋다고. 왜 끝도 없이 달리고 싶냐고. 차는 '이동수단' 이지 '목숨을 내건 게임' 이 아니라고. 그의 귀에 딱지가 앉도록 잔소리를 했었다.

하지만 지금의 그녀는 그 느낌을 알아 버렸다.

속도가 올라갈수록 몸이 붕 떠오르고 현실 감각이 느껴지지 않았다.

너도 이랬구나.

나처럼, 너도.

그가 슈퍼카를 사들이고, 서킷을 달리고, 텅 빈 고속도로를 달리기 시작했던 때가 스물다섯쯤이었다. 그때, 그에게 혹여 무슨 일이 있었을까……. 지금의 자신처럼 죽고 싶은 일이 있었을까.

이해하지 못했다. 그녀는, 결국 막지 못했다. 그가 속도를 즐기는 것을. 그가 갈구하는 것이 무엇인지 알지 못했기 때문에.

흔들림 없이 앞을 향해 있던 시선이 흔들렸다. 눈을 질끈 감고 핸들을 꺾어 버리고 싶은 못된 생각이 머릿속을 휘저었다. 하지만 그녀는 끝까지 핸들을 힘주어 잡았고, 붉어지는 눈망울은 정면을 주시했다.

어스름했던 하늘에 어느새 태양이 완연히 떠오르고 있었다.

"재미있는 걸 발견했습니다."

정말 즐거운 듯 실실 웃는 남자를 보던 혜성이 자신의 앞으로 내밀어진 서류 봉투를 보았다.

동봉되어 있는 파일 속엔 어떤 비밀이 있을까. 남자가 말한 대로 '재미있는 비밀' 이 숨어 있을까. 고민하던 그가 손을 뻗었다.

봉투를 연 그가 속에 있던 투명 파일을 꺼냈다. 일주일 만에 그가 알아낸 것들은 그렇게 많지 않았다.

빠르게 활자를 읽던 그가 다음 장으로 넘겼다. 그러자 클립에 끼워진 사진이 보인다.

입술 밑에 있는 점.

그의 얼굴이 굳어졌다.

"이게…… 우주영이란 말입니까?"

"1년 전에 큰 사고를 당하면서 성형수술을 했다고 하더라고요."

혜성의 얼굴이 살벌하게 굳어졌다. 자신이 비약이라고 생각했던 그 부분이 맞아떨어지자 그가 헛웃음을 뱉었다.

남자의 말은 틀렸다. 전혀 재미있는 비밀이 아니다. 이건 아주 기분이 더럽고, 짜증이 나는 상황이다. 마치 그녀에게 능멸을 당한 기분이었으니까.

"왜 이 여자는 내게 아무런 말도 하지 않았을까."

많은 것을 알아냈지만 진실은 더 의뭉스러워졌다.

입술 밑에 점이 있는 여자에 대해 물었을 때, 본인이라는 말을 했어도 됐는데, 왜 하지 않은 것일까. 과거, 사랑했던 사이라면 왜 '맞선'이라는 형태로 자신에게 접근했을까. 왜, 왜.

교통사고를 당하던 순간까지도 함께 있었다는 것은 두 사람의 관계가 아직 끝나지 않았다는 말이었다. 그런데도 여자는 아무것도 모른 척 자신의 앞에 나타나 그의 신경만 긁어 댔었다.

"사랑이 없는 결혼은 힘들어요."

"그걸 당신은 지금 어떤 수를 써서라도 하려고 하고 계시지 않습니까."

그리고 자신은 그런 그녀의 말에 제대로 되받아쳐 주었다. 살벌한 대화 속에서 그녀는 어떤 생각을 하였던 것일까.

그는 그 순간 처연한 표정을 지었던 우주영을 떠올렸다.

그는 찜찜한 기분을 버리지 못하고 머릿속으로 계속 의문을 품었다. 그러다 이내 아주 단순한 결론을 내렸다.

그럴 수밖에 없는 사정이 있었겠지.

그 사정이란 뭘까?

거기까지 고민이 닿자 그는 선 자리를 주선했던 사람을 떠올렸다.

"아버지 짓이로군."

"네?"

"아닙니다."

이제야 이제껏 품어 왔던 의문들이 정리되기 시작하였다.

주위에서 자신에게 '과거'를 말하지 않은 건 그들의 입을 틀어막을 만큼 힘이 있는 자가 뒤에서 이를 명했기 때문이다. 그리고 그 사람은 자신이 과거를 되찾는 것을 원치 않는다.

아마도 과거 사고를 당할 당시 무언가 숨기고 싶었던 사실을 '과거 강혜성'이 알아냈을지도 모른다. 그리고 그는 아마도 우주영조차 좋아하지 않을 것이다. 그렇다면 모든 키는 강 회장이 쥐고 있다는 말이었다.

그의 입가에 느른한 웃음이 내걸렸다. 하지만 그와는 반대로 눈가는 굳어 있어 잔혹해 보였다.

어떻게 할까.

자신을 가지고 줄다리기를 하고 있는 두 사람을 떠올리던 그가 팔짱을 낀 후 기다란 다리를 까딱거렸다.

그런 혜성의 모습에 남자가 물었다.

"궁금하신 점은 모두 풀리셨습니까?"

"아닙니다."

잘라 말한 혜성이 고개를 옆으로 기울였다. 그리고 느릿하게 입술을 달싹인다.

"더 알아봐 주셔야 할 게 있습니다."

그 모습은 신경을 팽팽하게 잡아당기는 힘이 있었다. 남자가 침을 꼴깍 삼키며 물었다.

"이번에는 뭡니까?"

혜성의 시선이 테이블로 향했다. 사진 속 환하게 웃는 우주영이 있다. 지금보다는 좀 더 선이 굵은 모습은 예뻤다. 선하게 웃는 눈매는 행복함으로 보드라웠고, 가느다란 입술은 하늘을 향해 힘껏 끌어 올려져 있었다.

행복했구나, 이 여자. 지금과는 달리.

그리고 그 행복한 과거 속에 자신이 있을 것이다.

지금 당장 이 여자를 만나야 한다는 생각이 머릿속을 뒤흔들었다. 하지만 이성적인 그는 알고 있었다. 그 여자의 입에서 모든 진실이 쏟아져 나오지 않으리라는 걸.

"이 여자와 나의 과거를 알아봐 주십시오. 아주 사소한 것까지 전부 다."

그렇다면, 알아내야 했다.

그, 스스로.

❖

서킷을 바라보던 주영이 자리에 앉았다.

우와아아아앙—

거친 엔진 소리를 내며 빠르게 질주하는 차들을 바라보는 그녀의 눈망울이 슬픔에 일렁였다.

빠르게 커브를 도는 차가 아슬아슬하게 라인 위를 달리는 것을 보던 그녀가 눈을 감았다.

그와 나의 관계는 어쩜, 저렇게 위태로웠는지도 모르겠다.

멍하니 서킷을 바라보던 주영은 자신의 옆으로 길게 드리우는 그림자에 말없이 고개를 들었다. 그곳에 혜성이 서 있다. 거짓말처럼.

놀란 그녀가 눈을 동그랗게 뜨며 그의 얼굴을 살폈다. 그의 기억이 돌아온 것은 아닌가, 하는 헛된 기대감에. 하지만 곧 무감한 표정에서 그가 여전히 아무것도 되찾지 못했다는 것을 깨닫는다.

그녀가 멍하니 물었다.

"여긴 어떻게 알고 왔어요?"

"예전에 여기서 살다시피 했다는 것은 알고 있습니다."

그의 말에 주영의 입술에 느른한 웃음이 걸렸다.

"그렇군요. 당신도 알아봤군요."

"과거의 기억을 찾으려고 노력했던 때도 있었으니까."

"……."

주영이 입을 다물며 다시 서킷으로 고개를 돌렸다.

우아아앙—

마치 거대한 울음소리처럼 들리는 거친 엔진음에 가슴이 뛰어

댔다.

“이곳에 오면 당신을 만날 수 있으리라 생각했죠.”

“왜, 절 만나려고 하시는 건가요?”

“그럼 당신은 왜 제 연락을 피합니까?”

“…….”

입을 굳게 다문 주영이 헛웃음을 뱉었다. 그러더니 자리에서 일어나 그를 똑바로 마주했다.

“굳이 그걸 말로 해 드려야 아나요?”

그걸 모를 정도로 멍청한 사람이냐고 물었다. 그녀가 그의 연락을 피한 지 2주가 지났다. 그 시간 동안 그녀는 마음을 내려놓는 법에 대해 끝없이 생각했고, 그와 함께 갔던 곳들을 돌아보며 추억에 젖었다. 그러면 그럴수록 이젠, 그를 가져야겠다는 헛된 희망 대신 이 추억이라도 지켜야 하지 않을까, 하는 쪽으로 마음이 기울었다.

하지만 그는 아닌 모양이다. 혜성은 예전처럼 잔혹하게 웃지 않았다. 그녀의 신경을 긁어 대지도 않았다. 그저 그녀에게서 무언가를 알아내려는 사람처럼 오목조목 모여 있는 이목구비를 훑고 또 훑어보았다.

그러다가 물었다.

“예전에 입 밑에 점이 있었습니까?”

“…….”

“오랫동안 만났었습니까?”

그 말에 주영의 눈이 동그랗게 변했다. 그는 물음을 던졌으나, 답을 구하는 질문은 아닌 듯했다. 이미 모든 답을 알고 있는 모양이었고, 굳게 닫히는 입술에 더욱 확신한 듯 물었다.

"사고 당시에도 당신이 제 옆에 있었습니까?"

"강혜성 씨……."

주영이 혼란스러운 눈으로 그를 바라보았다.

당신, 어디까지 알고 있는 거야?

그녀의 눈동자가 묻자 그는 굳어져 있던 얼굴을 나른하게 풀며 말했다.

"처음 눈을 떴을 때도 당신이 있었습니다."

"……."

"당신은 제 과거를 다 알고 있습니까?"

조금은 의아한 물음에 주영은 그를 바라보기만 하였다. 그러다가 이내 반쯤 포기한 얼굴로 천천히 고개를 끄덕인다. 네, 난 당신의 과거를 모두 알고 있어요, 하고.

그러자 그가 묻는다.

"내 이름이 강혜성은 맞습니까?"

"……."

"제 나이가 서른둘은 맞습니까?"

휘청.

앉아 있던 자신의 몸이 옆으로 기울자, 서둘러 손을 뻗어 바닥을 짚었다. 어지러웠다. 갑자기 시야가 뿌옇게 변하는 기분이 들었다. 하지만 그는 질문을 멈추지 않는다.

"전 누굽니까, 도대체."

혼란스러움이 가득한 그의 눈동자는 굳건한 표정과는 달랐다. 격랑을 만나 흔들리는 배처럼, 속절없이 흔들리는 제 감정을 모두 담고 있었다. 그 모습에 그녀가 손을 들어 가슴께를 눌렀다.

아팠다. 정말 아팠다.

이 남자의 혼란스러움이 와 닿아 속이 쓰렸다.

그녀가 붉어진 눈망울로 고개를 숙이는 것을 보던 그가 또 다른 질문을 던진다.

"당신은 저에게 그걸 말해 줄 수 있습니까?"

"……."

이 질문에 그녀는 작게 고개를 저었다.

역시나, 그의 예상대로였다. 그녀는 아무것도 말해 주지 않겠다 말했다. 그리고 혹여 자신의 눈동자에 생각이 스며들까 싶어 푹 숙인 고개조차 들지 않았다.

그가 걸음을 뒤로 더듬더듬 물렸다. 그리고 지끈 아파 오는 머리를 붙잡는다.

과거의 기억은 그에게 고통만 안겨 주었다. 명확하지 않은 채 흔들리는 세계는 그에게 혼란스러움만 안겨 준다.

수많은 의문. 수많은 질문.

그는 했지만, 그녀는 답하지 않는다.

"아파요……?"

"걱정은 되십니까?"

그가 미간을 찌푸리며 말했다. 최근엔 두통으로 느끼는 고통이 줄었다 하였더니, 그게 아니었던 모양이다. 한꺼번에 몰려와 그가 미간을 찌푸렸다. 이마에 식은땀이 송골송골 맺히는 것을 느꼈으나, 그는 무서운 인내심으로 이를 억누른다.

걱정스럽게 자신을 바라보는 주영의 눈길에 그가 낮은 목소리로 말했다.

"당신과 난…… 얼마나 사랑했습니까?"

쩍쩍 갈라지는 음성이 슬픔에 잠겨 있다.

자신을 모르는 사람처럼 바라보던 그의 눈동자에 처음으로 예전에 보았던 그 모습이 어린다.

기억을 잃은 그는 강한 사람이었다. 섬세했던 예전과는 달리 웬만한 일에는 눈 하나 깜짝하지 않았고, 남의 슬픔을 즐거운 듯이 바라보는 사람이었다.

사랑하는 사람이 나에 대한 기억은 모두 잊은 채 낯선 눈으로 바라보는 것들을 견딜 수가 없었다. 하지만 그는 자신만 낯설게 보고 있는 것이 아니었다. 그 스스로를, 낯설게 느끼고 있었다.

"……그게 정말 궁금해요?"

그녀가 물었다. 그것이 정말 궁금하냐고. 며칠 전까지만 해도 자신은 상관하지 않은 채, 다른 여자와 함께 있던 모습을 보여주던 당신이 왜 이제 와 그런 것이 궁금해졌냐고.

난 혼자서 그를 사랑하고, 혼자서 이별하려 했다. 과거, 그와 함께했던 장소를 더듬으며 먼지처럼 작게 흩어져 있는 감정들을 털어 내려 했다.

그런데 혼란스러운 그의 눈망울을 보니 심장이 뛴다. 자신에게 사랑을 말했던 그 얼굴로 힘겨워하자, 심장이 비명을 지른다.

"안 궁금할 것 같습니까? 내 일입니다. 내 과거의 일입니다."

"궁금해하지 않으셨잖아요."

"정말 그렇게 생각했습니까?"

담담한 목소리로 그가 되물었다. 이에 그녀는 아무런 말도 없이 입만 꾹 다문다. 어떤 말을 해야 할지 몰랐으니까. 그녀가 할 수 있는 일이라곤 그저 혼란스러운 얼굴로 그를 바라보는 것뿐이었다.

"주위 사람들은 제게 과거를 숨기려고 합니다. 그런 내가 과거의 날 찾으려고 하면 어떻게 나올지 뻔하죠. 제 본심을 말하는 지금 이 순간, 당신의 표정만 봐도 그렇지 않습니까?"

"……."

"말씀해 주십시오."

그의 물음에 주영이 자리에서 일어났다. 그리고 그와 눈을 똑바로 마주하며 웃는다.

이 사람은, 예전 자신의 모습을 이제 알고 있있다. 그럼에도 과거의 기억을 찾지 못했다. 그렇게 사랑했는데 심장조차도 그녀를 잊은 듯 바라보았다.

"아무것도…… 말하지 못해요."

"왜입니까?"

느릿한 말에 그가 묻자, 주영은 더욱 진한 웃음을 지으며 나지막하게 말했다.

"그러기로 했으니까."

"……."

"처음엔 말 못 할 사정이 있어서, 그다음엔 당신이 너무 괘씸해서, 그리고 지금은 차라리 당신이 정말 아무것도 기억하지 못하길 바라서."

점점 차오르는 숨에 그녀가 잠시 말을 멈췄다. 그리고 호흡을 고른 후 말을 잇는다.

"어찌 되었든 당신은 내가 과거에 사랑했던 그이니까."

그는 내가 사랑하는 사람. 하지만 사랑하던 그때를 기억 못 하는 사람.

그러니까…….

"아픈 기억은 묻어 두기로 했어요."

과거의 그를 아프게 했던 모든 것들은 묻어 두면 된다. 두 사람이 행복했던 그때의 기억은 그녀 홀로 추억으로 간직하면 된다. 더 이상 그때의 추억을, 그녀의 사랑을 상처 입히지 않고서.

주영이 천천히 고개를 끄덕였다.

"이제야 인정해요."

인정할 수밖에 없다.

"당신은…… 나와의 과거를 다 잊고 싶었던 거라고."

그렇게.

"나에겐 그렇게 소중한 과거였는데…… 당신에겐 끔찍하게 힘들었던 과거일 수도 있다고."

그래서 날, 우리를, 모두 지워 버린 것이라고.

그녀는 그렇게 생각하기로 했다. 그래서 정리하기로 했다. 기억을 잃은 그를 괴롭히는 일은 그만하기로. 지금의 그를 원망하고, 그에게 가시를 세우고, 홀로 덩그러니 있는 것 또한 그만하기로 결론을 내렸다.

"놓아줄게요."

그 말에 반듯하게 펴져 있던 그의 이마가 찌푸려졌다. 미간이 찌푸려지고 눈썹이 치켜 올라갔다. 그 모습을 빤히 보던 그녀가 무감하게 말했다.

"가세요."

"……."

"당신 앞에…… 이젠 나타나지 않을 거예요."

그는 말없이 그녀의 이야기만 듣고 있었다. 자신에게 다른 꿍꿍이를 가지고 접근할 땐 언제고, 이젠 떠나가라 말하는 그 말에도 그는 표정만 굳힐 뿐 가만히 있었다. 자신 혼자 결론을 내리고 밀어내는 모습에 고함을 쳐도 모자랄 판에, 상처받은 여인을 그저 그렇게 바라만 보았다.

두 사람 사이로 침묵이 흘렀다. 들려오는 것은 서킷을 내달리는 거친 타이어 바퀴 소리와 엔진 소리뿐.

삐— 삐—

마지막 바퀴라고 알리는 경적 소리와 함께 붉은색 깃이 허공에 흔들렸다. 그리고 뱅글뱅글 돌던 차가 천천히 멈춰 서는 그때까지도 둘은 서로의 눈만 빤히 바라보고 있었다. 눈싸움을 하는 것처럼.

결국 먼저 입을 뗀 것은 그였다.

"누구 마음대로?"

그가 힘 있게 말했다. 강압적이기까지 한 목소리였다. 토를 다는 것은 허락하지 않겠다는.

"당신이 그렇게 말하면 내가 아, 그러세요, 할 것 같습니까?"

"……."

입장을 바꿔 생각해 보라는 말에 그녀가 눈을 감았다.

나라면…… 만약에 나라면…….

그렇게 생각해 보니 정말 그의 말에도 일리가 있었다.

화가 나서 강 회장의 목을 졸랐다. 당신이 그렇게도 지키고 싶어 하는 회사, 무너뜨릴 수 있다며 그를 겁박했다. 그리고 다시 그의 앞에 섰다.

만약 반대로 자신이 모든 기억을 잃고, 그가 자신에게 다가와 아무것도 모른 척 이야기한다면? 그리고 날카로운 가시로 연신 푹푹 찔러 댄다면?

그런 생각을 하자, 자신의 이기심이 조금씩 보이기 시작했다. 아무것도 모르는 그에게 화를 낸 것이니까.

그리고 만약…… 그가 나중에 이 모든 사실을 기억하게 되었을 때 얼마나 끔찍한 기분이 들까, 라고 생각해 보니 그가 더욱 가여워졌다.

하지만 그렇기에 떠나야 했다. 서로에게 칼을 겨눈 채 지금의 관계를 유지한다면 훗날 더욱 아플 것이 분명하니까. 그도 자신도, 너덜너덜해져 버린 마음에 눈물지을지도 모르니까.

"주식, 모두 드릴게요. 호텔이 정상화가 될 때까지……."

돕겠습니다.

그녀는 그렇게 말하려 했다. 하지만 팔을 뻗은 그가 어깨를 아프게 붙잡고 낮은 목소리로 으르릉거려 말을 끝맺지 못했다.

"말해요. 당신이 아는 것 다."

가느다란 하이힐로 겨우 지탱하고 있던 몸이 흔들리자, 그가 다른 팔을 뻗어 붙잡아 주었다. 겨우 몸을 지탱할 수는 있었으나 찍어 내리듯 묵직한 시선에 몸을 떨었다.

도망가야 했다. 지금의 그에게서.

저 눈빛 아래에 있다간 결국 굴복하고 모든 것을 다 털어놓을 수도 있으니, 도망가야 한다.

그녀가 팔을 비틀며 그의 손아귀에서 벗어나려 했다. 하지만 아귀에 힘을 준 그는 결코 그녀를 도망가게 내버려 두지 않았다.

힘으로 해선 이길 수 없다는 사실을 깨달은 그녀가 눈을 들어 그에게 말했다.

"……싫어요."

놓아줘요, 라고.

하지만 그는 입가를 비틀어 웃으며 도리어 그녀를 협박했다.

"말하지 않으면 괴롭힐 겁니다."

도망가려는 사람에게 겁을 주다니. 오히려 달콤한 사탕발림을 해도 모자랄 판에.

기가 막힌 반응에 그녀가 헛웃음을 내뱉으며 물었다.

"어떻게요?"

"당신을 보니, 내가 곁에 있는 것이 가장 두려운 일인 모양이니 계속 곁을 맴돌아 주지요."

"……."

그는 정확하게 그녀를 괴롭히는 방법을 알고 있었다. 사랑하는 사람의 얼굴로, 곁을 계속 맴돈다는 말에 그녀가 눈물지었다.

"왜 그러는 거예요."

이제 겨우, 안녕을 고할 수 있게 되었는데. 왜 이제야 그는 자신을 붙잡으려 하는 것일까.

붉어진 눈망울은 핏빛을 닮았다. 당장이라도 피를 쏟아 낼 것처럼. 아마 지금 눈물을 흘리면 붉은 핏물이 아닐까, 그는 그렇게 생각했다.

하지만 결코 봐주지 않았다. 그녀가 도망가게 내버려 두지 않았다.

"알아야겠으니까."

짧게 잘라 말한 그는 힘없이 아래로 주저앉는 그녀를 따라 한쪽 무릎을 꿇었다. 그리고 커다란 눈물을 툭툭 쏟는 주영을 보며 말했다.

"내 과거를."

과거에 자신이 무언가의 진실로 죽을 만큼 아팠다 하더라도 그는 상관이 없었다. 오히려 지금이 더 짜증이 나고 화가 났으니까. 본인의 일이지만 주위의 모든 사람은 알고 있으면서도 정작 자신은 몰랐다. 얼간이가 된 기분이었고, 멍청이가 된 기분이었다. 언제까지고 이런 기분으로 살고 싶진 않았다.

그는 뺨이 흠뻑 젖을 만큼 눈물을 흘리는 여자를 보았다.

이 여자는 모든 것을 알고 있을 테지.

그리고…… 이 여자는 과거, 자신의 오랜 연인이었다.

"결혼합시다."

그가 울고 있는 그녀에게 말했다.

그렇게 마음을 쏟아 내는 그녀를 달래 줄 생각도 하지 못한 채.

"……."

프러포즈를 받은 그녀는 놀란 표정 대신 손을 들어 눈가를 가렸다. 세상을, 현실을 보기 싫다는 듯이.

살짝 벌어진 틈은 결혼에 대한 답이 아니었다. 울음이었고, 애환 섞인 한숨이었다.

그녀의 반응에 그가 힘주어 잡고 있던 그녀의 팔목을 놓아주었다. 새하얀 팔목엔 붉게 손가락 자국이 남았다. 그것이 낙인처럼 느껴져 주영은 한동안 바라보고 있었다.

처연한 눈동자를 보던 그가 입술을 뗐다.

"아버지와 어떤 거래를 했는지 모르겠지만."

"당신이 어떻게 그걸……."

번뜩 고개를 든 그녀가 깜짝 놀라 말했다. 그 사실을 어떻게 알았냐고. 그러자 혜성은 장난스럽게 웃으며 답한다.

"뻔하지 않습니까? 저 그렇게 머리 나쁜 놈 아닙니다."

조금만 머리를 굴리면 알 수 있는 일이라고 말한 그는 여전히 눈물을 후드득 떨어뜨리고 있는 주영에게 팔을 뻗었다.

"그러니까……."

엄지손가락으로 눈을 닦아 준 그가 말꼬리를 늘인 후 말을 마쳤다.

"미안합니다."

"……아."

"아무것도 몰라서."

"……."

"아무것도 몰라서 미안합니다."

툭, 투두둑—

슬픔의 무게를 이기지 못한 눈물이 빠른 속도로 쏟아졌다. 흐느낌이 그녀의 입술을 통해 조금은 격하게 흘러나왔고, 가슴은 크게 들썩였다.

어깨를 들썩이며 울기 시작한 그녀가 떨림이 가득한 목소리로 물었다.

"왜 그래요, 갑자기."

"미안합니다."

"왜 갑자기 그러는데……요."

손등으로 눈물을 거칠게 닦은 그녀가 물었다. 아이처럼 엉엉 울음을 터뜨리며. 그러자 그가 한쪽 눈을 찌푸리더니 허탈한 웃음을 짓는다.

"사과하라고 하네요."

누군가가. 그렇게 말하네요.

그가 그렇게 말을 이었다. 그러자 그녀는 입을 옆으로 길게 늘어뜨리며 말했다.

"당신이…… 예전에 내가 사랑하던 남자가 아니라는 걸 이젠 인정해요. 그러니까 당신과 결혼하고 싶은 마음은 없어요. 난 그 사람만……."

이제 와 그래도 소용없다고. 자신의 결정을 굽히지 않겠다고.

그러자 그가 손을 뻗어 그녀의 어깨를 붙잡았다. 그리고 자신을 똑바로 바라보라는 듯 힘을 준다.

"그 사람이 납니다."

주영이 천천히 고개를 저었다.

아니에요, 당신은 그 사람이 아니에요, 라고.

하지만 그는 제 뜻을 굽히지 않았다.

"인정하세요."

이제 그만 인정하라고.

"내가 그 강혜성입니다."

네가 사랑한 사람이 나라고.

그녀의 얼굴이 종잇장처럼 일그러졌다. 예쁜 얼굴이 엉망이 되었다. 화장은 눈물에 흔적도 없이 지워졌고, 눈가와 코끝이 붉게 변해 있었다.

그를 놀란 눈으로 바라보던 그녀가 비명을 내질렀다.

"왜 이래요, 정말!"

당신 나한테 왜 그래, 라고. 그러자 그의 얼굴도 그녀와 비슷하게 일그러졌다.

"당신이 나한테 먼저 그랬잖습니까."

당신은 도대체 나한테 왜 그러냐고.

두 사람은 서로를 비난했다. 칼날을 서로에게 겨누고 상대를 탓했다.

"당신이 애초에 내 앞에 나타나지 않았다면 나조차 이런 혼란을 겪지 않았을 겁니다. 당신이 먼저 시작했지만 끝은 제가 냅니다."

그녀가 고개를 숙였다. 그러자 눈가에 맺혀 있던 눈물이 아래로 후드득 쏟아진다. 입을 벌리고서 엉엉 울음을 터뜨리는 그녀의 모습에 그가 한숨을 내뱉었다. 그리고 붙잡고 있던 어깨를 자신의 쪽으로 끌어당긴다.

"미안합니다."

그녀를 품에 안은 그가 말했다.

그리고 빠르게 뛰는 제 심장을 느끼며 눈을 감았다.

"우주영 씨."

전 도대체 누굽니까.

그 물음이 가슴을 내려칠 줄은 몰랐다.

한껏 울고 나니, 그제야 기분이 좀 나아진 것인지 주영의 입에서 깊은 한숨이 흘러나왔다.

주영이 비틀거리며 자리에서 일어나자 그가 어깨를 붙잡아 주며 물었다.

"괜찮으십니까?"

"안 괜찮아요."

톡 쏘는 말에 그가 옅은 웃음을 뱉었다. 예전엔 그런 말투에 몸이 따끔따끔했는데, 지금은 그렇지 않았다. 적응이 된 것인지, 이 여자의 뾰족한 가시 속에 있는 다른 무언가를 발견한 것인지는 몰라도. 지금은 이런 그녀의 반응을 즐기며 반응할 수 있을 정도는 되었다. 그래, 딱 그만큼 가까워졌다.

"평소에 지나치게 직설적이다, 라는 말 듣지 않습니까?"

"후후, 아니요."

바람 소리를 내며 웃은 주영이 고개를 절레절레 저었다. 그녀가 제 어깨에 여전히 올려져 있는 손을 조용히 떼어 내자, 혜성은 긴밀히 그녀의 말 속 뜻을 알아차리곤 말했다.

"그럼 저에게만 그러시는 거군요."

그가 웃음을 머금으며 말했다.

순간 부드럽게 휘어지는 입가에 주영의 눈매가 딱딱하게 굳어졌다.

그였다.

갑자기 나타난 그 사람.

"줘요."

순간 웃음을 지운 그가 그녀의 앞으로 손바닥을 내밀었다. 무슨 뜻인지 몰라 가만히 바라보던 주영이 고개를 기울인다.

"뭘요?"

"차 키, 주세요. 데려다 드리겠습니다."

그의 말에 주영은 잠시 어떤 반응을 보여야 할지 모르겠다는 듯 입을 다물었다. 그러다 이내 한숨을 푹 내쉬더니 묻는다.

"그럼 부탁 좀 드려도 될까요?"

그가 어깨를 으쓱이자 주영이 핸드백에서 키를 꺼내 그의 손바닥 위에 올려 두었다. 그리고 그가 안내를 하라는 듯 눈짓하자 무거운 걸음을 옮긴다.

말없이 먼저 걸음을 뗀 주영은 뒤따라오는 인기척에 숨을 삼켰다.

토닥토닥.

일정하게 아스팔트에 부딪혀 들려오는 걸음걸이가 그녀의 마음을 두드렸다.

주차장으로 향한 그녀가 붉은 스포츠카 앞에서 걸음을 멈췄다. 그가 가까이 다가오자 자동으로 문이 열렸고, 주영은 조수석 문을 연 후 타려고 했다. 하지만 멀찍이 서서 다가오지 않는 그의 모습에 고개를 기울였다.

"왜요. 안 타세요? 데려다주시겠다면서요."

그녀의 말에 혜성의 얼굴이 종잇장처럼 구겨졌다. 와작 찌푸려진 미간을 바라보던 그녀의 의문이 더욱 커져 갈 때였다.

"이건 차가 아닙니다."

그 말에 주영이 눈을 동그랗게 떴다. 왜? 라는 의문에 그렇게 물어보자, 그가 불만이 가득한 얼굴로 비 맞은 중처럼 웅얼거렸다.

"차는 첫 번째도 안전, 두 번째도 안전……."

그가 구시렁거리는 것을 보던 주영은 한마디로 그의 입을 틀어막았다.

"이거 당신 차예요."

그의 얼굴이 잿빛으로 변했다. 손가락으로 허공에서 차를 콕콕 찌르는 모양새가 정말 이게 자신의 차냐고 묻고 있었다.

그녀가 거짓 하나 없는 눈망울로 말했다.

"이 차를 살 때 전 당신을 말렸고요."

그녀가 입술을 잘근잘근 씹으며 말하자, 그가 성큼성큼 걸어와 주영의 앞에 섰다. 그리고 진중한 얼굴로 말했다.

"좀 더 강력하게 말리지 그랬습니까."

"이쪽으론 도통 말을 안 들었어요."

"그래도 더 강력하게 말렸어야 했습니다."

"네, 덕분에 다음 해에 나온 BMW 슈퍼카를 사겠다는 건 말렸죠."

"……."

구겨졌던 미간을 반듯하게 편 그가 고개를 끄덕였다. 정말 잘했다는 듯이.

그 모습을 바라보던 주영이 작게 웃음을 뱉었다. 그가 이렇게 당황하는 모습은 처음 보았다. 그 모습이 조금 귀여워 보이는 것은 왜일까. 주영은 터져 나오려는 웃음을 애써 집어삼키며 말했다.

"안 타세요?"

"……."

"안 타실 거면 키 주세요. 지금은 운전할 수 있을 것 같아요."

"……위험합니다."

"그것보다 당신이 이 차를 타는 게 더 위험해 보여요."

"……."

정확한 지적에 혜성의 입이 다시 다물렸다.

주영이 재빨리 입을 틀어막았지만, 참지 못한 웃음이 결국 비어져 나왔다. 그가 한쪽 눈썹을 치켜 올리는 것을 본 그녀가 결국 손을 들어 양해를 구한 후 주차장이 떠나가라 웃기 시작했다. 눈가에 눈물이 찔끔. 늘 그의 앞에선 슬픔의 눈물만을 흘렸는데,

오늘은 웃음이 뒤섞인 눈물을 쏟았다. 물론, 아프기도 했다. 너무 웃어서 배가.

자지러지는 주영의 모습을 불만스러운 얼굴로 바라보던 그가 툭 말을 내뱉었다.

"언제까지 웃을 겁니까?"

"아, 미안해요. 미안."

"미안하면 그만 웃으시죠?"

"하지만 어떻게 해요."

고개를 슬쩍 든 그녀가 그를 바라보며 말했다.

"웃음이 나오는걸."

얼굴을 한껏 일그러뜨린 채 웃고 있는 모습에 그가 말을 멈췄다. 입을 다문 그가 가만히 그녀의 모습을 살폈다. 반짝이는 눈망울과 힘껏 하늘로 향해 있는 입꼬리는 사람의 인상이 달라 보일 정도로 예뻤다.

이렇게 웃을 수 있는 여자였나.

늘 자신의 앞에서 날을 세우고 있던 모습을 떠올리던 그가 허탈한 듯 말했다.

"이걸 기뻐해야 하는지 기분 나빠해야 하는지 모르겠습니다만."

꺄르르, 또 한 번 웃음소리가 터져 나오자 그가 이젠 하고 싶은 대로 하라는 듯 어깨를 으쓱였다.

마음껏 웃은 그녀가 고개를 끄덕이자, 기다림에 지친 그가 말했다.

"일단 제 차로 가시죠. 우주영 씨 차는 비서에게 시켜 얌전히 댁까지 가져다주라고 하겠습니다."

"괜찮아요. 다음 주에 또 오죠, 뭐."

그녀가 손을 내밀자 그가 그 위에 차 키를 내려놓았다.

두 사람은 이번엔 혜성의 차로 향했다. 튼튼한 차의 외관을 보던 그녀는 그가 문을 열어 주자 조수석에 올랐다. 승용차가 아니어서 그런지 자리가 조금 불편한 느낌이 들었지만, 곧 그가 차에 오르자 어색한 표정을 지운다.

차에 시동도 걸지 않은 채 혜성이 자신을 바라보자 주영은 자신의 모습을 내려다보았다. 자신은 무엇 하나 문제점을 찾지 못했는데, 일그러지는 그의 얼굴을 보니 뭔가 잘못된 것이 있는 모양이었다.

혹 눈물 때문에 화장이 번졌나 싶어 손을 들어 뺨을 더듬던 그녀는 그가 '안전벨트' 라고 속살거리듯 말하자 그제야 고개를 끄덕였다.

그녀가 안전벨트를 매자 차가 천천히 출발했다. 이곳에 올 때처럼 느리게 서행하는 차에 웃음을 터뜨린 그녀가 천천히 입술을 뗐다.

"물으셨죠. 과거의 당신은 어떤 사람이었냐고."

"이제야 말해 줄 마음이 드셨습니까?"

"지금 당신을 보니까 그러고 싶어졌어요."

너무나 다른 그의 모습에 계속 웃음이 났다. 그건 꽤 즐거운 웃음이었다. 그래서 그녀는 조금 가벼워진 심정으로 말했다.

“섬세한 사람이었어요. 작은 일에도 기쁨을 느끼고, 상처를 받고. 기뻐하고, 감사해할 줄 알고. 유일하게 거친 면이 있다면 스피드광이었다는 것뿐이에요.”

그가 천천히 고개를 끄덕였다. 방금 전 보았던 매끈한 차를 보면 ‘내가 과거에 속도를 즐기는 미친놈이었습니까?’ 라고 굳이 묻지 않아도 알 수 있었다.

그의 미간이 구겨지는 것도 모른 채 그녀가 천천히 눈을 감았다. 호흡을 가다듬고, 마음을 다듬자, 목소리는 의외로 흔들리지 않은 채 곧게 흘러나왔다.

“매일 아침엔 커피를 내려 마셨어요. 그게 시작이었죠. 커피는 직접 내려 줬고, 전 항상 커피향을 맡으며 아침에 일어났어요.”

두 사람은 매일 같은 침대에서 눈을 뜨고 하루를 시작했었다. 아침잠이 많았던 과거 그녀를 위해 혜성은 늘 커피를 내려 주었다. 그리고 일어나라 잔소리를 하기 전에 주영은 눈을 떴고, 그가 건네는 머그잔을 받아 들며 비몽사몽 잠기운을 몰아내곤 했었다.

그녀의 입술이 부드럽게 호를 그리고 있었다. 지난 추억, 그녀를 지탱해 주었던 그 시간들. 그 시간들을 떠올리는 것만으로도 그녀는 기뻤다.

“거창한 곳보단 조용한 곳을 좋아했어요. 낚시를 하러 자주 갔었어요. 밤이 되면 물소리, 개구리 소리, 풀벌레가 우는 소리를 들으며 도란도란 이야기를 나누었어요. 아침부터 저녁까지 거의 붙어 있는 날에도. 오늘은 이게 재미있었지, 저게 재미있었지.”

“…….”

“소소한 것을 나누고, 생각을 공유하고, 그랬어요.”

천천히 눈을 뜬 주영이 옆을 돌아보았다. 그러자 차를 갓길에 댄 채 자신을 바라보고 있던 혜성과 눈이 마주친다.

“지금의 당신과는 달랐어요.”

나지막한 음성에 그가 고개를 끄덕였다. 그녀에게 전해 듣는 이야기를 종합해 보면 지금의 자신과는 참 다른 이였다. 과거의 자신은. 마치 같은 사람이라고 생각할 수 없을 정도로.

그건 이제 뼈저리게 깨달았으니, 그는 다른 것이 궁금해졌다. 예를 들어…….

“그럼 당신은 거기에 대고 어떻게 했습니까?”

이런 거.

혹은, 과거 그녀가 자신을 어떻게 사랑했는지도.

왜 갑자기 이러한 의문이 들었는지는 모르겠으나, 그는 생각했고 물었다. 그러자 주영도 의외의 물음에 놀란 듯 눈을 동그랗게 뜨더니 이내 입가에 미소를 머금었다.

“같이 동조했겠죠. 지금 내가 하는 것과는 달리.”

‘했겠죠.’

‘지금과는 달리.’

그 두 마디가 뇌리에 딱딱 박히는 기분이었다. 의뭉스러운 미소와 함께.

그녀의 얼굴을 바라보던 그가 손을 들어 마른세수를 했다. 그리고 틀었던 몸을 정면으로 돌린 후 답답한 마음을 담아 말했다.

“안타깝게도 당신의 이야기를 들어도 아무것도 떠오르지 않습니다.”

“기억하지 않아도 돼요.”

잘라 하는 말에 그가 허탈한 웃음을 내뱉었다.

“왜 생각이 바뀐 겁니까.”

그렇게도 자신을 기억해 달라고 하더니. 어떻게 자신을 잊었냐며 원망하더니.

그가 기억을 되찾으려 한다는 것을 알자, 그녀는 이젠 기억을 찾지 않아도 된다고 말하고 있었다. 하지만 그녀는 그의 말을 이해하지 못하고 고개를 기울였다.

“뭐가요?”

“제가 기억해 주길 바라서 다가온 것 아닙니까?”

그의 물음에 눈을 동그랗게 뜬 주영이 곧 표정을 갈무리했다. 하지만 목소리엔 정리하지 못한 웃음이 묻어 나왔다.

“당신이 더 이상 내가 사랑하던 강혜성이 아니라는 것을 인정했거든요.”

지끈.

그녀의 말에 심장이 비명을 지르자 그가 인상을 찌푸렸다.

왜 아픈 거지?

그가 의아한 얼굴로 손을 들어 심장께를 꾹 눌렀다. 하지만 고개를 돌려 그를 바라보고 있지 않았던 주영은 이를 눈치채지 못한 채 담담한 목소리로 말했다.

"그리고 예전의 당신처럼, 지금의 강혜성이 상처받지 않길 바라기도 하고요."

"……상처받지 않길 바란다라……."

그가 말꼬리를 늘였다. 자신의 이야기를 곱씹는 모습에 주영이 입술을 깨물었다. 헛소리를 했다는 듯이.

그녀가 재빨리 말을 돌렸다.

"부탁이 있어요."

"또 웃어 달라는 겁니까?"

지끈!

지끈!

연달아 심장이 비명을 지르자, 그가 조금 날카로운 목소리로 물었다. 그러자 주영은 고개를 저으며 그제야 그를 바라보았다.

"후후, 아니에요."

바람 소리를 내며 말한 그녀는 말을 마치지 않은 것인지 연신 입술을 달싹였다.

"당신 집에 가고 싶어요."

"……."

그가 입을 꾹 다물었다.

집에 오고 싶다고? 저 말을 어떻게 받아들여야 할까.

그가 잠시 고민했다. 그러다 결국 물었다.

"유혹하는 겁니까?"

여자가 남자 혼자 사는 집에 오겠다는 말은 여러 뜻으로 생각하기가 힘들었다. 그가 어떻게 살고 있는지 보고 싶을 만큼 그녀는 자신과 가깝지 않았다. 오히려 함께 있었던 시간을 떠올려 보면, 사이가 나쁜 쪽에 가까웠다.

그가 이해하지 못해 묻자 그녀가 무던한 목소리로 말했다.

"그 집은 내 집이기도 해요. 강 회장님께 쫓겨났지만."

'강 회장.'

그 말과 함께 그다음에 귀에 틀어와 박힌 것은 그가 살고 있는 집이 자신의 집이라는 것이었다.

순간 왜 그녀가 집 로비에서 자신에게 소리를 질렀는지, 속을 알 수 없을 만큼 감정을 잘 숨기는 여자가 울음을 터뜨리며 그를 왜 비난했는지 이제야 이해가 갔다.

"그렇군요. 그래서 당신이 그때 화를 낸 거군요."

"네."

짧게 답한 주영이 입술을 뾰족하게 내밀더니 고개를 팩 돌린다.

"가벼운 남자는 딱 질색이에요."

"그렇게 가벼운 남자 아닙니다. 지조는 지키며 삽니다."

"당신이 이제껏 지내 왔던 시간이 지조라면……."

"여자는 없습니다."

"……네?"

이해할 수 없다는 듯 주영이 눈을 동그랗게 뜨며 되묻자 그가 심드렁한 목소리로 답했다.

"이상하게 성욕이 돋지 않더군요."

"……."

"아. 당신 허벅지를 봤을 땐 그랬는데."

그러더니 장난스럽게 그녀의 허벅지를 바라본 그가 말을 이었다.

"난 잊었는데, 당신 말대로 내 아랫도리는 당신을 기억하나 보죠."

그녀의 말 그대로였다. 기억은 까마득하게 날아갔지만, 이상하게도 몸은 기억하고 있었다. 간혹 심장이 그를 꾸짖듯 아프게 했고, 이성이 최고라 생각했던 그가 그 끈을 놓고 감정적으로 움직이게 만들었다. 부정할 수 없는 사실, 그 사실을 알리고 싶다는 듯이.

그가 주영의 얼굴을 보았다. 하지만 주영은 고개를 푹 숙이고 있었다.

부끄러워하는 것일까?

그가 손을 뻗어 고개를 들려던 찰나, 그녀가 그와 시선을 맞춰 왔다.

그의 예상과는 달리 주영은 복잡해 보이는 얼굴이었다. 부끄러운 것이 아닌, 생각이 많아 보이는 얼굴에다 대고 그가 말했다.

"강혜성이 과거에 찾고 있던 걸, 저도 찾고 있는 중입니다."

"그때 그 여자도요?"

로비에서 만났던 여자를 두고 하는 말에, 그가 고개를 끄덕였다. 숨길 것이 없었다. 그가 거리낌 없이 말했다.

"2년 전에 로즈라는 방석집을 그만둔 사람입니다. 지금은 행복한 결혼생활을 하고 있다더군요."

이제껏 누구에게도 과거를 찾는다고 말한 적이 없었다. 그 말을 했을 때, 지금 주영과 같은 표정을 지을 것이라 예상했기 때문에.

그가 백지장처럼 질린 주영의 얼굴을 보며 웃었다.

"당신 표정을 보니, 그것 또한 아는 모양입니다."

"아니에요."

지나치게 빠른 답에 그가 고개를 옆으로 기울이며 느슨하게 말했다.

"거짓말하지 마십시오. 티 다 납니다."

그의 어투와 달리 차 안의 공기는 긴장감에 팽팽하게 당겨졌다.

혜성은 힘껏 맞잡고 있는 주영의 손을 보았다. 부들부들 떨리는 손을 보던 그가 물었다.

"정말 저랑 결혼 안 하실 겁니까?"

"괴롭힌다면서요."

"네. 근데 결혼을 해도 제가 주위를 맴도는 것은 같지 않습니까?"

그의 입에서 흘러나오는 말은 오로지 진실뿐. 그녀가 애써 외면하고 싶었던 사실뿐.

"나와 이별을 하든, 나와 결혼을 하든, 결론은 당신은 괴롭다는 겁니다."

그는 예전과 달리 섬세하지 않았다. 상대의 기분은 상관하지 않고 현실직시부터 했다.

"서로에게 상처 내는 것은 그만합시다. 감정 소모입니다."

그리고 현실을 정리하며, 좀 더 나은 길로 가자고 말할 정도로 똑똑했다.

결혼을 하든 안 하든, 어찌 되었든 주영은 상처받았다. 그는 결혼을 하면 얻는 것이 훨씬 많았다. 무엇을 보든 결혼을 하는 것이 옳았다. 하지만 주영은 계속 한쪽 귀퉁이에서 사라지지 않는 생각을 접어서 날려 버릴 수가 없었다.

함께 있다면 더 아플 거야.

그것 역시 진실이다.

"그럼 내 부탁 들어줘요."

하지만, 그를 붙들고 싶은 마음 역시 진실이었다.

그와 함께했던 그 추억의 공간으로 들어가고 싶은 마음 역시.

지금 두 사람의 관계처럼 많은 것이 바뀌어 있을 테지만, 그 공간에 깃들어 있는 추억은 사라지지 않고 여전히 그 자리에 있을 것이다.

그녀의 제안에 그가 눈살을 찌푸리며 물었다.

“상관은 없지만, 괜찮겠습니까?”

자신의 말에 무슨 뜻이냐는 듯 바라보는 눈초리에 혜성이 낮은 어조로 말했다.

“예전의 나는 괜찮았지만, 지금의 나는 싫은 것 아닙니까?”

“그게 무슨…….”

말꼬리를 흐리던 주영의 얼굴이 순간 와락 일그러졌다. 그게 무슨 뜻인지 알아차렸다는 듯이.

성적 농담에 그녀가 날카롭게 눈을 떴다.

“당신 진짜 저질인 거, 알아요?”

“아마 예전의 강혜성도 저 같은 면이 있었을 겁니다. 사고 하나로 인성이 180도 바뀌었겠습니까? 원래 그의 한 부분이었겠죠.”

“…….”

“거래는 성립된 거로 하고. 앞으로 잘 지내 봅시다.”

말을 마친 그가 주영의 앞으로 손을 내밀었다. 악수를 청하는 손을 빤히 바라보던 주영은 망설임 끝에 붙잡았다.

“……네.”

잘 지낼 수 있을까?

이것에 대한 진실은 아직 찾지 못했다.

❖

마음에 대한 변화는 상호작용이 되어 몸에 대한 변화를 일으켰다. 아니, 어쩌면 그 반대일 수도 있겠다.

심플한 가구만이 놓여 있는 공간은 혜성의 집이었다. 거실 한가운데 놓여 있는 소파에 앉아 있는 혜성의 얼굴은 시멘트를 발라 놓은 것처럼 딱딱하게 굳어 있었다.

이성적인 생각 끝에 내린 결론. 그 결론만으로 움직이던 그였다. 작은 일 하나에도 감정적으로 움직이지 않던 그가 이번엔 필터링을 거치지 않은 행동을 했다. 아니, 어쩌면 그 생각을 했어도 결론은 같았을지도 모르겠다.

멍하니 생각에 잠겨 있던 그가 문득 고개를 내려 제 손바닥을 내려다보았다. 무엇을 예감해서일까? 아니면 우주영이 단순히 제 공간 안으로 들어온다는 사실만으로도 긴장을 한 것일까. 손바닥에 땀이 잔뜩 고여 있었다.

픽, 하고 웃음을 터뜨린 그가 자리에서 벌떡 일어났다. 냉수나 마시고 정신을 차려야겠다 생각하던 그의 걸음이 부엌으로 향할 때였다.

딩동―

집 안을 울리는 초인종 소리에 그가 고개를 획 돌렸다.

그녀가 왔다!

그 생각을 하기도 전, 그의 걸음은 자연스럽게 현관으로 향했다.

달칵.

문을 열자, 작은 핸드백을 들고서 가지런히 손을 모으고 있는 주영과 눈이 마주친다.

그녀를 처음 맞선 자리에서 봤을 땐 다소 고루한 원피스를 입고 있었다. 누가 봐도 '나 양반집 규수' 라고 말하는 듯한 옷을 입고서 앵무새처럼 '네네' 하고 답만 하던 그녀의 첫인상은 최악이었다. 물론 그에게 강한 라이트 훅을 먹인 것까지도.

그다음에 만났을 때 그녀는 높은 힐을 신고서 화려한 화장을 하고 있었다. 그것이 원래 자신의 모습이라도 되는 양.

그래서 그는 그 모습이 그녀의 모습일 줄 알았다. 그다음 몇 번의 만남에서도 그녀는 몸에 핏이 되는 옷을 입고 있었고, 화장은 화려했다.

하지만 아니었다. 지금의 그녀는.

하얀색 티셔츠에 색이 옅은 청바지를 입고 있는 주영은 평소보다 더 어려 보였다.

그녀의 모습을 찬찬히 살피던 그는 목울대가 크게 울리는 것을 보며 눈살을 찌푸렸다.

"왜 긴장을 했습니까?"

"네?"

"지금 엄청 긴장한 것처럼 보여서요."

평온함을 가장한 그의 얼굴을 바라보던 그녀가 말간 눈동자로 말했다.

"외간남자 집에 방문하는 건데, 긴장을 안 하면 그게 이상하죠."

그녀는 그가 자신의 감정을 숨기고 있는 것도 눈치채지 못한 듯했다. 평소라면 기민하게 이를 알아차리고, 날카롭게 가시를 세웠을 텐데, 그렇지 않은 걸 보니.

그녀의 모습을 바라보던 그가 팔짱을 끼며 현관문에 어깨를 기댔다. 길을 터 줄 마음이 없는 것처럼.

"외간남자라니요. 결혼까지 약속했으면 약혼자 집이지."

"……."

주영이 입을 다물고 그제야 그의 얼굴을 꼼꼼하게 훑었다. 이제야 눈치챈 듯했다. 이 남자의 속에 있는 검은 속내를. 하지만 강혜성이 누구던가. 예전의 그와는 달랐다. 빈틈없이 사람을 몰아붙일 줄 아는 사람이었고, 자신의 속내는 꽁꽁 숨길 수 있는 사람이었다. 그녀가 자신의 생각을 읽기 전에 그가 몸을 옆으로 틀어 공간을 내주었다.

"들어오십시오."

그의 얼굴에서 시선을 떼지 않던 그녀가 작게 고개를 끄덕였다.

"네."

현관 안으로 들어온 주영은 자연스럽게 신발을 벗고 집 안으로 걸음을 옮겼다. 하지만 망설임 없는 걸음걸이는 거실을 보자마자 무겁게 멈췄다.

“소파가 있네요.”

“거실에 소파가 있는 게 이상합니까?”

그의 물음에 주영이 입가에 웃음을 띠며 말했다.

“이상하진 않죠.”

결론부터 내린 그녀가 손가락으로 소파가 있는 곳을 가리키며 말을 내렸다.

“저곳에 러그가 있었어요. 하얀 러그.”

“그것 참 관리하기 힘들었겠네요.”

“저 때문에 있었어요.”

“……?”

혜성이 고개를 기울였다. 그건 무슨 뜻이냐는 듯이. 그러자 그녀가 웃음 섞인 목소리로 말을 이었다.

“사무실 와 보셨죠? 정신병원 같지 않던가요?”

“솔직히 답해야 합니까?”

“지금 당신 표정으로도 답은 충분해 보이네요.”

일그러진 그의 얼굴을 보며 그녀가 말했다. 구겨진 인상은 ‘그 말에 동의한다’라는 답과도 같았다. 그녀가 천천히 걸음을 옮겨 소파로 향하며 말을 이었다.

“흰색을 엄청 좋아해요. 집착에 가까울 만큼.”

“왜 하필 흰색입니까?”

“무슨 색을 덧입혀도 예쁜 파스텔 톤이 되니까.”

“그것 참 이상한 이유입니다.”

그의 말에 '그런가요?' 라고 되물은 그녀가 소파에 앉으며 말을 이었다.

"앉아도 되죠?"

"이미 앉은 후에 물어보지 마십시오."

기분이 좋지 않았다. 이유는 모르겠지만. 아니, 그는 자신의 기분이 급작스레 아래로 내동댕이쳐진 이유를 알고 있었으나 애써 모른 척했다. 그가 몸을 돌려 부엌으로 향하며 말했다.

"집은 편히 구경하십시오. 부탁까지 해서 들어왔으니까."

부엌에서 달그락달그락 유리가 부딪히는 소리가 들렸다. 주영이 일어나 슬쩍 안을 보니, 커피를 내릴 모양인지 그가 천천히 움직이는 것이 보였다. 자연스럽게 찬장에서 원두를 꺼내는 것을 보던 그녀가 들고 있던 가방을 소파에 내려놓았다. 그리고 주위를 두리번거리다가 곧 드레스룸으로 향했다.

집은 아주 많은 것이 바뀌어 있었다. 소파 대신 러그만 깔아 두었던 거실뿐만이 아니었다. 드레스룸으로 향하는 동안 새하얀 벽에 걸려 있는 그림 또한 바뀌어 있었다. 예전엔 따뜻한 그림이 줄지어 걸려 있던 자리에 지금은 누가 보아도 알 만한 명화들이 걸려 있었다. 이게 지금의 강혜성의 취향인지는 알지 못했다. 하지만 그녀는 행복했던 공간이 180도 변한 것에 마음이 아팠다.

드레스룸 문을 열고 조심스럽게 안으로 걸음을 옮긴 그녀가 주위를 둘러보았다. 벽에 길게 늘어선 붙박이장을 차례대로 훑던 그녀가 가장 구석으로 향한다. 그리고 거울이 달려 있는 문을 열었다.

다행인지, 불행인지 붙박이장은 그대로였다. 도회적인 것이 취향인 혜성의 눈에 이것은 통과된 모양인지.

주위를 둘러보던 그녀가 낮은 의자를 끌어다 왔다. 그리고 그 위를 올라 붙박이장 가장 위 칸을 살폈다.

있다.

찾던 물건을 발견한 모양인지 그녀의 눈이 반짝였다.

커다란 상자를 소중히 품에 안은 그녀가 아래로 내려왔다. 그리고 무심히 그것을 바라보던 그녀는 회환에 젖어 있던 눈빛을 서둘러 거뒀다. 언제 혜성이 안으로 들어올지 몰랐으니, 안의 물건을 서둘러 살펴야 했다.

영수증과 노트, 그리고 프랑스행 비행기 티켓.

차근차근 안을 훑어보던 그녀는 자신이 원했던 물건이 그 안에 있질 않자 얼굴을 일그러뜨렸다.

"흑……."

참지 못한 눈물이 터져 나왔다. 서둘러 손을 들어 입을 틀어막은 그녀가 눈을 질끈 감았다.

울면 안 돼.

계속 그렇게 말을 해 보았지만 울음은 억눌리지 않고, 오히려 반항을 하듯 비집고 나왔다.

후드득.

눈물을 쏟아 내던 그녀가 허리를 동그랗게 말았다.

그리고 자신의 무릎 사이에 얼굴을 묻으며 울었다.

어디에 있는 거야, 도대체…….

그녀가 인기척도 느끼지 못한 채 몸을 떨었다.

열린 문 틈 사이로 이 모습을 바라보던 그가 손을 들어 이마를 짚었다.

역시나.

무엇이 있을 것이라 예상은 했다. 굳이 이 집으로 오려고 했던 이유가 단순히 '추억'이 아닐 거라고. 그리고 그 모습을 두 눈으로 목격하자 그는 자리에서 비틀거렸다.

화가 났다.

여자가 울고 있는 모습을 보니.

자신의 과거가 가득한 상자의 정체를 저 여자는 알고 있는 듯했다. 그래서 더 화가 났다.

아무것도 모른다면서?

"당신이 더 이상 내가 사랑하던 강혜성이 아니라는 것을 인정했거든요."

연이어 과거의 자신이 받았던 상처를 지금 자신이 받지 않았으면 한다는 바람도 비쳤었다. 하지만 그의 머릿속에 그녀의 걱정 따윈 깡그리 잊혀졌다.

울고 있는 그녀의 모습을 보던 그가 순간 이성이 새하얗게 타

버린 것을 느낌과 동시에 문을 열었다. 그리고 그의 등장에 깜짝 놀라 고개를 번뜩 드는 주영을 보며 이를 악물었다.

"도둑고양이처럼 여기서 뭐하십니까?"

"그, 그게……."

목소리엔 여전히 울음이 가득했다. 그의 시선이 자연스럽게 상자로 이동하자 그녀가 자리에서 벌떡 일어나 온몸으로 이를 가렸다.

"그 상자 속에서 무언가를 찾고 있었던 것은 저만이 아니었나 봅니다."

"……."

끅, 억눌린 울음을 뱉는 그녀의 모습에도 그는 아무런 감정을 느끼지 못한 것처럼 무감하게 말했다.

"뭔지 말씀하세요."

"……."

"말씀 안 하시면 내 마음대로 하겠습니다."

그의 말은 마치 경고처럼 느껴졌다. 하지만 그녀는 아무런 행동도 하지 못한 채 바닥만 내려다봤다.

지금 그녀가 할 수 있는 것이 무엇이 있을까. 그런 게 있을 턱이 없다.

어깨를 바들바들 떠는 주영을 보던 그가 성큼성큼 걸음을 옮겼다. 그녀의 어깨를 붙잡아 거칠게 일으켜 세운 그가 눈을 질끈 감고 있는 얼굴을 보며 이를 악물었다.

"말해."

"……."

"말하라니까!"

그가 소리쳤다. 드레스룸이 그의 거친 숨소리로 가득 찼다. 하지만 주영은 아무 말 없이 입만 꾹 다물었다.

천천히 눈을 뜬 그녀가 혜성을 올려다보았다. 그가 야차처럼 느껴졌다.

"숨기고 있는 것, 말해."

네가. 강 회장이. 내 주위의 모두가 숨기고 있는 것.

그것을 당장 말하라며 그가 닦달했다. 이에 그녀는 얼굴을 종잇장처럼 일그러뜨렸다.

"……말할 수 없……."

그녀의 말이 끝나기도 전이었다.

혜성이 그녀의 턱을 힘껏 움켜쥐었다. 고통에 그녀가 입을 살짝 벌리자 고개를 옆으로 비스듬히 튼 그가 거칠게 그녀의 입술에 입을 맞춘다.

"읍!"

깜짝 놀란 그녀가 눈을 동그랗게 떴다. 그러다 거칠게 그의 어깨를 내려쳤다. 하지만 그는 힘으로 그녀를 제압하고, 거칠게 그녀의 입안을 훑었다. 주영의 입술을 한입에 집어삼키고, 벌을 주듯 입술을 이로 아작아작 씹었다.

자극이 길어질수록, 주영의 얼굴이 터질 것처럼 붉어진다.

잠시의 틈도 주지 않은 채 주영을 거칠게 옭아매던 그가 가느다란 허리를 붙잡아 자신 쪽으로 잡아당겼다. 강력한 쾌감에, 척추를 타고 전기가 오르는 느낌에 주영의 주먹질이 더욱 격해졌다.

퍽!

그는 그녀가 숨이 꼴딱 넘어갈 것 같을 때가 돼서야 놓아주었다. 무거운 시선으로 주영을 내려다본다. 그 눈빛이 말했다.

어서 답해.

하지만 그녀는 이번에도 역시나 아무런 말도 해 주지 않았다.

고집스러운 표정에 그가 다시 한 번 입술을 내렸다. 거칠었던 키스와는 달리 깊고 농밀한 키스. 달콤한 향내가 나는 것 같은 키스에 그녀의 눈이 질끈 감겼다.

때려야 하는데.

거칠게 밀어내야 하는데.

그녀는 자신의 안으로 더욱 깊숙이 들어오려 그가 턱을 기울이는 것을 느끼며 숨을 거칠게 들이마셨다.

말캉한 혀로 주영의 입술을 가르고 그 안을 헤집으며 호흡을 불어 넣은 그는 마지막까지 작은 입술을 쪽 빨아들였다.

길고 길었던 키스가 끝나고, 그는 한 발자국 뒤로 물러섰다. 그리고 여전히 눈을 감고 있는 그녀를 내려다보며 읊조렸다.

"앞으로의 결혼생활이 기대됩니다."

"……."

주영이 그의 얼굴을 올려다보았다.

정말 기대되어서 그런 말을 하는 거예요?

그렇게 묻고 싶었지만 그녀는 이내 고개를 다시 아래로 끌어내렸다.

하얀색을 좋아했던 것은 그였다. 집에 소파를 치워 버린 것 역시, 그였다. 그녀의 임신 소식을 알자마자 그는 소파를 치우고 거실에 하얀 러그를 깔았다. 아직은 그럴 필요가 없다는 그녀의 타박에도.

배 속의 아이의 이름은 딸이면 '현서'로 아들이면 '현호'로 짓기로 하였다. 그것 역시 빠르다고 그녀는 타박했지만, 혜성은 웃기만 하였다.

주영의 눈망울이 흔들렸다.

과거의 그였다면…… 그녀 역시 결혼생활이 기대될 텐데. 지금의 그와 할 생각을 하니 두려움부터 몰려왔다. 그래, 그래서 심장이 이토록 빨리 뛰는 것이리라.

밖으로 튀어나올 것 같은 심장박동을 느끼며 그녀가 용기 내서 고개를 들어 올렸다. 그리고 과거의 그이자, 너무나 다른 남자의 눈을 보며 물었다.

"왜, 키스를 한 거예요?"

입술이 화끈거렸다. 그래서 지금 이 순간이 허상이 아닌 현실이라는 것을 다시 한 번 뼈저리게 깨달았다.

그녀의 물음에 혜성의 입술이 부드럽게 호를 그렸다.

"궁금해서 묻는 겁니까. 아니면 확인사살차 묻는 겁니까?"

"……궁금해서 묻는 거예요."

한 박자 늦게 나온 답에 그가 망설임 없이 말을 이었다.

"당신이 신경 쓰입니다."

숨이 턱 막히자 주영이 고개를 옆으로 비스듬히 돌렸다. 그의 시선을 피하자 그제야 숨이 왈칵 토해졌다.

"신경이 쓰이면 키스를 하나요?"

그를 시험해 보려는 물음이 아니었다. 정말 궁금해서 물은 것이었다. 결벽증에 가까웠던 예전의 그에겐 절대 할 리가 없는 물음이었지만, 지금의 그는 잘 모르니까.

그녀의 물음에 그가 고저 없이 말했다.

"좀 더 명확하게 말씀드려야겠군요. 단순히 당신을 신경 쓰는 수준은 넘어선 것 같습니다. 그리고 방금 전 다시 한 번 깨달았습니다."

그의 말이 이어질수록 주영의 머릿속이 하얗게 비워지기 시작했다. 고개를 돌린 그녀가 다시 그의 얼굴을 본다. 방금 전 한 말이 허튼소리인지, 아니면 진심인지를 알아내기 위해 이목구비를 샅샅이 훑던 그녀가 곧 한 박자 늦게 나온 그의 말에 다리에 힘을 주었다.

"난 과거의 나한테 질투를 하고 있다는 걸."

그렇게 하지 않으면 당장 주저앉을 것만 같아서.

자신이 한 말이 스스로도 기가 막힌 것인지 그가 헛웃음을 내뱉었다.

“당신을 웃게 만드는 것도, 울게 만드는 것도 과거의 나라고 생각하니 꼭지가 돌더군요.”

“그것 역시…… 당신이에요.”

힘없이 하는 말에 그가 고개를 옆으로 기울였다.

“당신이 말하지 않았습니까. 과거의 강혜성과 지금의 난 다른 사람이라고 결론을 내렸다고. 저 역시 그렇게 생각합니다.”

“…….”

“당신이 보낸 서류는 검토 후에 다시 보내지요. 결혼 준비는 다음 달부터 시작합시다.”

멈춰 있던 그들의 관계가 드디어 움직이기 시작했다.

조금씩, 조금씩, 천천히.

하지만 이러한 속도에도 그녀는 빠르다고 느낀 것인지 혼란스러운 눈치였다.

그녀가 아무런 행동도 취하지 않은 채 가만히 서 있자 그가 물었다.

“더 이 집에 머물고 싶습니까?”

아니요.

그 말이 목구멍까지 치밀어 올랐다.

몸을 돌려 서둘러 소파로 걸음을 옮긴 그녀가 그 위에 놓여 있던 가방을 집어 들었다. 그리고 도망치듯 현관으로 향했다.

뒤에서 그 모습을 말없이 바라보던 그가 팔짱을 꼈다. 그러지 않으면 당장에라도 그녀를 붙잡을 것 같아서.

무시무시한 인내력으로 이성을 붙잡고 있던 그에게 주영이 신발을 꿰어 신은 후 인사를 건넨다.

"안녕히 계세요."

후다닥, 도망치듯 현관문을 열고 나가는 그녀의 모습을 뚫어져라 바라보던 그가 천천히 눈을 감았다.

"꼭 다시 안 볼 사람처럼."

어조에 한숨이 섞여 흘러나왔다.

비틀비틀.

흔들리는 발걸음을 힘겹게 옮기던 주영은 집에 도착하고 나서야 흘러내리듯 자리에서 주저앉았다.

집 안은 온통 어둠뿐이었다. 우 회장의 병환이 깊어지면 깊어질수록 집엔 죽음의 향내가 잔뜩 풍겼고, 일을 해 주던 아주머니는 현재 우 회장의 곁을 지키고 있었다. 집엔 자연스럽게 그녀 홀로 남았다.

어두운 집 안을 멍한 눈으로 바라보던 주영이 눈을 깜빡였다. 깜빡깜빡, 느릿한 움직임에 속눈썹이 팔랑였다.

혜성의 집에서 이곳까지 오는 데 모든 기력을 쏟아 낸 것인지, 일어날 생각을 않던 그녀가 급기야 무릎 사이에 얼굴을 묻었다.

"선배……."

어떻게 해요.

나 그 사람에게…….

"이상한 기분이 들어요."

그 사람이 상처받지 않았으면 좋겠어.

홀로 남은 그 집에서 그녀가 그렇게 말했다.

그가, 상처받지 않았으면 좋겠다고.

과거의 그에게.

5. 과거의 날 이기는 방법

달그락, 달그락.

식기와 수저가 부딪히는 소리가 오늘따라 유독 귀에 거슬렸다. 하지만 혜성은 짐짓 아무것도 느끼지 못하는 척 기계적으로 손을 놀렸다.

일주일에 한 번 혜성은 본가를 찾았다. 정해진 룰은 아니었지만, 기억을 잃고 독립한 후부터 정기적으로 한 달에 한 번씩은 본가에 와 아침식사를 하고 있었다.

기다란 식탁은 열 명도 족히 앉아 있을 수 있을 만큼 컸다. 하지만 단둘만 조촐하게 앉아 식사를 하고 있었다.

무거운 침묵이 얼마나 흘렀을까. 밥공기를 가득 채우고 있던 쌀알이 3분의 2정도 줄었을 때였다.

"결혼식 준비는 잘되어 가냐."

강 회장의 무심한 물음에 혜성이 고개를 들어 바라보았다. 그는 여전히 부지런히 손을 놀리며 밥을 먹고 있었다. 강 회장의 얼굴을 살피던 그가 숟가락을 내려놓으며 물로 입안을 헹궜다.

떠보는 건가.

잠시 생각할 시간을 번 그가 다시 숟가락을 들며 말했다.

"요구 조건은 이야기를 마쳤습니다. 다음 주부터 정식으로 준비할 겁니다."

"……그래?"

"네."

무심하게 답한 혜성이 계속 식사를 이어 나가려 할 때였다.

"상대는 어떠냐."

"……괜찮습니다."

"흐음, 그거 다행이구나."

"아버지가 소개한 자리에 나온 여자가 별로일 리 없죠."

상대에게 속을 보이지 않기 위해 단답에 가까운 말들만 오고갔다.

강 회장이 다시 한 번 혜성의 얼굴을 보더니 다시 고개를 내려 반찬을 하나 집어 먹었다.

"마음에 드는 것 같아 다행이다."

혹시 혜성이 기억을 찾은 것은 아닐까. 혹은 주영이 모든 사실을 그에게 전한 것은 아닐까. 살피고 또 살피던 강 회장은 능구렁이처럼 제 마음을 숨기며 그를 관찰하고 또 관찰했다.

❖

"퀵 서비스입니다. 우주영 씨 되십니까?"

이 말을 몇 번이나 들었을까.

주영은 자신의 책상 한 켠에 쌓여 있는 꽃다발을 보았다.

첫날엔 장미꽃 한 송이가 왔다. 포장이 거추장스럽다고 느낄 정도로 꽃봉오리가 피지 않은 것이었다. 흔히들 생각하는 붉은 장미가 아닌 검은 장미였다. 검은색이 아닌 짙은 붉은색의 장미를 '검은 장미'라고는 하지만, 처음엔 이것이 장미인가 싶을 정도였다.

그때 그녀는 처음으로 검은 장미의 꽃말을 찾아보았다. 붉은 장미의 꽃말이 〈열렬한 사랑〉이라든가, 분홍 장미의 꽃말이 〈행복한 사랑〉, 파란 장미의 꽃말이 〈불가능한 사랑〉이라는 것들은 알고 있었으나 검은 장미 꽃말 따윈 몰랐으니까.

그리고 여느 꽃들의 꽃말이 여러 가지인 것처럼 검은 장미 또한 상반되는 두 가지의 꽃말을 가지고 있어 그녀는 잠시 멍한 표정을 지어야 했다.

비극적인 사랑.

그는 나를 비웃기 위해 이 꽃을 선택한 것일까. 아니면, 〈당신은 나의 것〉이란 뜻으로 과거의 그와 자신을 동일시하지 못하고 있는 것일까.

하여튼 그 생각까진 결론을 내리지 못한 채 그녀는 꽃을 옆으로 치워 뒀었다.

보낸 이는 강혜성이었지만, 그녀는 그에게 연락을 하지 않았다. 아니, 못 했다. 그의 목소리를 듣는 순간 애써 막고 있던 둑이 와르르 무너질 것 같아서.

그리고 일주일 뒤, 장미꽃 열 송이가 왔다. 이번에도 역시나 꽃이 피지 않은 것들이었다. 처음 왔던 검은 장미였다. 이 역시 그녀는 옆으로 치워 둔 채 그에게 연락을 하지 않았다. 필요하면 그가 먼저 연락하겠지, 하는 생각에.

그때까지만 해도 그녀는 자신이 먼저 그에게 연락을 하게 될 줄은 몰랐다. 하지만 그 후로 일주일이 더 지난 후 도착한 꽃다발을 받아 든 그녀는 퀵 서비스 배달부를 보내자마자 휴대전화부터 집어 들었다.

장미꽃 100송이. 오늘도 연락하지 않으면 그가 다음 주엔 1,000송이라도 보낼까 싶어.

몇 번의 통화음이 흐르자 그가 전화를 받았다. 하지만 그녀는 '이게 뭐하는 짓이냐' 라든가, '나한테 뭘 바라냐' 라든가 하는 말들을 내뱉지 못했다. 똑똑, 하는 노크 소리가 들려왔기 때문이다.

"잠시만요."

— 접니다.

그녀가 양해를 구하고, 문을 바라볼 때였다. 그의 말을 처음엔 제대로 알아듣지 못한 그녀가 '네?' 하고 되묻는다.

— 노크한 사람, 저라고요.

그녀의 시선이 문에 닿았다. 설마설마하는 눈초리로 걸음을 옮기던 그녀가 문손잡이를 잡고 돌렸다. 장난스럽게 웃고 있는 혜성의 얼굴을 보자, 그녀가 휴대전화를 들고 있던 손을 아래로 힘없이 내린다.

"지금 이게 뭐하는……."

"오늘쯤 연락하지 않을까 해서 찾아왔는데, 제 생각이 맞았나 봅니다."

"……."

주영이 아무런 반박도 하지 못한 채 그의 얼굴만 빤히 쳐다보았다.

이 남자가 갑자기 왜 이러는 거야?

부드럽게 호를 그리는 입술에 그녀가 깜짝 놀라 걸음을 뒤로 더듬더듬 물렸다. 하지만 그는 두어 걸음을 옮겨 순식간에 거리를 좁혔다.

"왜 도망갑니까?"

허리를 숙여 시선을 맞춘 그가 고개를 기울이며 물었다. 답은 이미 알고 있는 표정이었지만.

굳은 얼굴로 한참 혜성을 바라보던 주영이 뒤로 기울이고 있던 상체를 꼿꼿하게 세웠다.

"사람이 안 하던 짓을 하면 죽는대요."

늘 날을 세우며 자신의 앞에선 웃음을 아끼는 그가 오늘은 지나치다 싶을 정도로 많이 웃고 있었다. 지금도 그렇다. 평소의 그라면 '죽길 바랍니까?' 라고 물었겠지만, 지금은 다시 한 번 웃기만 할 뿐이었다.

이 남자, 뭐 잘못 먹은 거야?

주영이 이상하다는 듯 미간을 찌푸렸다.

"왜 검은 장미를 보내는 거예요?"

"꽃말이 재미있지 않습니까. 전혀 상극의 뜻을 가지고 있으니까. 그 모습이 마치 당신과 내 관계 같아서 검은 장미로 선택한 겁니다. 물론, 비극적인 쪽은 과거의 내 쪽이겠죠."

그의 말에 주영이 얼굴을 일그러뜨렸다. 그러자 그는 계속해 말을 잇는다.

"남자가 여자에게 장미를 보내는 데엔 세 가지 이유가 있습니다."

혜성이 손가락을 펴 그녀에게 보여 주었다. 주영이 '세 가지나 돼요?' 라고 되묻자, 그가 입술을 비틀어 웃으며 손가락 하나를 접었다.

"첫 번째, 여자에게 작업 걸 때."

예상했던 말에 주영이 고개를 끄덕인다. 그러자 그가 두 번째 손가락을 접으며 입술을 달싹였다.

"두 번째, 여자에게 작업 걸 때."

"……."

"세 번째, 여자한테 작업 걸 때."

"……그게 뭐예요."

"뭐긴 뭡니까? 말장난이지."

진짜 이상해.

장미를 보내지 않나, 이젠 친숙한 사람처럼 농담까지 걸어오는 그가 이상하다는 듯 주영이 인상을 찌푸렸다.

하지만 그는 눈 하나 깜빡하지 않은 채 여전히 웃음 띤 얼굴로 물었다.

"식사는 하셨습니까?"

네, 그 답을 하려고 했다.

아침도 점심도 거른 상태였지만 속을 알 수 없는 남자와 나란히 앉아 식사를 할 만큼 그녀는 강심장이 아니었다. 더욱이 그걸 견뎌 낼 만큼 성격이 좋은 것도 아니었고.

하지만 지난 시간 동안 그 또한 주영을 파악했던 터다. 주영이 답하기도 전에 그가 먼저 선수 쳤다.

"했어도 하러 갑시다."

주영의 팔을 질질 잡아끈 그가 힘차게 걸음을 놀렸다. 이번에도 역시나, 그녀는 영문도 모른 채 의뭉스러운 표정으로 그의 손에 질질 끌려 사무실을 나설 수밖에 없었다.

차례차례 나오는 코스요리를 눈으로 훑던 주영이 이건 또 무슨 상황이냐는 듯 황당한 얼굴로 그를 보았다. 이젠 황당하다 못해 짜증까지 울컥 솟아올랐다.

"이건 뭐하는 거죠?"

"입맛을 잘 몰라서요. 그래서 이것저것 시켜 봤습니다."

"……그래서 코스 요리를 네 종류나 시켰다는 말이에요?"

"네. 방금 말씀드렸다시피 입맛을 잘 몰라서요. 이곳은 예약제로만 운영되는 곳이니 불가피한 선택이었습니다."

"……원래 이런 분이셨어요?"

"그 말의 진의를 모르겠습니다."

"상대에게 양해도 구하지도 않고…… 이런 돈 낭비를 하시는 분이냐고요. 미리 메뉴만 물어봤다면 이렇게 많은 음식을 주문할 필요 없었을 거예요."

"그 대신 당신과 마주 앉아서 밥 먹을 일도 없었겠죠."

정곡을 찔러 오는 말에 주영이 눈살을 찌푸렸다. 정확한 판단이었다. 아마도 그가 며칠 전에 함께 식사를 할 건데 메뉴는 뭐가 좋냐는 물음을 했다면 자신은 가차 없이 거절했을 것이 분명하니까.

그녀가 입술을 오물오물거리자 그가 무심한 표정에 웃음을 띠우며 말을 이었다.

"오늘 제 첫 번째 목적은 당신과 식사를 하는 것, 두 번짼 만족스러운 시간을 보내는 것이었습니다."

소기의 목적은 달성하였으니 두 번째 목적만 이루면 되었다.

그가 제 앞에 놓여 있는 포크를 들어 샐러드를 콕 찍어 입안으로 밀어 넣는다.

아삭아삭, 야채를 먹고 있는 그를 보던 주영이 그제야 입술을 달싹였다.

"또 오늘같이 이러면……."

"그렇게 말씀하셔도 또 이런 자리를 만들 겁니다."

고저 없는 목소리에 주영이 포크를 들다 말고 그를 바라보았다. 심드렁한 표정이긴 하였으나, 거짓은 없다는 듯 맑고 청아한 눈동자에 주영이 한숨을 푹 내뱉는다.

오늘만 이런 꼴을 겪으리라는 법은 없지.

어쩜 다음엔 말도 없이 장미꽃 1,000송이를 보낼 수도 있었고, 아침부터 쫓아와 브런치를 즐기자고 할지도 모르니까.

그녀가 단호한 표정으로 말했다.

"좋아요. 타협하죠. 내가 무슨 말을 해도 통하지 않을 테니까."

마치 거래 석상에 선 사업가처럼.

날카로운 눈으로 그의 얼굴을 꼼꼼히 뜯어보던 주영은 그에게 이곳으로 끌려오기 전 들었던 말을 상기시켰다.

남자가 여자에게 장미를 주는 이유는 첫 번째도 작업, 두 번째도 작업, 세 번째도 작업이라 했다. 숫자까지 꼽아 가며 했던 말 때문인지 아직도 그의 목소리가 이명처럼 귀에 남아 있었다.

그녀가 그를 따라 하듯 손을 위로 들었다. 그리고 손가락 하나씩 접어 가며 말했다.

“첫 번째, 등 푸른 생선은 못 먹어요. 두 번째, 소식해서 이렇게 많은 음식은 필요 없어요. 세 번째, 꽃은 장미보단 프리지어를 더 좋아해요.”

“또요?”

“그렇게 의뭉스러운 웃음은 짓지 말아 주세요. 체할 것 같으니까.”

주영이 고개를 옆으로 팩 돌렸다. 마치 토라진 여자처럼. 그러자 그는 제 앞에 있던 접시를 옆으로 치운 후 턱을 괸다.

“의뭉스러워 보였습니까? 좋아서 웃은 건데.”

“…….”

“갑자기 이 사람이 왜 이러나, 무슨 생각을 가지고 이러나, 생각하지 말아 주십시오. 생각이 깊어지면 오해가 생기니까.”

“……그럼 말씀해 주세요. 나한테 왜 이러는지.”

잠시의 침묵이 흐른다. 그녀는 답을 요구하는 눈동자로 그를 보았고, 그는 잠시 생각에 잠긴 듯 그녀를 바라보았다.

그의 생각이 끝난 것은 그 후로 얼마의 시간이 지나지 않아서였다.

“유혹…… 중입니다, 우주영 씨를.”

그가 중간에 말꼬리를 늘렸을 땐, 그녀 역시 숨을 멈추고 그를 바라보았다.

유혹하고 있는 중이라고?

그녀가 이해하지 못하겠다는 듯 그를 바라보았다.

그러니까, 당신이 왜 날 유혹하는 건데?

이해할 수 없다는 듯 그의 눈망울을 보던 주영은 곧 부드럽게 휘어진 입술에서 흘러나오는 낮고 고혹한 목소리에 놀란 듯 눈을 크게 떴다.

"내 여자로 만들고 싶어져서."

아아, 그렇구나.

그렇게 생각하고 넘어갈 수가 없었다.

음식을 코로 먹었는지 입으로 먹었는지도 몰랐다. 수많은 접시에서 무엇을 먹어야겠다고 생각하지도 못한 채 포크질을 하다 보니 간혹 잘 익은 생선살을 푹 찍을 때도 있었다. 그럴 때마다 혜성은 그녀의 손을 가로막으며 재미있다는 듯 웃었다.

"등 푸른 생선은 못 먹는다고 하지 않았습니까?"

마치 그녀의 동요를 보았다는 듯 그가 웃음기 섞인 목소리로 말했다. 그럴 때마다 주영은 얼굴을 붉혔고, 나에게 도대체 왜 이러냐는 물음만 불쑥불쑥 뱉으려 할 뿐이었다.

하지만 그녀는 끝내 그 물음을 던지지 않았다. 던져 봤자 앵무새처럼 '나 당신에게 관심 있어요' 라는 말만 되돌아올 것이 분명했기 때문이다.

그가 갑자기 왜 이러는 거지?

주영은 들고 있던 가방을 바닥에 힘없이 내려놓은 후 걸음을 옮겼다.

씻지도 않은 채 진이 다 빠졌다는 듯 침대에 털썩 누운 그녀가 눈을 깜빡였다.

"분명 그때부터야……."

그의 집에서 상자를 뒤지는 모습을 들켰던 그 날부터.

혹, 그냥 물어봐서는 자신이 과거를 말하지 않으니 유혹을 해서 마음을 얻은 후에 알아내려는 게 아닐까, 쓸데없는 고민을 하고 있던 주영은 가방에 넣어 두었던 휴대전화가 삐릭삐릭 울리자 무거운 몸을 일으켰다.

몇 걸음 옮기는 것도 힘에 부치는 듯 천천히 걸음을 옮긴 그녀가 휴대전화를 꺼냈다. 액정을 확인하자 지금 가장 떠올리고 싶지 않은 남자의 이름이 떠 있었다.

[강혜성]

예전엔 친숙하게 '혜성 선배' 라고 저장을 해 놨었는데…….

힘없이 웃은 그녀는 전화를 받을까, 말까 고민을 하다가 이내 통화 버튼을 눌렀다.

— 잘 들어갔습니까?

"당신이 집 앞까지 데려다줬잖아요."

그녀가 기가 막히다는 듯 말했다. 바로 현관문 앞까지 데려다 주었는데도 뭐가 걱정이 되냐는 듯이. 그러자 혜성이 낮게 웃음을 뱉는다.

— 티 납니까?

"뭐가요?"

— 전화할 구실 만들려고 이러는 거.

"……."

이 정도 되니 집어삼키고 있던 물음이 터져 나올 수밖에 없었다.

"강혜성 씨는 제가 좋아요? 제가 당신의 과거를 알고 있어서 그러는 게 아니라?"

— 네, 좋습니다.

망설임 없는 답에 심장이 와락 내려앉는 기분이었다.

분명 방금 전까지만 해도 뭐가 뭔지도 모를 것 같은 기분이었는데……. 콩닥콩닥 뛰는 제 심장은 모든 것을 이미 알고 있다는 듯 반응하고 있었다.

— 그래서 과거의 날 이겨 보려고 이러는 겁니다.

"당신을 어디까지 믿어야 할지 모르겠어요."

한숨처럼 하는 말에 전화 너머로 숨소리만 들려왔다.

숨소리를 가만히 듣고 있던 주영이 눈을 감았다.

사고 당시, 점점 옅어져 가는 그의 숨소리에 차 안에 끼어 빌었던 적이 있었다.

신이시여, 제발 이 남자 좀 살려 주세요, 하고.

제발 이 숨소리만 듣게 해 달라고 했었는데…….

그 날의 기억이 파노라마처럼 펼쳐지자 가슴이 들썩이고 목구멍을 무언가로 꽉 막아 놓은 것처럼 숨이 막혔다.

헐떡이는 소리를 듣지 못한 것일까. 그가 생각 끝에 말했다.

— 그건 저 역시 마찬가집니다.

그 역시 나를 믿지 못하겠지.

반대 입장이었다면 그녀 역시 그랬을 것이다.

그럼에도 그는 자신에게 다가온다.

그럼에도 그녀는 아직 그에게 '안녕'을 고하지 못했다.

우리 참…….

"어렵네요."

"도대체 여기서 뭘 찾았던 거지?"

혜성은 오늘도 드레스룸에 앉아 상자를 보고 있었다. 과거 속 기억들. 그 기억 속에서 그녀는 무언가를 찾고 있었다. 그게 무엇인지는 모르겠지만.

손을 뻗어 비행기 티켓을 집어 든 그가 불현듯 무언가를 깨달았다는 듯 눈살을 찌푸렸다.

1년 전 프랑스 파리행 티켓.

그리고 1년간 프랑스에 있었던 우주영.

이제야 이 티켓의 존재가 무엇인지 깨달은 그가 손을 들어 이마를 꾹꾹 눌렀다.

마치 스무고개를 하며 답을 찾아나가는 기분이었지만 혜성은 승부욕이 강한 사람이었다. 주위 사람들의 반응은 그의 신경을 긁어 대기만 할 뿐, 의지를 꺾진 못했다.

수첩을 펼친 그는 빨간 줄로 체크가 되어 있는 번호들을 눈으로 훑었다. 그리고 가장 아랫줄에 적혀 있는 번호를 휴대전화에 입력한 후 곧장 통화버튼을 누른다. 행동엔 망설임이 없었다.

— 어머, 정말 오랜만이네요!

몇 번의 통화음이 흐른 후, 상대는 지나치게 밝은 어조로 전화를 받았다. 그의 전화가 정말 반갑다는 듯이. 앞서 했던 통화들과는 너무나 다른 반응에 그가 어떻게 반응을 해야 할지 몰라 입술을 꾹 깨물었다. 그러자 그녀는 잠시도 수다를 멈추지 못하는 사람처럼 곧장 말을 잇는다.

— 그래서, 언니는 찾았어요?

"언니……?"

— 그때 마담 언니 찾는다고 했었잖아요. 아닌가? 내가 잘못 기억하는 건가요?

상대가 그제야 혜성의 반응이 이상하다는 듯 의아한 목소리로 말했다. 그러자 그가 서둘러 정정한다.

"아닙니다. 자세히 좀 이야기해 주시겠습니까?"

— 저도 잘 모르는데…… 그냥 예전 우리 마담 언니를 찾고 있었거든요. 지금은 연락이 끊어져서 연락처를 모르겠다고 해서 이름만 가르쳐 줬는데…….

드디어, 실마리를 잡은 듯했다.

최근 들어 두 사람은 약속을 하지 않아도 함께 점심을 먹었다. 가볍게 커피를 마신 후에 약 두 시간 정도 함께 시간을 보낸 후 각자 차를 타고 회사로 돌아갔다.

많은 대화를 나누는 시간은 아니었지만, 이젠 그와의 침묵을 즐길 정도는 되었다. 하지만 간혹 지금처럼 빤히 시선이 닿을 때 어쩔 줄 몰라 하는 건 여전했다.

달그락달그락.

숟가락을 옮겨 동치미를 한술 떠 마신 주영이 한숨을 삼켰다. 입안에 맴도는 새콤한 맛에 입가에 저절로 웃음이 머금어졌다. 하지만 곧 자신의 앞에서 느껴지는 시선에 입가를 굳힌다.

"입에 맞으십니까?"

그의 말에 주영이 들었던 시선을 내려 널따란 상을 보았다. 어제까지만 해도 메뉴는 양식으로 한정이 되어 있었는데, 오늘에서야 한식으로 바뀌었다. 부위를 바꿔 가며 저번 주까진 지겹도록 고기를 먹었고, 3일간은 생선으로 만든 요리를 주식으로 먹었다. 다음 메뉴는 제발 바꾸는 게 어떠냐며 이야기를 하려던 참에 그가 데려온 곳이 바로 이 한식집이었던 것이다.

"최근 점심 내내 스테이크를 먹어서 물리던 참이었거든요."

"그렇습니까? 잘 먹기에 양식을 좋아하는 줄 알았습니다."

"……아무리 좋아하더라도 2주 내내 점심을 양식으로 먹는 건 좀 그렇지 않아요?"

주영이 한 템포 늦게 말했다. 당신과 있는 시간이 어색해서 음식만 열심히 먹었다고 말할 수는 없어서.

"그렇습니까?"

"네."

"그럼 내일도 다른 메뉴를 고민해 봐야겠습니다."

그가 심각한 어조로 말하며 식탁 위를 휘둘러보자 그녀가 한숨을 삼켰다. 그는 벌써부터 내일 일을 걱정하는 것인지 한동안 말이 없었다.

원래 저런 사람이던가?

엉뚱하다는 느낌까지 드는 모습에 그녀가 어색한 표정을 지었다. 이럴 땐 밥을 먹는 게 최곤데 야속하게도 방금 전 마지막 한 술을 떴기에 무언가에 집중할 일도 없었다.

그녀가 숟가락을 내려놓자, 혜성이 곧 후식을 들여 달라 말했다. 도자기 잔에 나온 수정과를 한 모금 마신 그녀가 묻는다.

"호텔은 어때요?"

"일 이야기는 하고 싶지 않은데요."

"에?"

의외의 반응에 놀란 듯 주영이 눈을 동그랗게 떴다.

호텔은 그에게 아주 중요한 것이었다. 예전의 강혜성은 밀어 버리고 싶었던 것이지만, 지금의 강혜성은 지키고 싶어 하는 것. 그것 때문에 그는 자신과의 결혼까지 생각했었다.

주영이 이해하지 못하겠다는 듯 자신과 눈을 지그시 맞추자, 그가 입술을 달싹였다.

"그냥 그런 생각이 듭니다."

"……."

도대체 무엇을.

나지막한 목소리에 그녀는 그 물음을 던지지 못했다. 아니, 목소리 때문이 아니었다. 그가 무슨 말을 하고자 하는지 알 것 같았기 때문이다.

그녀가 흔들림 없이 그를 보았다. 잠시도 눈을 떼지 않은 채. 눈조차 깜빡이지 않았다.

내가 방금 알아차린 것이 맞을까. 혹 나의 착각은 아닐까. 알아보기 위해서. 그리고 자신의 생각이 틀리지 않았다는 사실을 깨닫는 순간 얼굴을 종잇장처럼 일그러뜨렸다.

"진심이었어요?"

그녀가 한숨처럼 말했다. 일그러진 얼굴과 한숨 속에 섞인 슬픔은 그녀의 마음을 모두 내보인다. 그러자 그는 그녀가 자신의 마음을 이제껏 제대로 보지 않은 것 같아 화가 났지만 웃음부터 머금었다. 자신의 감정으로 인하여 저 여자의 감정이 드라마틱하게 변하는 것이 마음에 든다는 듯이.

손을 뻗은 그가 테이블 위에 올려져 있던 주영의 손을 붙잡으며 말했다.

"……이제라도 아셨다면 당신도 절 진심으로 대해 주시죠?"

손등을 더듬는 엄지손가락은 은밀했다. 온몸에 솜털이 삐죽삐죽 솟았고, 말문이 턱 막혀 아무런 말도, 손을 빼는 행동도 취하지 못한 채 시선을 내렸다.

"주말에 뭐합니까?"

"주말이……요?"

"네."

짤막한 답에 그녀가 혼란스러운 눈으로 고개를 저었다. 처음으로 주말에 만나자는 약속은, 위험했다. 하지만 그는 이를 깨끗이 무시한 채 그녀를 향해 은밀하게 웃음을 던진다.

"그럼 주말에 봅시다."

당신의 답은 중요하지 않다는 듯이.

혜성은 푹신한 소파에 누워 테이블 위에 양발을 올려놓은 채

책장을 넘기고 있었다.

허벅지 위에 올려놓은 책을 심드렁한 얼굴로 읽고 있던 그가 책장을 훑던 시선을 옮겨 허공을 보았다.

느슨한 표정으로 턱을 괸 그가 눈을 감는다. 그러자 오늘 점심에 나눴던 대화가 그의 머릿속을 뒤흔들어 놓는다.

"사람이 갑자기 변하면 죽는대요."

자신의 반응에 적응할 수 없다는 듯 그녀가 말했다. 눈을 동그랗게 뜨며. 그녀의 말에 그는 지체 없이 제 마음을 토로했다.

"저 똑똑한 사람입니다. 당신에게 어떻게 다가가야 할지 하루에도 수십 번을 고민합니다. 그리고 그 결과가 이겁니다. 솔직하게 내가 하고 싶은 대로 하는 것. 내가 지금 약자라 하여, 당신의 마음이 열리길 기다리고 있을 마음은 없습니다."

그는 거침이 없는 사람이었다. 예전의 그는 다정하고 따스한 사람이었고, 상대에게 자신의 마음을 강요할 줄 모르는 사람이었지만 지금의 그는 달랐다.

한번 정해진 마음을 뒤로 물리는 법이 없다. 그녀가 빗장을 치고 있다면 무엇을 들고 와서라도 그것을 깨부수고 그 안으로 들어갈 만큼 강단 있고 추진력 있는 사람이었다.

나흘 후, 그는 그녀와 함께 근교에 나갈 생각이었다. 아무도 없는 곳에서, 서로만 바라볼 수 있는 장소에서 그는 다시 한 번 말할 생각이었다. 난 당신에게 아주 지대한 관심을 품고 있노라. 이 마음에 거짓은 결코 없노라, 라고.

맹수 앞에서 겁을 집어먹은 초식 동물처럼 오들오들 떨던 그녀의 모습을 떠올리던 그가 다시 시선을 내려 활자를 보았다. 잠이 오지 않는 저녁, 책을 펼쳐 들긴 하였으나 글귀들은 명확하게 그의 뇌리 속에 들어오지 않았다.

의무적으로 책장을 넘기던 그는 책 사이에 꽂혀 있던 무언가가 아래로 툭 떨어지자 허리를 굽혀 집어 들었다.

"……."

온통 까만 사진을 뚫어져라 바라보던 그가 얼굴을 일그러뜨렸다.

"이게 왜 여기 있을까?"

멍하니 읊조리는 말.

그는 정말 궁금하여 그렇게 내뱉었다.

왜, 모서리가 닳은 초음파 사진이 자신의 집, 그것도 이 책 사이에 끼어져 있는지 궁금하여.

❖

이렇게 들떠도 되는 것일까.

주영은 도심이 한눈에 내려다보이는 창밖을 바라보다가 고개를 살짝 돌려 혜성을 보았다. 그는 굳은 얼굴을 한 채 스푼으로 죽을 떠먹고 있었다. 그에게 시선이 닿자 몸속 무언가가 아래로 와락 떨어지는 기분이 들었다.

3일 후가 약속을 했던 토요일이었다. 어디로 갈 것인지 그는 일언반구도 하지 않았고, 궁금증은 꼬리에 꼬리를 물고 커져만 갔다. 오히려 어디에 갈 것인지 무엇을 할지 알고 있었다면 신경이 이 정도까지 그에게 닿진 않을 텐데.

그녀가 결국 궁금증을 참지 못하고 물었다.

"주말에 말이에요. 어디 가나요?"

그녀의 물음에 그가 들고 있던 숟가락을 내려놓았다.

"참 빨리도 물어보십니다."

무심한 어조에 주영이 잠시 말을 멈췄다.

"음…… 만나는 순간부터 느꼈던 건데요."

확실히 뭔가 다른 것 같은데 그게 무엇인지 감을 잡지 못해 당혹스러워하던 그녀가 자신의 마음을 솔직히 꺼냈다.

"오늘 당신은 뭔가 다른 것 같아서……."

물어볼 수가 없었어요.

그녀의 말에 물 잔을 쥐고 있던 그의 손에 힘이 들어간다. 손등에 혈관이 불툭 오르는 것을 보니 하고 싶은 말을 꾹꾹 억누르는 것처럼 보였다.

후우, 호흡을 한 번 고른 그가 곧 아무 일도 없는 것처럼 쉬이 답을 했다.

"산장에 갈 겁니다. 경북에 별장으로 쓰는 곳이 있거든요."

"그럼 혹시……."

자고 오는 건가요?

그녀가 그렇게 물으려다 말고 입을 다물었다. 집요한 시선이 자신에게 닿았기 때문이다.

그는 무언가를 알아내고 싶은 표정이었다. 그것이 궁금해 미칠 지경이라는 듯이 눈동자가 일렁이며 동요했다.

뭐지?

그녀가 차마 입술을 떼지 못할 때였다.

"혹시……."

운을 뗀 그가 다시 입을 꾹 다문다. 그녀의 의아함이 더욱 커져 갔다. 하지만 그는 끝내 자신의 생각을 토하지 않았다.

"아닙니다."

고개를 저은 그가 자리에서 일어나며 말했다.

"식사 다 하셨으면 이만 일어납시다."

늘 식사 후에 차를 마시며 이야기를 나누던 것은 과감히 건너뛴 채 그가 식당을 빠져 나갔다.

그 모습을 멍하니 바라보던 주영은 어느새 긴장감에 꼭 쥐고 있던 제 손을 내려다보았다. 손바닥에 땀이 고여 있는 것을 멍하니 보던 그녀가 힘없이 웅얼거렸다.

"역시, 비밀은 정신건강에 좋지 않아."

팽팽하게 당겨 있던 긴장감이 한순간 턱 하니 풀리자, 그녀가 자리에서 휘청거리며 일어났다. 밖에선 그가 어느새 계산을 마친 채 기다리고 있었다. 오늘의 그는, 자신과 빨리 헤어지고 싶은 것처럼 보였다.

"회사로 들어가실 겁니까?"

"아니요. 오늘은 가 볼 곳이 있어서요."

"알겠습니다."

가볍게 고개를 숙인 그가 먼저 뒤돌아서서 자신의 차로 향하자, 주영은 그 모습을 빤히 쳐다보기만 할 뿐이었다.

잡아야 할 것 같은데. 잡아서 방금 전 당신이 나에게 하려던 말이 무엇이었냐고 물어봐야 할 것 같은데.

그녀는 마지막까지 망설이다 차가 먼지를 일으키며 주차장을 빠져나간 후에야 멈추고 있던 숨을 와락 토해 냈다.

"당신, 나한테 정말 원하는 게 뭐예요."

어제까지만 해도 거침없이 자신을 뒤흔들던 그가 오늘은 다른 방식으로 자신을 괴롭히자 그녀는 아무런 말도 하지 못한 채 멍하니 그 자리에 서 있었다.

삐. 삐. 삐.

기계에 의지해 겨우 목숨을 연명하고 있는 우 회장은 살아 있는 사람 같지가 않았다. 산송장이란 말이 이럴 때 쓰는 말일까. 혼자서 호흡을 하지도 못해 기계의 힘을 빌려야 하는 그는 오랫동안 잠에 빠져들어 깨지 않고 있었다.

합병증으로 인하여 얼굴 가득 죽음의 그림자가 드리운 우 회장을 가만히 보던 주영이 손을 뻗어 나무껍질처럼 딱딱한 그의 손을 붙잡았다.

"아버지, 저 왔어요."

주영이 애써 밝은 어조로 말했다.

일주일에 두어 번. 그녀는 우 회장을 찾고 있었다. 좀 더 자주 찾아와야 한다는 것을 그녀 또한 알고 있었다. 이렇게 살아 있는 아버지를 만날 날이 얼마 남지 않았다는 것을 알고 있었으니까. 하지만 우 회장의 부재로 인하여 흔들리는 회사를 바로잡는 것만으로도 그녀는 벅찼다. 평생, 사업가로서의 삶은 생각해 본 적이 없었기에.

"잘 계셨어요? 지금은 무슨 꿈을 꾸세요? 혹, 꿈에서도 내 걱정을 하고 있는 건 아니시겠죠?"

그녀가 웃음기 섞인 목소리로 말했다. 그리고 병원을 찾지 않은 동안 있었던 일을 간략하게 이야기했다.

"회사를 혼자 이끌어 가는 것은 도저히 무리예요. 전 아버지가 아니니까요. 이 이사님께서 힘써 주고 계세요. 전반적인 건 그분께 일임해 둔 상태고, 전 마지막 결재만 하고 있어요. 하지만 그 일로도 전 지쳐요. 너무 많은 사람들의 이목이 집중되어 있고, 내 사인 하나에 사람들의 인생이 결정되는 거니까, 지치더라고요."

삐— 삐— 삐—

그녀의 힘겨움에도 우 회장은 다정했던 목소리 대신 기계음만을 들려주고 있었다.

그 모습을 가만히 내려다보던 주영의 눈시울이 순식간에 붉탔다.

"……언제까지 누워 계실 거예요?"

삐—

"언제까지, 이 힘겨운 시간을 보내야 하는 건가요?"

삐— 삐— 삐—

"……미안해요, 아버지. 원망할 자격도 되지 않는데. 아버지가 이렇게 되신 것도 다 나 때문인데."

힘겨움을 이야기하던 그녀가 결국은 사과로 말을 마쳤다.

원체 건강이 좋지 않던 양반이었다. 그래서 신경을 쓰고 또 신경을 썼다. 쓰러지기 전엔 건강을 생각해 회장직을 내려놓고 노후를 즐길 생각이라고 하셨던 아버지였다. 평생 치열하게 일을 해 왔으니, 이젠 어깨에 얹어져 있던 것들을 내려놓을 것이라며.

그런 아버지의 '꿈'을 짓밟은 것은 자신이었다. 다른 사람들은 애초에 시한폭탄을 안고 있는 몸이었다고 했지만, 그녀는 그 말을 곧이곧대로 들을 수가 없었다.

다 내 탓이다.

사랑에 눈이 멀어, 아버지를 돌보지 못한 자신의 탓.

아버지가 자신을 전부로 두었다면, 자신 역시 그랬어야 했는데. 아니, 그만큼은 아니더라도 혜성에게 모든 것을 내걸어서는 안 됐는데.

사고에서 깨어난 후 벌어졌던 지옥. 그 지옥의 끝에서 주영은 아버지의 손을 붙잡으며 속으로 빌었다.

제발, 제발 아버지.

일어나서 저에게 한 번만 웃어 주세요.

이것 역시 나의 이기적인 마음이라는 걸 알고 있지만, 그래도요. 제발.

감긴 눈에서 눈물이 흘러내렸다. 우 회장을 붙잡고 있는 손에 힘이 들어갔다. 그가 붙잡고 있는 마지막 끈을 놓고 싶지 않다는 듯이.

그렇게 얼마의 시간이 흘렀을까. 주영이 붙잡고 있던 손끝이 움찔 떨렸다.

깜짝 놀란 주영이 눈을 번뜩 뜬다. 그리고 힘겹게 눈을 뜨는 우 회장의 모습에 자리에서 벌떡 일어났다.

"주영아……?"

오랫동안 움직이지 않은 몸은 뻣뻣하게 굳어 있었다. 목소리 역시 수분이 모자라 쩍쩍 갈라졌고, 입술을 움직일 힘조차 없다는 듯 웅얼거리고 있었다.

한 달 만에 보는 우 회장의 눈동자에 주영이 서둘러 손을 뻗어 벨을 누르려고 했다. 하지만 우 회장이 힘겹게 손을 뻗어 손목을 잡자, 그녀가 고개를 돌려 우 회장을 보았다. 그가 힘 없이 눈을 깜빡이고 있었다.

"왜……."

그런 표정인 게냐.

천천히 입술을 달싹인 그의 마지막 말은 목소리가 되어 나오는 대신 쉿소리로 그녀에게 전해졌다. 그의 말에 주영은 아무런 말도 하지 못한 채 우 회장을 바라보았다.

"행복…… 해야……."

"아버지……."

"내 딸…… 왜……."

웃지 않아.

불분명하게 들려오는 목소리에 주영이 천천히 고개를 내렸다. 그리고 그의 입술 가까이 입술을 가져다 댄 주영의 눈에서 쉼 없이 눈물이 쏟아졌다.

"아아…… 아아아."

네 탓이 아니다. 나의 초가 다 꺼졌을 뿐.

웃어라 내 딸.

그래도 부족한 시간인데.

늘 행복해야지.

늘 행복하거라.

내 딸, 사랑하는 내 딸.

마지막 기력을 쥐어짜 낸 우 회장은 마지막까지도 홀로 남을 주영만을 걱정했다.

"힘들면……."

이제 내 딸은 누가 위로해 줄꼬.

❖

"사장님, 우주영 씨께서 보내셨습니다."

박 비서가 그에게 노란 봉투 하나를 건네자 그가 의아한 시선으로 이를 받아 들었다. 봉투 겉면엔 아무것도 적혀 있지가 않았다.

"그것만 전달했습니까?"

"네."

이 서류를 여기까지 가지고 온 사람은 그 말만 했을 뿐, 봉투를 건넨 후엔 곧장 사라졌다고 했다.

출근하자마자 받아 든 봉투를 말없이 보던 그가 끝부분을 뜯었다.

서류를 살피니, 두 사람의 〈혼인 계약서〉였다. 그의 인적사항이 완벽하게 적혀 있는 이것은 2주일 전 그가 건넨 것이었다.

그가 시선을 아래로 내려 주영의 인적사항이 적혀 있어야 할 곳을 보았다. 주민등록번호나 이름 같은 것들이 적혀 있어야 할 곳엔 커다란 네 글자만 덩그러니 적혀 있었다.

「결혼 안 해.」

그의 미간이 일그러진다.

이건 또 뭐하자는 거지?

그는 최근 주영과 사이가 꽤 가까워졌다고 생각했다. 서로의 마음속에 어떠한 생각이 있든 간에 이젠 얼굴을 보며 함께 웃었고 같이 보내는 시간이 어색하게 느껴지지 않는 정돈 된다고.

그가 진심으로 대해 주니 그녀 역시 자신을 오롯이 봐 주고 있다고 생각했는데, 그건 모두 자신의 착각이었나 보다.

"그리고 저……."

굳어 있는 그의 표정에 바짝 쫀 박 비서가 운을 떼다 말고 입을 꾹 다물었다. 혜성이 시선을 들어 그를 바라보았다. 왜 말을 하다 마냐는 듯이.

"뭡니까?"

"저 그게…… 우동식 회장이 죽었답니다."

"……네?"

"아직 비밀에 부치고 있는 모양인데, 아는 사람이 그쪽 경호팀으로 있어 들었더니……."

박 비서가 얼굴을 일그러뜨리며 말을 이었다.

"어제 저녁 11시에 죽었다고 합니다."

마지막엔 직접 배를 갈라 심장마사지까지 실시를 하였지만, 결국 한번 멈춘 심장은 다시 뛰지 않았다는 말을 전하자, 그가 당혹스러운 듯 이마를 쓰다듬었다.

"언제부터 상태가……."

그가 미처 말을 끝맺지 못하고 입을 다물자, 박 비서 역시 그것까진 자세히 모른다는 듯 고개를 저었다. 다만 지난밤에 있었던 일만 기계적으로 전할 뿐이었다.

"낮에 우주영 씨의 동의하에, 급히 수술을 들어갔다는 말만 들었습니다."

거기까지 듣고 나니 더 이상 앉아 있을 수가 없었다. 자리에서 벌떡 일어난 그가 재킷을 챙겨 들며 말했다.

"장례식장이 어디입니까?"

아직 언론에 새어 나가지 않은 덕인지 장례식장은 한산했다. 오가는 사람 하나 없이, 영정사진과 화려한 꽃만 덩그러니 놓여 있는 곳은 이 사람이 생전에 어떻게 살아왔는지 단적으로 보여준다. 물론 아직 비밀에 부치고 있다고는 하지만, 덕망이 높고 많은 이들에게 신뢰를 받는 삶보단 외롭게 홀로 살아온 이라는 것쯤은 쉬이 예상할 수 있었다.

덩그러니 앉아 울고 있는 주영은 아직 옷도 갈아입지 못한 채였다. 화려한 주얼리를 하고 있는 여인의 얼굴에도 이와 마찬가지로 색조 화장이 되어 있었으나, 눈물 때문에 반쯤은 지워져 엉망이 되어 있었다.

시연은 무너지듯 주저앉아 울고 있는 주영의 어깨를 붙잡았다. 그리고 자신의 품 안으로 잡아당기며 어깨를 토닥인다.

"괜찮아."

으어어. 낮고 음울한 울음에 시연의 얼굴이 일그러졌다. 하지만 그녀는 친구로서의 역할을 착실히 수행한다.

토닥, 토닥.

박자를 맞춰 토닥이던 시연이 바들바들 떨리는 몸을 제 품 안으로 바싹 잡아끌었다.

"아빠…… 아빠……."

아직도 우 회장의 죽음을 온전히 받아들이지 못한 주영이 속에서 터져 나오는 울음을 내뱉으며 시연의 가슴에 얼굴을 기댔다.

눈물을 쏟아 내는 그녀의 모습이 너무 처연하여, 이를 바라보던 시연은 그 이상 어떠한 위로도 건네주지 못한 채 한숨만 내뱉었다.

두 사람만 있는 공간. 아니, 두 사람만 있는 줄 알았던 공간.

잠시 집에 들러 검은색 슈트로 갈아입고 온 혜성은 안으로 들어가지 못한 채 멀찍이서 이 모습을 바라보고 있었다.

걸음은 계속 주영에게로 향하려 했다. 하지만 그는 이를 막았다.

손은 계속해 주영에게 닿으려 한다. 하지만 그는 이를 막아 냈다.

무시무시한 인내심으로 두 여자를 바라보고 있던 그의 얼굴이 순간 엉망으로 일그러졌다.

"젠장."

그가 주먹을 움켜쥐며 나지막하게 욕설을 내뱉었다. 그리고 몸을 돌려 기둥에 등을 기댄다.

이제 시야에선 괴로워하는 주영의 모습은 사라졌는데도, 잔영이 남아 그를 쉼 없이 괴롭혔다.

지끈, 지끈!

아픈 가슴께를 손바닥으로 꾹 누른 그가 거친 숨을 몰아쉬었다.

마음을 진정시킨 후, 주영에게 다가가려던 그는 주머니에 있던 휴대전화가 울리자 액정을 확인했다. 기다리던 전화였다.

"강혜성입니다."

— 네, 사장님. 바라시던 것 다 알아냈습니다. 만나 뵈면 서류를…….

"간단하게……."

— 네?

남자가 만나자고 말했지만, 혜성은 거친 숨을 토해 냈다. 하지만 말을 제대로 끝맺지 못하고 입을 꾹 다문 그가 눈을 질끈 감았다.

"중요한 것만 읊어 주십시오."

예전 강혜성과 우주영 사이에 있었던 모든 일 중, 아주 중요한 것만 이야기해 달라고.

그러자 남잔 잠시 당황한 듯 말을 더듬더니 이내 혜성이 원하는 대로 중요한 팩트만 이야기했다. 그러면 그럴수록, 혜성은 아무런 말도 없이 허공만 시선으로 더듬을 뿐이다.

— ……자세한 건 만나서 자료로 보여 드리겠습니다.

지금 자신이 한 이야기 중 거짓은 하나도 없다며 남자가 '증거'까지 가지고 있다고 말하자, 새하얗게 질린 낯으로 서 있던 혜성이 천천히 눈을 감았다.

툭, 투두둑.

혜성의 눈에서 눈물이 흘렀다.

힘없이 벽에 기대 있던 주영이 무릎을 세워 끌어안는다. 그리고 그 위에 이마를 내려놓더니 들어 올렸다가 아래로 찧길 반복했다.

콩.

무릎이 아프지 않다면 머리라도 아플 텐데, 주영은 아무것도 느끼지 못하는 것처럼 기계적으로 머리만 찧을 뿐이었다.

그 모습을 가만히 보고 있던 혜성이 그녀에게 다가간다. 세수까지 하고 온 것인지 말끔한 얼굴의 그가 주영을 내려다보더니 한쪽 무릎을 꿇고 앉았다. 그리고 무릎 위에 제 손바닥을 올려놓는다.

손바닥을 본 주영이 고개를 돌려 그를 바라보았다. 그리고 무심한 목소리로 묻는다.

"당신이 여긴 어쩐 일이에요?"

쩍쩍 갈라지는 목소리에 그가 미간을 찌푸렸다. 얼마나 울었는지 목이 다 쉬어 있었다.

"속에 쌓아 두니까 그렇지 않습니까."

"뭘요?"

"그건 본인에게 물어보십시오. 이미 답을 알고 있지 않습니까."

그의 말에 주영이 입꼬리를 늘려 웃었다, 아버지의 장례식장에서.

웃을 상황이 아니었음에도 웃은 그녀가 허탈하게 말했다.

"아빠가 나 때문에 돌아가셨어요."

속에 담아 두지 말라고 하니 그렇게 하는 것이다, 라고 생각하면서도 주영은 곁에서 자신의 이야기를 들어 주는 진중한 눈동자에 망설임 없이 말을 이어 나갔다. 속에 담아 두지 않는다면 쓰린 이 속이 조금 괜찮아질까, 하고.

"마지막까지 우리 주영이, 우리 주영이라고 했어. 원망하실 법도 한데, 말 지지리 안 듣는 망할 딸, 욕이라도 시원하게 하시지, 그러지도 않더라고요."

"……."

"그리고 부탁하셨어요."

숨을 들이켠 그녀가 흔들리는 눈동자로 그를 올려다보며 말한다. 우 회장이 그녀에게 했던 것처럼 힘겹게, 한 자 한 자 잘라내며.

"행복하라고."

"……."

"행복하게 살다가 그때 아비의 품으로 다시 돌아오라고."

"……."

"그렇게 이야기하니까…… 정신이 번뜩 드는 것 있죠?"

미련스러운 여자인 줄 알았더니 그건 또 아닌가 보다. 마지막 속에 있던 말을 모두 털어놓은 그녀의 말에 그가 피식 웃음을 내뱉었다.

행복하게 살기 위해 내린 결론이 '결혼 안 해' 라고 적어 보낸 혼인 계약서인가.

그는 씁쓸하게 이 상황을 받아들여야 했다.

우린, 함께 있으면 있을수록 아프다고.

❖

"저 사람이 여긴 어쩐 일이래?"

오후에 본격적으로 우 회장의 부고(訃告) 소식을 언론과 주위 사람들에게 알렸다. 사람들은 물밀 듯 장례식장을 찾아왔다. 대운의 힘이 필요한 자든 아니면 대운 우 회장의 소식을 전해야 하는 언론인이든.

끊임없이 이어지던 줄은 이틀째가 되어서야 소강상태가 되었고, 새벽이 되어선 사람 그림자도 찾아볼 수 없게 되었다. 시연은 일을 마치고 그제야 찾아왔고, 홀로 앉아 정면을 바라보고 있는 혜성을 보며 의아한 듯 물었다.

"이틀째 있었어."

"……뭐? 진짜?"

고개를 끄덕인 주영 역시 시선을 돌려 혜성을 본다.

그는 하루 종일 많은 사람들을 접대한 뒤에 이제야 겨우 숨을 돌리는 것인지 가만히 앉아 있기만 했다.

그의 옆모습을 바라보던 주영이 눈동자에 가득 맺혀 있던 우울한 기운을 물리며 말했다.

"마지막 배웅하는 것까지 함께해 주겠대."

"뭐? 정말?"

"응."

그러면서 자신의 손을 따뜻하게 잡아 주었다.

"우 회장님께 죄책감을 가진다면, 나 역시 동조했으니 함께 느끼겠습니다."

그는 그렇게만 말했다. 그리고 그녀가 안정될 때까지 따뜻한 체온만 나눠 줬다.

주영의 입가가 길쭉하게 늘어졌다. 그 목소리가, 그 체온이 아직도 남아 그녀를 위로하고 있었다.

주영의 얼굴이 평온하게 가라앉는 것을 보던 시연이 눈을 게슴츠레 떴다. 의심스러운 기색을 감추지 않던 그녀가 물었다.

"정말 무슨 사이야, 두 사람?"

"뭐가?"

주영이 짐짓 모른 척 물을 마셨다. 그러자 시연이 좀 더 그녀에게 바짝 다가와 목소리를 낮췄다. 혹여 누가 들을까 싶어.

"사위 같잖아. 마지막까지 지키겠다고 하고. 두 사람, 결혼 안 하기로 한 것 아니었어?"

"음……."

말꼬리를 흐린 주영이 이내 생각을 정리한 듯 말을 이었다.

"나도 잘 모르겠어. 그런데 하나는 확실히 알겠어."

"뭘?"

"의지 되는 사람이야."

주영이 망설임 없이 말을 잇자 시연이 놀란 듯 눈을 동그랗게 떴다. 그러자 주영은 서글픈 웃음을 뱉으며 말을 마친다.

"예전의 그는…… 그렇지 않았는데."

지금의 그도 좋은 모습이 아주 많다는 것을, 그녀가 알아 가고 있다.

6. 숨기지 못한 비밀

마치 물속에 몸을 푹 담그고 있는 것처럼 느껴졌다. 다리가 허공에 붕 떠 있는 느낌이었고, 정신은 몽롱했다.

어째서 이런 기분이 드는 것일까.

혜성은 곰곰 생각에 잠겼다가 깨달았다.

꿈이구나.

그래, 난 지금 잠들어 있구나.

또렷해지지 않는 신경에도 그는 천천히 눈을 깜빡였다. 주위를 둘러보니 집이었다. 지금과는 다른 가구 배치와 분위기. 현재 자신조차도 이 공간이 집으로 느껴지지 않았으나, 눈앞에 펼쳐진 집은 사람이 사는 냄새로 그득한 것 같았다. 비록 꿈이라 아무것도 맡을 수가 없었으나.

천천히 걸음을 옮겨 복도를 거닐던 그의 발이 멈춰 선 것은 거실에 닿아서였다.

거실엔, 소파가 없었다.

그녀가 예전에 말했던 대로 새하얀 러그만 깔려 있을 뿐.

그 러그 위에, 지금의 그는 알지 못하는 주영과 자신이 앉아 있었다. 자신은 납작한 배에 입을 맞춘 후 즐거운 어조로 말했다.

"이름은 뭐가 좋을까?"

그의 물음에 주영은 웃기만 할 뿐이다. 그러자 그가 말한다.

"아들이면 현호, 딸이면 현서 어때?"

행복하게 웃는 자신의 모습이, 자신의 입을 통해 흘러나온 그 이름들이, 너무나 낯설다.

눈을 뜬 혜성이 손을 들어 얼굴을 더듬었다. 손바닥에 축축한 무언가가 닿아 살펴보니 눈물이다.

"나 참……."

기억은 잃어도, 슬픔은 느끼는 건가.

저릿해지는 심장을 느끼며 그가 눈을 감았다.

손을 든 그가 눈가를 가렸다. 그럼에도,

뚝뚝.

눈물이 흐른다.

❖

경기도 근처에 위치한 절은 사람들의 발길이 거의 닿지 않는 곳이었다. 외부에 잘 알려지지 않은 작은 절이었고, 교통편도 좋지 않아 평소 불교 신자들도 찾지 않는 곳.

하지만 아버지는 초라하기까지 한 이 절을 참 마음에 들어 하셨다. 4계절을 뚜렷하게 볼 수 있어 시간의 흐름을 알 수가 있다고. 자연 속에서 자신이 늙어 가는 것을 알아 가며 자신의 마지막을 준비하는 일이 그렇게 나쁘지 않다고 했었다.

생전 불교 신자였던 아버지가 마음이 흐트러질 때면 이곳의 주지 스님을 만나 이야기를 나누며 위안을 얻었기에, 마지막도 이곳에서 조용하게 치르고 싶다는 말을 입버릇처럼 하셨다.

그의 뜻대로 절에 아버지의 위패를 모신 후, 암자에서 주지 스님과 이야기를 나눴다. 좋은 곳에서 편히 쉴 것이란 이야기를 들었음에도 주영은 아무런 위로도 받지 못했다. 그저 이젠 아버지의 죽음을 현실로 받아들이며 주지가 소담한 잔에 담아 온 찻물만 바라보고 있을 뿐이었다.

이곳에서 이 차를 마시며 아버지는 어떤 대화들을 나누었을까. 주지 스님에게 묻고 싶었지만, 주영은 그렇게 하지 못했다. 그 역시 홀로 남을 자신만 걱정했다는 답만 돌아올까 싶어서.

주지 스님이 잠시 절 일을 본다며 자리를 비우자, 주영이 찻물로 목을 축였다. 씁쓸한 찻잎에 마음이 조금 가라앉는 것 같았다. 옆에서 자신을 지켜보는 시선을 느낀 주영이 입술을 떼었다.

"아버지가 돌아가실 때……."

목은 잔뜩 쉬어 있었다. 듣기 거북할 정도로 괴로움에 가득 찬 음성에 혜성의 얼굴도 일그러졌다. 하지만 그는 말 대신 물 잔을 그녀에게 건네주었다. 멍한 눈초리로 건네진 컵을 바라보던 그녀가 입가에 옅은 웃음을 띠우며 받아 들었다.

고개를 끄덕여 고맙다는 인사를 대신한 그녀가 물을 한 모금 마신 후 한숨을 뱉었다. 이제야 살겠다는 표정이었으나, 그는 걱정스러운 기색을 거두지 않은 채 시선을 돌렸다.

"고마워요. ……많은 힘이 되었어요."

"아닙니다. 하고 싶은 이야기나 계속하세요."

무심한 반응이었다. 그건 그의 표정 또한 마찬가지였다. 고통이 계속되다 보면 사람들의 반응은 무뎌진다. 그제도 아팠고, 어제도 아팠고, 오늘도 아프다면, 내일 역시 아플 테니까. 무덤덤하게 그 고통을 받아들이고, 이젠 아프지 않구나, 라는 착각에 빠지기도 한다. 지금의 그처럼.

그녀가 고개를 끄덕이더니 말을 이었다.

"마지막까지 내 걱정을 하니까…… 억울하더라고요."

"……."

그가 말없이 찻잔을 기울였다. 솜씨 좋은 주지 스님의 차는 마음을 차분하게 가라앉혀 주었다. 생전 우 회장이 이곳을 계속해 찾은 건 아마 이 차도 한몫했던 듯하다.

그는 무던한 생각을 하며 주영의 이야기에 귀를 기울였다.

"후회가 되더라고요."

한숨처럼 말한 주영이 고개를 돌려 혜성을 바라보았다. 그리고 누군가에게 하는 것인지 모를 말을 내뱉었다.

이 말은 예전의 그에게 하는 말이기도 하며, 세상을 떠나간 아버지에게 하는 말이기도 했다.

"웃어줄걸. 마지막까지 편히 눈감지 못하는 걸 보고……."

"……."

"웃어줄걸……. 웃어줄걸……."

멍하니 읊조리는 말에, 혜성이 입술을 꾹 닫았다. 알아차렸기 때문이다. 지금 하는 말들이 과거의 자신에게 하는 것이란 걸.

"그렇군요."

짧게 잘라 말한 그가 고개를 숙여 차를 마셨다. 혜성이 반듯하게 펼친 손바닥으로 찻잔을 받쳤다. 눈을 내리깐 그가 찰랑이는 표면을 보며 나지막하게 말했다.

"저도 그런 날이 생기면 당신에게 부탁해야겠습니다. 웃어 달라고."

그 말에 주영은 아무런 답도 할 수가 없었다.

그저, 입꼬리만 끌어 올리며 힘겹게 웃을 뿐.

❖

아침 출근 전, 혜성은 남자와 약속한 시간에 맞춰 낡은 사무실을 찾았다. 처음 이곳을 찾을 때만 해도 그는 기대감에 차 있었다. 이제야 날 괴롭히던 과거를 되찾고, 답답했던 가슴까지 속 시원하게 풀릴 줄 알았다.

그리고 다시 이곳을 찾은 이 순간, 그것이 모두 헛된 생각이었다는 것을 깨달았다.

"부탁하셨던 것까지 함께 첨부했습니다."

혜성은 남자가 건넨 서류를 한참이고 바라보았다. 그것이 위험한 물체라도 된다는 듯이. 노려보고 또 노려보던 그가 봉투에 손을 대기 전 가방에서 두툼한 봉투부터 꺼내 남자에게 건넸다.

"사례비입니다."

"더 찾고 싶은 건 없으십니까?"

봉투를 받아 든 남자가 신이 나 말했다. 약속했던 사례비보다 훨씬 많은 금액에 기쁨을 감추지 못하는 모습이었다. 그 모습을 바라보던 혜성은 서류를 살펴보기도 전에 고개부터 저었다.

"네, 이젠 정말 없습니다."

봉투를 집어 들어 자리에서 일어난 그가 남자의 배웅을 받으며 사무실을 나섰다. 1층에 세워 둔 SUV차량에 오르는 순간까지 표정 하나 흩뜨리지 않던 그는, 닫힌 공간에 홀로 남고 나서야 깊은 한숨을 내뱉었다.

조수석에 놓인 봉투를 힐끗 바라보던 그가 손을 뻗어 이를 집어 들려고 했다. 하지만 무언가가 그의 손길을 막고, 머릿속을 진탕으로 만든다.

'이 안에 있는 걸, 과연 네가 감당할 수 있을까?'

마치, 기억을 잃기 전 강혜성이, 현재의 그에게 속살거리는 것만 같았다.

❖

우 회장의 죽음은 '대한민국 경제의 한 축'이 무너졌다고 평가할 정도로 튼튼하던 대운을 흔들어 놓았다. 주식은 떨어졌고, 임원은 동요했으며, 사업에 소질이 없는 주영이 무엇을 할 수 있냐며 의심의 눈을 거두지 않았다.

대운의 차기 후계자가 정해지지 않은 상태였기에 혼란은 더욱 가중되었다. 만약 이 일을 정리할 적임자가 있었다면 이 정도로 대운이 흔들리지 않았을 텐데…… 안타깝게도 그럴 만한 인물이 없었다.

주주총회가 열리고 있는 대회의장 안엔 연신 사람들이 언성을 높이고 있었다. 회장 자리가 비어 있는 지금, 당장 회장을 선임해 올려야 한다는 사람들과, 현재 주영과 이 이사가 이끌어 나가는 시스템도 무리가 없으니 한동안 지켜보자는 의견이 첨예하게 부딪히고 있었다.

머리가 아픈 듯 이마를 부여 쥔 주영은 자리에서 일어서서 서로 삿대질을 해 대는 김 전무와 최 이사를 보았다. 그들은 한 치의 물러섬도 없이 제 의견을 말하느라 주영의 얼굴이 백지장으로 변해 가는 것도 눈치채지 못하고 있었다.

“컨트롤 타워가 제대로 되어 있는데 뭐가 문제입니까?”

“뭐가 문제라니, 지금부터 문제지!”

답답한 소리 한다는 듯이 최 이사가 미간을 찌푸렸다. 그러자 김 전무도 지지 않고 얼굴을 일그러뜨렸다.

“이제껏 잘 해 오지 않았습니까? 우 회장님이 경영에서 손을 떼신 지도 1년입니다. 그간 문제를 삼지 않았으면서, 왜 이제 와서 이러는 겁니까?”

“우 회장님이 돌아가시지 않았소! 주주들은 동요를 보이고 개미들도 주식을 팔고 난리가 아니란 말입니다!”

“이봐요, 김 전무! 지금 그 소린 이 이사님과 우주영 부사장의 능력이 부족하다고밖에 들리지 않습니다! 제대로 된 판단도 내리지 않은 이 시점에서 그 이야기를 하는 것은 어불성설이지요!”

“최 이사님, 최 이사님께서 지금 하고 계시는 말이 어불성설이라고는 생각하지 않으십니까!”

“뭐요!”

탕탕. 주영이 손바닥으로 테이블을 내려쳤다. 종국엔 감정싸움으로 변질되어 가는 상황에 주영이 앓는 목소리로 말했다.

“이 이사님께서 회장 대행을 해 주실 예정입니다. 이 이사님께서는 우 회장님과 처음부터 함께 기업을 이끌어 오신 분이고, 대운의 일이라면 무엇이든 다 아시는 분입니다."

"그럼 대행으로 계실 게 아니라, 회장으로 취임하셔야죠."

김 전무의 말에 주영이 고개를 돌려 이 이사의 얼굴을 보았다. 무심한 표정을 짓고 있었으나, 주영은 그 순간 알아차렸다. 그녀가 허탈한 듯 웃었다.

이제야 알 것 같았다. 아버지가 그렇게 믿으라고 했던 사람조차도 자신의 편이 아님을.

지친 얼굴로 사무실로 돌아온 주영은 문을 열자마자 자리에서 일어나는 혜성의 모습에 기운이 쭉 빠진 듯 웃었다.

"언제 왔어요?"

"얼마 안 됐습니다."

고개를 끄덕인 주영은 닫았던 문을 다시 열어 비서에게 차 두 잔만 준비해 달라고 말했다. 전엔 손님이 아니라서 차를 내주지 않겠다던 반응과는 180도 달라진 행동에 기뻐할 법도 했건만 혜성은 무표정한 얼굴로 자리에 앉을 뿐 아무런 말도 하지 않았다.

비서가 준비해 온 찻잔이 테이블에 놓일 때까지 아무런 말도 하지 않은 채 각자의 생각에 잠겨 있던 중 주영이 먼저 찻잔을 집어 들었다. 그리고 마른 입술을 미지근한 찻물로 적신 그녀가 고개를 들어 혜성을 힐끗 바라보았다.

사흘 만에 보는 모습이었다. 그사이 그는 조금 야위었다. 움푹 파여 있는 뺨이 그렇게 보였고, 눈 밑의 그림자는 보지 못했던 지난 시간이 고되었다는 걸 단적으로 보여 주었다. 그럼에도 그는 물었다.

"괜찮습니까?"

그녀가 물어야 할 것 같은 말을.

주영이 천천히 고개를 저었다. 괜찮지 않았다고. 그러고는 '당신도 괜찮아 보이지 않아요' 라고 말했다. 이에 그 역시 고개를 젓는다. 괜찮지 않다고.

침묵을 채우는 것은 서로의 숨소리와 달그락거리는 소음뿐. 주영은 혜성의 눈치를 보았고, 혜성은 저만의 생각에 잠겨 있었다. 그리고 그가 생각을 마친 후, 가방에서 서류를 꺼내 그녀의 앞으로 내밀었다.

"이제, 지칩니다."

주어가 빠진 말에 주영은 자신의 앞에 내밀어진 봉투로 손을 뻗었다. 혼인 계약서였다. 자신이 손수 '결혼 안 해' 라고 적어 보냈던 서류를 다시 내민 그는 지친다고 말하고 있었다.

주영이 서류를 다시 원래에 있던 곳에 내려놓으며 물었다.

"그럼 여기까지인 거네요."

"……그게 안 돼서 지치는 겁니다."

그의 말에 주영이 눈을 동그랗게 떴다. 그러자 그가 얼굴을 일그러뜨리며 손을 들어 얼굴을 가린다. 제 표정을 보여 주고 싶지 않다는 듯이.

우 회장을 잃은 그녀에게 지금 원망의 말을 쏟아 내고 싶지는 않았다. 하지만 자신의 말에 마치 기다리기라도 했다는 듯 답하는 모습에 화가 났다.

"당신은 온통 거짓뿐이야."

그가 이를 악물며 말했다. 그러는 와중에도 분노를 참아내려 애를 쓰고 또 애를 써 보았다. 그 노력이 허투루 돌아가는 한이 있더라도.

주영이 말없이 그를 바라보았다. 그러다 새하얗게 변한 얼굴을 바라보며 웃는다. 그는 괴로움에 몸을 떨고 있었음에도.

그녀의 웃음에 그가 잇새로 말했다.

"말해 줬어야 했어, 당신이……. 당신 입으로 말했어야 했어."

"강혜성 씨……."

"도대체 진실은 뭐지? 당신 그 머릿속에 있는 진실은 뭐냐고."

그가 새로운 진실을 알았구나. 그 진실은 무엇일까. 그녀가 멍하니 생각해 보았다. 하지만 그것이 무엇이 되었든 간에 아무래도 좋다는 듯 처연하게 물었다.

"아직도…… 저와 결혼하고 싶으세요?"

혜성의 입에서 옅은 신음이 흘러나왔다. 그럼도 그녀는 말을 멈추지 않았다.

"아직도…… 당신과 나의 과거가 궁금하신가요?"

얼굴을 일그러뜨린 혜성이 손을 들었다. 손바닥으로 관자놀이를 꾹 누르는 와중에도 두통은 더욱 심해져 왔다.

"으……."

"강혜성 씨……."

그가 허리를 동그랗게 말며 신음을 토하자 주영이 자리에서 벌떡 일어났다. 그 뒤 서둘러 그에게 다가가 무릎을 꿇고 시선을 들어 안색부터 살폈다. 창백하게 질린 얼굴과 이마에 송골송골 맺힌 땀에 그녀의 얼굴이 일그러졌다.

입술을 달싹인 그녀가 신음처럼 말했다.

"우리…… 예전에 헤어질 뻔했으면 좋았을걸……."

끝을 흐린 말에 혜성이 여전히 일그러진 얼굴로 그녀를 바라보았다. 고통은 여전히 가시질 않았으나, 일그러진 표정을 펴려 애를 썼다. 하지만 곧 이어진 말에 두통은 더욱 커져만 간다.

"그때……."

"……."

"안녕이라고 말할걸."

주영의 말에 혜성이 손을 뻗었다. 얇은 팔목을 움켜쥔 그가 일렁이는 눈동자로 주영을 노려보였다.

"지금 뭐라고 했습니까?"

"……애초에 당신을 만날 것도 없……."

그녀가 말을 끝맺기도 전이었다. 고개를 비스듬히 아래로 내린 그가 주영의 입술을 한입에 머금었다. 말캉한 입술을 이로 잘근잘근 깨물고 혀로 핥던 그가 보드랍게 주영의 입술 안으로 혀를 밀어 넣었다.

가지런한 치열을 훑은 그가 그녀의 입안으로 숨을 불어 넣었다. 빳빳하게 굳어 있던 주영의 몸이 달큰한 호흡에 순간 녹아들고, 몸을 축 늘어뜨리며 그의 품에 안겨 들었다.

너른 품에 안긴 주영이 눈을 감았다. 체향은 예전과 변해 있었으나 따뜻하고 너른 것은 여전했다.

얼마 전의 그녀였다면, 바뀐 그의 향에 거부감부터 들었을 것이다. 하지만 지금은 아니었다. 바뀐 향조차, 이젠 좋았다. 믿기지 않게도.

방금 전 그녀가 뱉었던 말은 모두 거짓이었다. 그녀는 그가 과거의 기억을 찾지 않길 바랐다. 예전의 그녀는 찾길 바랐으나.

다시 그를 만난 것을 후회한다고 말하긴 했으나, 사실은 아니었다. 안녕을 고하지 않길 잘했다. 그랬다면 지금의 그를 만나지 못했을 테니까.

주영이 손을 들어 그의 뺨을 더듬었다. 단단한 턱은 그녀가 사랑했던 것이었다. 그리고, 지금도 사랑하는 것이었다. 눈을 감자 눈가에 맺혀 있던 눈물이 아래로 떨어진다.

"그래서……."

무심히 시작한 말에 주영이 그의 품에서 빠져나왔다. 그리고 자신과 마찬가지로 눈가에 눈물을 매달고 있는 혜성과 눈을 마주한다.

"아이의 이름은 현서였습니까. 현호였습니까."

헉, 하고 숨을 들이켠 그녀가 놀란 눈으로 혜성을 보았다. 방금 전까지 그의 품 안에서 느꼈던 잠시의 기쁨은 하얗게 재가 되어 공기 중으로 날아간 것처럼.

그녀의 표정에 그가 손을 아래로 내려 주영의 겨드랑이 사이에 끼웠다. 그리고 작은 몸을 번쩍 들어 올려 제 무릎 위에 올려놓는다. 허공에 붕 뜨는 다리에 깜짝 놀라 주영이 몸을 바르작거리자, 그가 작은 어깨를 제 쪽으로 잡아당기며 나지막하게 말했다.

"뭐든…… 당신 혼자 감싸 안고 있지 마십시오. 힘들면 말을 하란 말입니다. 혼자서 감당하지도 못할 기억을 왜 이야기해 주지 않습니까."

목소리는 울림이 있었다. 그 울림은 그녀의 마음까지 파동을 일으킨다.

"전 예전의 강혜성이 아닙니다. 그래서 당신이 더 혼란스러워할 걸 알고 있습니다. 하지만 예전의 나도 저입니다."

"……강혜성 씨, 난."

이젠 그런 것쯤은 받아들였다고, 예전의 사랑했던 남자가 지금 전혀 다른 모습으로 자신을 안고 있는 그라는 것을 받아들였다고 말하려 했다. 하지만 그는 그녀를 끌어안고 있는 손에 더욱 힘을 주며 말문을 막았다.

"둘 중 하나 선택하라는 병신 같은 말은 안 합니다."

그가 재빨리 말했다. 목소리는 간절했고, 떨렸다. 지금 당장, 내쳐질까 두려워하는 모양새다. 그의 손끝이 파르르 떨렸다.

"기억을 되찾으려 했지만, 이젠 안 하렵니다."

"……."

"하면 할수록 과거의 나에게 욕지거리를 하고 싶은 일만 생기니까."

울먹이는 목소리로 말을 마친 그가 손에 땀이 나도록 붙들고 있던 주영을 천천히 떼어 놓았다. 그리고 그녀의 눈망울을 내려다보며 눈썹을 장난스럽게 일그러뜨렸다.

"그냥 지금의 당신만 보기로 했습니다."

"……혜성 씨."

주영이 놀란 눈으로 그를 올려다본다. 그의 마음이 진심이라는 것, 알고 있었다. 하지만 그가 아이에 대한 비밀을 알고 나서도 자신을 이렇게 품어 줄 줄은 몰랐다.

언제 시작된지 모를 눈물이 뺨을 적시고, 마음까지 적셨다. 그녀의 눈물에 그도 따라 눈물을 흘리며 간절히 말한다.

"당신도 그래 주면 안 됩니까?"

엄지손가락으로 정성스럽게 주영의 눈물을 닦아 주던 그가 고개를 내렸다. 입을 맞추는 것인 줄 알았는데 그게 아니었다. 그는 이마를 맞대고, 그녀의 얼굴에 제 숨결을 불어 넣었다.

"현 상황이 어떤지 압니다. 약해져 있는 당신을…… 유혹하는 못된 짓을 하고 있는 것도 압니다."

"……."

"이렇게 해서라도 전 당신과 함께하고 싶습니다."

무어라고 말할 수가 있을까. 그 간절한 고백에.

주영은 아무런 말도 없이 고개를 숙였고, 그는 다정하게 뺨을 쓰다듬은 후 그녀의 입술에 입을 맞췄다.

입술은 그의 심장만큼이나 뜨거웠다.

7. 과거와 현재, 그리고 미래

우 회장의 위패가 모셔져 있는 고즈넉한 절.

무릎을 꿇고 푸르르 올라오는 향을 바라보던 주영이 무릎 위에서 양손을 꼭 쥐었다. 처연한 얼굴로 한참이고 바라보던 그녀는 밖에 달아 놓은 종이 바람에 흔들리며 딸랑딸랑 울자, 천천히 입술을 뗐다.

"아버지…… 난 이제껏 내 생각만 하면서 살아왔나 봐요."

그 벌을…… 이런 식으로 되돌려 받나 봐요.

한숨 섞인 목소리로 말을 마친 그녀가 눈을 감았다. 그리고 지금도 어디선가 자신을 보고 있을 것만 같은 우 회장을 떠올리며 눈을 깜빡였다. 눈물은 맺혀 있지 않은데, 눈가가 시큰했다.

"상처받은 그 사람의 얼굴을 보니까…… 어떻게 할 수 없어,

비어 있던 머릿속이 무언가로 가득 차는 것만 같았어요."

우 회장이 믿으라고 했던 사람들조차 적으로 돌아선 지금 이 순간, 그녀를 굳건하게 잡아 주겠다는 그의 손을 떨칠 수가 없었다. 내가 똑바로 정신을 차려야 하는데, 라는 말만 메아리치는 지금 이 순간에도, 떠오르는 건 한 사람의 얼굴뿐이었다.

"아버지, 전 어떻게 하면 좋을까요?"

어떻게 하면 강해질 수 있을까요.

어떻게 하면 현명해질 수 있을까요.

"아버지…… 저에게 답을 주세요."

봉투 모서리를 만지작거리던 혜성이 한숨을 삼킨 후 손을 거뒀다.

감당을 못 할 일이라면 지금이라도 손을 떼는 게 좋다. 더욱, 이제 주영과는 과거를 보지 않기로 하지 않았던가. 두 사람은 지금부터라도 서로의 마음을 다독이고, 앞으로 나가기에도 바쁘다. 그러니 과거의 자신이 어떠했든, 어떠한 사람을 찾고 있었든 여기서 그만하는 게 좋았다.

그가 봉투를 집어 들어 가장 아래서랍에 넣어 두었다. 그리고 열쇠로 이를 단단히 잠갔다.

과거는 그만 잊자. 괴로움은 이만 털어 버리자. 그래, 그렇게 하자.

구겨져 있던 미간을 편 그가 깊은 한숨을 내뱉었다. 머리는 여전히 묵직하게 아팠으나, 내려놓기로 하였으니 답답했던 속이 조금은 괜찮아진 것 같았다. 이렇게 조금씩 털어 내다 보면 나머진 시간이 해결해 줄 것이다.

그가 한쪽에 쌓아 둔 서류를 가져와 펼쳤다. 서류는 고려호텔의 것이 아닌 대운에 관한 것이었다. 현재 내부에서 계속 거론되고 있는 것은 '우주영'이 거대한 사업체를 맡기엔 턱없이 부족하다는 것이었고, 이에 대해 사람들이 동조를 하며 그녀를 꼭두각시 이사로 두려 하고 있었다.

띠리리—

서류를 보던 혜성은 사념을 깨는 벨 소리에 고개를 돌려 액정을 보았다. 내일 만나기로 했던 '김로라'라는 이름이 떠 있었다.

"아."

수첩 속 마지막으로 적혀 있던 그녀와 만나기로 했던 약속도 잊고 있었다.

— 그냥 예전 우리 마담 언니를 찾고 있었거든요. 지금은 연락이 끊어져서 연락처를 모르겠다고 해서 이름만 가르쳐 줬는데…….

그런 후에 그녀는 한 사람의 이름을 가르쳐 줬다.

김보영.

그 이름과 관련된 비밀은 방금 전 자신이 서랍 속에 감췄던 봉투 속에 모두 들어 있을 터였다.

전화를 받을까. 받지 말까.

그가 끊임없이 고민하며 액정을 보았다. 그러다 결국, 걸려온 전화를 무시하지 못한 채 받아 들었다.

"강혜성입니다."

— 아, 전화 받으시네요!

"네. 그런데 무슨 일로……."

천진난만한 목소리에 그가 의아한 목소리로 물었다. 이미 내일 만나기로 약속이 되어 있는데 무슨 일일까. 그게 무엇이든 간에 그는 더 이상 과거에 대한 이야기는 캐지 않기로 하였으니, 이 이야기 이후로 그녀에게 '내일 만나기로 했던 약속은 죄송하지만 취소하겠습니다' 정도로만 말하면 그만이었다.

그가 머릿속으로 내용을 정리할 때였다. 수다스러운 여자는 그의 답은 기다려 주지 않은 채 자신이 할 말만 줄줄 읊었다.

— 아, 내일 말씀드려도 되는데 연락드렸어요. 사장님 연락 오고 난 후에 제가 마담 언니에 대해 알아봤거든요.

그 이야기라면 됐습니다. 내일 만나기로 약속했던 것도 없는 일로 하죠. 번거롭게 해 드려 죄송합니다.

그렇게 말하려고 운을 뗄 때였다.

— 언니가 죽었더라고요.

"……네?"

예상 못 했던 말에 그가 깜짝 놀라 눈을 크게 떴다. 그러자 여자가 방금 전과는 달리 한 톤 낮아진 목소리로 말했다.

— 언니한테 아들이 하나 있었는데, 2년 전에야 만난 모양이에요. 그 뒤론 잘 지낸 모양인데, 1년이 지났을 무렵 아들에게서 다시 연락이 와서는 만나자고 했대요. 그후에 죽었다고…….

"……."

아무 말 없이 전화를 쥐고 있던 그가 깜짝 놀라 눈을 크게 떴다. 순간 뇌리에 너무나 많은 정보들이 한꺼번에 쏟아졌다.

"왜 숨기셨습니까? 아버지와 요정에서 만났다는 거. 당신은 아버지와 사랑을 나눈 게 아닌 섹스를 나눴다는 거! 그 결과가 저라는 것도! 왜 말하지 않았습니까, 왜! 당신도 부끄러웠습니까, 그 일이?"

자신은 분노하고 있었다. 어쩌면 그럴 수 있냐며 계속해 보영을 몰아붙이고 있었다. 보영은 허물어지듯 바닥에 주저앉아 미안하다고만 말하고 있었다.

탁—!

손에 힘이 풀려 휴대전화를 떨어뜨린 그가 급격히 몰려오는 두통에 관자놀이를 손바닥으로 꾹 눌렀다.

— ……여보세요?

"아아……."

— 여보세요? 사장님? 사장님? 응? 이상하다?

"아……!"

거칠게 숨을 몰아쉰 그가 자리에서 벌떡 일어났다. 그리고 비척비척 걸음을 옮겨 협탁 위에 놓여 있는 유리 주전자를 집어 들려고 할 때였다.

털썩!

끔찍한 두통에 그가 숨을 헐떡거리며 한쪽 무릎을 꿇었다. 주저앉은 몸에도 고통은 더욱 거세지기만 했다. 누군가가 망치로 머리를 힘차게 내려치는 것 같기도 했고, 바늘로 두피를 쿡쿡 찌르는 것 같기도 했다.

얼굴은 물론, 옷이 푹 젖을 정도로 식은땀이 흘러내렸다. 하지만 그와 동시에 커다랗게 떠진 눈에 눈물이 맺힌다.

"아아악……!"

고함 소리에 밖에서 사람들이 안으로 뛰어들어 왔다.

"사장님! 괜찮으세요? 사장님!"

"어머!"

호들갑을 떠는 소리에도 그는 몸을 동그랗게 말고서, 갑작스럽게 몰려드는 생각들에 눈동자가 핏빛으로 물들었다.

"혜성아……."

"어떻게……! 당신이 어떻게!"

"혜성아, 그게 아니라……."

"그런 사람인 줄 알았다면 당신을 어머니로 인정하지 않았을 겁니다! 내가 그렇게 끔찍하고 더러운 관계 속에서 나온 사람인 줄 알았다면, 죽어도 당신을 만나지 않았을 겁니다!"

변명을 하는 여자. 그리고 그 여자를 매정하게 욕하는 그.

그가 중년의 여자를 거칠게 밀어내자, 여자는 세상이 무너진 것처럼 주저앉아 울음을 토해 내고 있었다.

그 날은,

그를 키워 준 어머니가 애지중지하던 호텔에서, 자신의 친부가 저지른 불륜으로 인해 자신이 생겼다는 것을 안 날.

자신의…… 뿌리가 기둥째 흔들렸던 날.

"선배…… 눈을 떠요. 제발……. 죽지 마."

그리고,

그가 주영과 함께 사고가 난 날.

자신의 얼굴을 쉼 없이 더듬던 그녀의 모습이 선연히 떠오른다. 울음이 섞인 얼굴로 자신이 눈을 맞추는 것만으로도 안도의 한숨을 내쉬던 사람.

"사실, 전 결혼에 대해 큰 관심이 없습니다. 사업의 연장선상

일 뿐, 사랑이란 허상을 가지고 하는 것이 아니니까요."

"남자의 몸은 여자들이 생각하는 것보다 훨씬 단순하거든요."

그가 지껄였던 말이 떠오른다.

하나하나 그렇게 떠오를 때마다, 심장은 누군가가 직접 칼로 난도질을 하는 것처럼 엉망으로 아파 오는 것을 느꼈다.

늘 사랑으로 충만했던 지난날의 우리.

하지만 그녀는 핏빛으로 변한 눈동자로 자신을 힐난했다.

"당신, 나중에 죽고 싶을 거야."

끄윽, 그의 입에서 신음이 터져 나온다. 몸이 바들바들 떨릴 만큼 끔찍한 고통 속에서 그는 주위에서 일으켜 세우려는 부축의 손길에도 몸을 가누지 못했다.

지끈! 지끈!

뇌가 녹아내릴 것만 같았다.

"아아악!"

짐승의 울부짖음처럼 거친 고함을 내지른 그가 울음을 터뜨렸다.

그의 기억을 막고 있었던 것은, 친모였다.

친모가 자신의 모진 말로 인하여 숨을 끊었다는 사실을 알았던 그날, 너무나 이기적이었던 자신은 모든 것을 잊은 채로 살아

가고 있었다.

모든 슬픔을 떠안은 것은 홀로 기억을 간직하고 있었던 우주영, 나의 사랑하는 그녀.

"오늘 일 기억하면, 아니, 과거를 잊었을 때 있었던 일들을 기억하면 몸서리치게 후회할 거야."

똑똑한 내 사랑.

어떻게 알았을까. 미래의 일인데.

조용한 침묵이 흐르는 사무실 안은 을씨년스러운 분위기처럼 느껴지기까지 했다. 낮이었지만 볕이 안으로 들어오지 않아 어두웠고, 불을 켜 두지 않았기에 기괴한 분위기마저 흐른다.

그런 사무실의 중심, 커다란 소파에 누워 있는 혜성의 눈 위에 차가운 손수건이 얹어져 있었다. 비서가 몇 번이고 가져오던 차가운 수건을 종국엔 거절해 지금은 미지근해진 상태였으나 온몸에 열이 나 이조차도 차갑게 느껴졌다.

힘없이 팔을 늘어뜨리고 있던 그는 진이 빠진 몸에 힘을 주어 바르작바르작 움직였다. 무거운 팔을 들어 이마에 올려놓은 그가 기가 막히다는 듯 웃는다.

그녀는…… 지난 1년여 동안 지옥에 살았다. 그리고 기억이 사라졌던 그는 그것도 모른 채 그녀를 괴롭혔다.

사랑이 없는 결혼을 할 수 없다며 어른들과 맞서 싸웠는데 그 스스로가 '그런 결혼'을 입에 올린 것도 모자라 그녀를 비꼬고 괴롭혔으며, 감정을 삭삭 긁었다.

그리고 기억이 떠오른 지금, 그는 순식간에 그녀가 발을 담그고 있던 지옥 속에 뚝 떨어졌다. 무거운 몸은 움직일 수가 없다. 여전히 그 지옥 속에서 그녀가 겪었던 불구덩이를 고스란히 받아내고 있었다.

손을 힘주어 폈다가 말아 쥔 그가 허탈한 듯 다시 한 번 웃음을 뱉는다.

"이런……."

결국 아버지 손에 놀아나고 있었던 건가.

애초에 만나지 않아도 될 생모에 대한 이야기를 흘린 것도 그였고, 호텔의 존재 또한 그가 알려 준 것이었다. 그래서 그는 호텔을 밀어 버리고 그 자리에 주영이 좋아한 커다란 나무를 심고 싶었다. 나란 존재가 끔찍하게 더러운 존재라는 걸 알려 주는 커다란 건물 대신에.

그리고 결정적으로 어머니에 대한 사실을 알았을 때 그는 분노했고, 치를 떨었으며, 친모에게 모진 독설을 내뱉었다.

그에게 괴로움을 심어 준 것도 그 사람, 그 덕에 기억을 잃었다. 만나선 안 될 사람을 만나 그 사람을 결국 죽음으로 몰아넣었고, 사랑하는 아이까지 잃게 되었다.

하지만…… 이 일에서 가장 큰 죄인은 나다. 결국, 모든 것에서 무책임하게 도망쳤으니까.

또다시 웃음이 터졌다. 이번엔 낄낄, 낄낄낄, 속에서 무언가가 울리는 소리였다. 그러다 소파에 들러붙을 것처럼 온몸에 힘을 뺐다.

똑똑.

노크 소리가 들렸지만 그는 아무런 답을 하지 않았다. 아니, 할 수가 없었다. 정말 옴짝달싹할 힘도 없었으니까. 그러다가 조심스럽게 문이 열리고, 또각또각 하이힐 굽 소리가 들려오자 귀를 쫑긋 세웠다. 이제야, 인기척이 우주영이란 걸 알았으니까. 그는 그녀가 내는 아주 사소한 소리까지 모두 알고 있었으니까.

손을 들어 눈을 가리고 있던 손수건을 떼어 낸 그가 천천히 상체를 일으켰다. 어두운 사무실에 잔뜩 쫄아 무어라 말도 하지 못하고 있던 그녀는 파리한 안색을 보고 화들짝 놀라 서둘러 다가온다.

눈을 동그랗게 뜬 주영이 그의 어깨에 손을 올리며 묻는다.

"무슨 일이에요? 아팠다면서요? 박 비서님한테 연락 와서……."

소파에 몸을 비스듬히 기댄 그가 주영의 얼굴을 차근차근 눈동자로 훑었다. 분명 어제도 만났고, 그제도 만난 그녀였으나, 기억이 돌아오고 나서의 그녀는 유난히 더 표정이 어두워 보였고,

야위었다.

그건 모두 자신의 탓이란 걸, 그는 부정하지 않는다. 뼈저리게 알고 있었다. 예전, 찬란한 빛으로 반짝이던 우주영의 빛이 바랜 건 자신 때문이란 걸.

그녀를 바라보던 그가 천천히 손을 뻗어 홀쭉 들어가 있는 뺨을 다정하게 쓰다듬는다. 엄지손가락이 스치는 자리자리에 그의 체온이 섞이고, 척추를 타고 아래로 내려가 심장을 내려친다.

그가 입술을 달싹인다. 그리고 부른다.

"주영아."

사랑하는 이의 이름을.

그리고 그의 목소리에 스며든 회한에 주영의 눈망울이 미친 듯이 흔들리기 시작했다.

"……선배?"

당신이에요? 당신이야, 정말?

그녀가 눈동자로 물었다. 그러자 그가 얼굴을 일그러뜨렸다.

"미안해."

할 수 있는 말은 고작 이것뿐.

그래서 그는 다시 한 번 더 그녀에게 말할 수밖에 없었다.

"미안해."

수없이 많은 말들이 머릿속을 떠돌고 또 떠돌았으나, 그는 더 이상 말을 하지 않고 그녀의 허리를 끌어안았다. 자연스럽게 주영은 휩쓸리듯 그의 무릎에 앉는다. 그리고 납작한 배 위에 얹어지는 이마에 슬픔을 토해 낸다.

"선배…… 선배……!"

그녀가 할 수 있는 말도 고작 이것뿐.

그리고 그의 머리를 끌어안으며 정수리에 이마를 대고, 눈물을 쏟아 내는 것뿐.

그였다. 그토록 바라던 그 순간에 당착한 후, 그녀는 마음속에 쌓아 두었던 원망도, 그리움도 말하지 못한 채 울음만 꺽꺽 내뱉었다.

허리를 힘껏 붙잡은 그가 떨림을 담은 목소리로 말했다.

"너도 너무하잖아. 아랫도리보고 기억하라니. 내가 아무리 미워도 그렇지. 힌트도 감추려고 했던 건 너무해."

"힌트?"

"상자 속에서 초음파 사진 찾던 거 아니었어?"

그의 말에 주영의 몸이 움찔 떨린다. 정곡이 찔렸다는 사실에, 그녀가 변명조부터 내뱉었다.

"난…… 그러니까 난……."

어떻게 말하면 좋을까, 눈을 도록도록 굴리던 그녀는 제 품에서 빠져나와 거짓은 모두 잡아내겠다는 듯 집요한 시선을 피해 입술을 깨물었다.

그의 기억은 돌아왔는데…… 그래서 완전히 사랑만을 하던 그때의 모습 그대로 돌아올 줄 알았는데 그건 아닌 모양이다. 지금 이 눈빛은 다정하기만 했던 예전의 강혜성이 아니었으니까.

그래, 기억이 돌아와도 자신에게 뜨거운 사랑 고백을 하고, 기억을 되찾지 않더라도 나만을 바라보겠다던 그 남자 역시 남아 있었다.

"아프지 않았으면 했어."

숨이 반쯤 섞여 나온 목소리는 아래로 착 내려앉아 있었다. 거짓은 한 톨도 섞여 있지 않다는 듯이. 그래서 연이어 나온 말 역시, 그의 가슴을 떨리게 하고도 남았다.

"사랑했어."

기억을 잃은 그 역시도 그녀는 사랑했다. 그가 그러했던 것처럼. 예전의 강혜성을 질투할 만큼, 둘은 또다시 사랑에 빠졌었다.

그녀의 얼굴을 올려다보던 그가 고개를 빼 잘근잘근 씹혀 새하얗게 변한 입술에 입을 맞췄다.

쪽.

짧게 맞춰졌다가 떨어지는 입맞춤은 눈물이 찔끔 날 만큼 애달팠다. 하지만 떨어진 그의 입술에서 흘러나온 말은 다소 장난기가 섞인 것이었다.

"마치 다른 사람을 사랑한 것처럼 이야기한다?"

슬프지만, 좋은 날이었으니까.

그는 장난스럽게 물었고, 주영은 억울하다는 듯 몸을 파들파들 떨었다.

"외모만 똑같으면 뭐해. 알갱이가 완전 달랐는데! 다른 사람을 사랑하는 것 같은 기분이 들었단 말이야!"

버럭 외친 주영이 무너지듯 그의 품에 안겼다.

이 품에 안기기 위해 온실 속 화초는 잡초가 되었다. 이기적이라는 것을 알면서도 강 회장의 무리한 제안을 받아들였고, 다시 그를 제 옆에 세워 두기 위해 고군분투했다. 그 시간 동안 상처가, 비수가, 두 사람을 날카롭게 찔러 댔지만, 어찌 되었든 다시 사랑했고, 기억을 찾았으며 지금 이 순간 심장을 맞대고 있었다.

"그래서 너무 혼란스럽고, 아프고……."

주영이 웅얼거리듯 말했다. 미처 끝내지 못한 말은 '슬프다' 겠지. 그는 이 역시 눈치채곤 그녀의 머리카락을 조심스럽게 쓰다듬어 준 후 그 위에 입을 맞춘다.

"미안해……. 홀로 아프게 해서. 무책임해서. 미안하다."

그녀를 홀로 아프게 둔 것 역시 그.

모든 것은 그의 죄.

그는 그녀가 안정이 될 때까지 주영을 품에서 떼어 놓지 않았다. 그리고 그녀가 응어리져 있던 슬픔을 모두 토해 내고 자신을 올려다보며 웃는 그 순간, 그 또한 웃었다. 그녀와 마찬가지로 눈가엔 눈물을 그렁그렁 매단 채.

❖

새하얀 침대 위.

이젠 홀로 남게 된 그녀의 침대 한쪽을 차지한 그가 잠시 방

안을 훑어보았다.

예전의 그는, 끔찍하리만큼 결벽증이 심했다. 병의 시작이 어디인지는 몰랐으나, 집을 쓸고 닦는 일을 게을리하지 않았으며, 몸가짐 역시 남들보다 몇 배로 확인하곤 했다. 손도 시간이 날 때 틈틈이 씻었고, 뒤태까지 수시로 확인했다.

그런 그였다. 청결이라면 병적이었던 그가, 출생의 비밀을 알았을 땐 뒤흔들렸다. 그럴 수밖에. 태어난 출생의 과정은 씻을 수도, 닦아 낼 수도 없으니까.

토닥토닥.

주영을 토닥이던 그가 눈을 감았다.

그리고 마치 지난 일들을 회고하듯 이야기를 한다. 그녀가 듣는진 중요하지 않다는 듯. 그때 당시 자신이 느꼈던 그 감정들을 가감 없이 털어놓았다.

이 역시 바뀐 점, 예전의 그라면 이런 치부 따위 꽁꽁 숨기느라 바빴을 텐지만 지금의 강혜성은 그렇지 않았다.

친모가 따로 있다는 걸 안 건 2년 전이었어. 아버지를 통해 친모를 만났어. 갑작스러웠어. 평생 어머니를 내 친모라고 생각하고 살았는데, 그게 아니라고 하니까.

하지만 이해하려고 노력했어.

어른들은 어른들의 사정이 있겠지. 그렇게 생각하니까 도저히 이해 못 할 것도 없었어. 친모를 만나 난 사랑으로 태어났다고 했으니까. 그것만으로도 충분히 위로가 되었어.

사랑으로 낳은 아이.

전략적 관계로 인해 만났던 부모님을 보며 늘 상처받았는데, 그게 아니라고 하니까 다행이라는 생각까지 했었어.

그런데 그날…… 무작정 너에게 전화해서 나오라고 했던, 비가 많이 오던 그날, 친모를 만났어. 그리고 사실과 다르다는 걸 알았어.

친모는…… 자기가 처음이라고 했어. 나의 아버지와 자신이 먼저였다고. 그래서 인정받지 못했지만 사랑으로 날 낳았다고, 그랬거든. 그런데 그게 아니었던 거야.

친모는 나에게 끊임없이 거짓말을 했고, 난 그것이 의아했어. 그리고 알아보기 시작했지. 그녀의 주위 사람들에게 연락을 했어. 그에 대해선 모두 수첩에 기록을 해 뒀지. 그러다가 알게 된 거야.

친모가 아버지와 헤어진 후 끊임없이 화류계를 떠돌았다는 것도, 그리고 결국 아버지도 그곳에서 만났다는 것도, 모두 알게 되었어. 끔찍했어. 결국 난, 사랑 속에서 태어난 아이가 아니구나. 사랑이 아닌, 더러운 관계 속에서 태어난 아이구나. 그렇게 생각하니까 견딜 수가 없었어. 그걸 알게 된 날이 너와 내가 사고를 당했던 그날이었어.

고려호텔은 그런 곳이었던 거야.

아버지가 그 여자를 만나기 위해 사용했던 장소. 나의 친모와 만나 고작 관계를 나누기 위해 유지했던 곳이라는 걸, 그때 알게 되었어.

그래서 아버지에게 전화를 했어.

그런데 아버지가 뭐라고 했는지 아니?

— 그 호텔을 왜 네 어미가 싫어했다고 생각하나?

"……네?"

— 다 너 때문이다. 거기에서 고려그룹의 유일한 후계자가 생겨나서.

말도 안 되는 궤변을 웃으면서 이야기했어. 아니, 궤변으로 받아들이고 싶은 진실을 이야기하면서 나를 비웃었어.

아버지, 그러면 안 되지요. 호텔은 어머니가 결혼할 때 가지고 온 것인데, 이러면 안 되죠, 라고. 그랬더니 어머니가 감내했던 걸 왜 나보고 뭐라고 하냐는 거야.

세상이 어지러웠어. 정말, 이대로 사라지고 싶었어.

그런 상태에서 널 불러내는 게 아니었는데…….

무작정 달리는 내 손을 몇 번이고 잡는 널 봐서라도 그래선 안 됐는데…….

지나칠 만큼 결벽증이 있었던 과거의 자신은, 출생의 비밀 따위 이해하지 못했다. 어머니의 사랑을 받지 못하고 커, 어머니가 생겨 기뻐했던 나의 그 모습조차도 너무 싫고 비참하게 느껴서…… 내 입으로 죽으라고 이야기했고, 나도 죽고 싶다고 했어. 당신의 존재가 너무 끔찍하다고. 내 존재가 너무 더럽게 느껴진다. 몸에 벌레가…… 수백 마리는 기어 다니는 기분이라고. 비난했어, 친모를. 몸을 파는 더러운 여자라고, 그리고 난 그 속에서 태어난 더러운 아이였다고. 그렇게 비난했어. 그때의 난, 참 못났고 더러웠어. 예전의 난, 그걸 견딜 만큼 단단한 사람이 아니었어.

그래서 사랑을 잃었다. 주영을 손에서 놓쳤고, 두 사람은 1년 후 서로 모르는 사람이 되어 선 자리에서 다시 만났다. 깊은 한숨을 내뱉은 그가 옆을 돌아보았다. 퉁퉁 부은 눈으로 곤히 잠들어 있는 그녀의 모습을 바라보던 그가 물었다.

"주영아, 자니?"

깊이 잠든 것인지 주영은 몸조차 뒤척이지 않았다. 그저 가느다란 숨소리만 쉼 없이 내뱉을 뿐.

천천히 몸을 일으킨 그가 주영을 팔 사이에 가둔 후 내려다본다.

내가 사랑했던 여자.

그렇게도 함께 있고 싶었던 여자.

만약 과거를 잊지 않고선 이 여자를 지킬 수 있었을까?

그 물음에 그는 생각할 필요도 없이 고개를 저을 수 있었다.

하지만…….

천천히 고개를 내린 그가 주영의 배 위에 입을 맞췄다. 눈빛이 흐려지더니 눈물이 쏟아진다.

"결국, 가장 지키고 싶었던 건 지키지 못했지."

씁쓸하게 읊조리던 그의 눈빛이 잿빛으로 타들어 갔다.

❖

정갈한 동작으로 타이를 매고 있는 혜성의 얼굴에선 차가움이 떨어졌다. 무엇 하나 흠잡을 것이 없는 얼굴이었지만 그 표정 때문일까. 아니면 범접할 수 없을 만큼 권위가 뚝뚝 떨어지는 특유의 분위기 때문일까. 잠에서 깨어난 후에도 주영은 한동안 그의 옆모습만 바라보고 있었다.

혼란스러운 얼굴로 그를 바라보던 주영이 의아한 목소리로 말했다.

"강혜성 씨……?"

"그 호칭이 좋으면 그렇게 부르든가."

고개를 돌린 그가 넥타이핀을 하며 무심하게 말했다. 목소리도, 표정도 예전 그는 아닌데, 주영은 순간 옅은 신음을 내뱉었다.

"아……."

동전의 양면처럼 전혀 달랐던 두 사람 모두, 눈앞에 있는 강혜성이라고.

천천히 몸을 일으킨 그녀가 어색한 표정으로 항의하듯 말했다.

"어제 일이 꿈인 줄 알았어. 여기가 너무 무서워서."

주영이 손을 들어 자신의 이마를 꾹 누르자, 출근 준비를 마친 혜성이 그녀에게 다가왔다. 그리고 여전히 이마에 얹고 있던 손 위에 입을 맞추며 읊조렸다.

"전에도 이야기했을 텐데. 과거의 나도, 지금의 나도 모두 강혜성이라고."

나지막한 목소리는 감미로웠으나, 한편으론 무섭기도 했다. 그의 목소리는 그만큼 가진 힘이 컸으니까. 하라는 대로 따르고 싶게 만들었고, 목소리만으로도 페티시즘을 느끼게 할 만큼 매혹적이었다.

예전의 그는 이렇게 페로몬을 풀풀 풍기는 사람이 아니었는데!

그녀가 허리를 세우는 혜성을 따라 시선을 옮기며 잘라 말했다.

"낯설어."

"뭐가?"

그가 알면서도 모른 척 물었다. 어깨까지 으쓱이는 게 한편으론 얄밉게 느껴져서 그녀가 입을 뾰족하게 만들며 빠른 어조로 말했다.

"기억을 잃었을 때의 강혜성보다, 지금의 강혜성이 더 낯설어."

"왜?"

그가 다시 한 번 허리를 숙여 이번엔 입술에 입을 맞췄다. 소리 내 맞춰졌다가 떨어지는 입술에 주영이 멍한 눈빛으로 그를 바라본다.

이렇게 능글맞지도 않았어!

이런 그녀의 마음을 알고 있으면서도 그는 고개를 옆으로 기울이며 웃는다.

"모두 난데."

이젠 이런 모습 역시 자신이라고.

무심했던 그의 얼굴에 해사한 웃음이 번지는 것까지 확인한 그녀가 멍하니 말했다.

"완전체 같은 느낌이어서……."

"그래서 싫어?"

그의 물음에 주영이 힘껏 고개를 저었다.

"아니."

짧게 답한 그녀가 입꼬리를 힘껏 끌어 올리자, 그가 키득키득 웃었다. 그리고 흐트러져 있는 머리카락을 쓸어 주며 물었다.

"커피 마실래? 내려놨는데."

완벽한 슈트 차림의 그가 커피까지 내려놨다고 하자 주영이 고개를 힘껏 끄덕였다. 그리고 침대에서 내려오며 그의 팔에 찰싹 달라붙었다.

아침, 커피를 준비해 놓는 강혜성.

개구진 웃음을 짓는 강혜성.

차가운 웃음을 지으면서도 손길은 다정한 강혜성.

능구렁이처럼 말하는 강혜성.

모두 자신이 사랑하는 그라는 걸 인식한 순간 그녀의 얼굴엔 기쁨이 서렸다.

드디어, 그가 나에게로 돌아왔다.

8. 우주를 품다

넥타이를 느슨하게 푸는 것조차, 평소의 강혜성과는 조금 달라 보였다. 그래서였을까, 박 비서는 그의 모습에서 시선을 떼지 못한 채였다. 분명 손에는 다이어리를 활짝 펼치고 있었으나.

"오늘 일정은 어떻게 됩니까?"

목소리도, 톤도 평소의 강혜성 사장인데 왜 다르게 보일까.

의아한 마음에도 박 비서는 서둘러 정신 줄을 붙잡으며 말했다.

"열두 시에 대운전자 오찬이 있으며, 세 시엔 고려호텔 팀장 회의가, 다섯 시엔 고려그룹 임원 회의가 있습니다."

"네."

고개를 끄덕인 그가 서류파일 하나를 끌어다 가져오며 만년필부터 들었다. 결재부터 신속하게 처리하려는 모습에 박 비서가 다이어리를 접으며 고개를 기울였다.

괜히 드는 기분일까?

그가 갈피를 잡지 못하고 있을 때였다.

"하나 알아봐 줄 것이 있습니다."

만년필로 빠르게 사인을 하는 손길은 거침이 없었다. 하지만 그와는 반대로 목소리는 너무 느긋해 박 비서는 순간 자신이 잘못 들은 줄 알고 '네?' 하고 되물었다. 그 순간, 혜성의 날카로운 시선이 자신에게 닿자, 박 비서는 자신의 입을 내려치고 싶은 마음을 꾸역꾸역 참아 내며 억눌린 목소리로 물었다.

"뭡니까, 사장님."

또 예전처럼 자신의 사생활을 알아봐 달라는 것일까.

그가 긴밀한 표정으로 혜성의 표정을 살폈지만, 그는 무섭도록 무심한 눈동자로 서류만 읽어 내려가고 있었다.

잠시의 침묵. 그것이 가지는 무게는 너무나 거대해 박 비서는 제 몸이 아래로 빨려 들어가는 느낌까지 받았다.

하지만 그럴수록 정신을 똑바로 차려야 한다는 것을 그는 너무나 잘 알고 있었다. 강혜성은 그런 사람이니까. 분위기 하나로, 눈빛 하나로 사람을 제압하고 입을 다물게 할 수 있을 만큼 무자비한 사람이었다.

애써 표정 관리를 하고 있던 그는 곧이어 흘러나온 말에 결국 참다못해 눈살을 찌푸렸다.

"최근 세 달 동안, 고려그룹 자금 흐름에 대해 빠짐없이 보고하세요."

"……그건 왜."

박 비서의 눈동자가 흔들렸다. 당혹스러운 마음을 숨기지 못하는 모습에 혜성의 입술이 느슨하게 벌어진다.

"그리고 하나 더. 이건 개인적으로 궁금한 것인데요. 박 비서님이 답을 알 것 같아서요."

"……."

그가 개인적으로 궁금하다는 것이 무엇인지 듣기 전부터 거북해질 정도로 무서웠다.

뭐지.

역시 자신의 생각이 틀리지 않은 것일까?

정말…… 정말, 그의 기억이?

끝맺지 못한 생각들은 곧이어 흘러나온 그의 말들에 확신으로 변했다.

"강 회장님과 우주영 씨 사이에 있던 모종의 거래가 혹시 저와 3개월 안에 결혼을 하는 게 맞습니까?"

"사, 사장님."

"아무리 생각해 봐도 서두르는 성격이 아닌 여자가 처음부터 3개월 안에 결혼을 해야 한다고 한 것부터 시작해 저와의 과거를 이야기하지 못하겠다고 했을 땐, 맞선 자리를 주선한 강 회장님과 어떤 거래가 있지 않았을까, 생각이 되어서요."

"……."

입술을 꾹 다물며 묵비권을 행사하는 모습에 혜성의 웃음은 더욱 진해졌다. 이쯤 되니, 굳이 강 회장과 주영에게 확인할 필요가 없다는 생각마저 들기 시작했다.

"표정을 보니 맞는 것 같군요."

확인사살에 박 비서의 표정이 허물어졌다.

왜 그런 거래를 했을까. 아니, 그런 거래를 했더라도 왜 '맞선'이란 형태로 해야 했을까. 여러 생각들이 들기 시작했으나, 그런 것들은 잠시 뒤로 물러 두기로 했다. 진실을 알았으니, 이제 그가 해야 할 일들은 너무나 명확해져 버렸으니까.

"자금 흐름, 추적해서 보고하세요. 시간은 3일 드립니다."

고려그룹 내부에 박 비서의 사람이 상당했다. 그러니 3일이란 시간도 그의 기준에선 꽤 느긋하게 준 것이었다. 하지만 박 비서는 그렇게 생각하지 않는 것인지 내뱉지 못한 말만 입 속에서 웅얼거리고 있을 뿐이었다.

속 시원하게 답을 해 주지 않는 모습에 혜성이 천천히 자리에서 일어났다. 그리고 그가 들고 있던 다이어리를 가져와 안의 내용을 눈으로 훑으며 고저 없는 목소리로 말했다.

"언젠가 박 비서님께 그런 말을 한 적이 있습니다. 보스에게 거짓을 보고하는 부하직원을 어떻게 해야 하냐고."

"……."

"이번 일을 어떻게 처리하냐에 따라 결정할 생각입니다."

시선만 들어 박 비서를 바라본 그가 얼굴에 웃음기를 지웠다. 부러 지었던 표정이 사라지자 남은 것은 잘 벼려진 눈매뿐.

"사장님, 설마……."

그의 표정에 박 비서가 숨을 들이켰다.

'모두 기억이 나신 건가요?'

굳이 묻지 않아도, 서늘하게 휘어지는 입술에 그는 명확한 답을 찾았다.

모든 기억을 찾았구나!

그리고 혜성은 이러한 생각에 쐐기를 박듯 말한다.

"좋은 쪽으로 생각하십시오."

유려한 동작으로 자리에 앉은 그가 서류로 다시 시선을 돌리며 말했다.

"다섯 시, 고려그룹 임원 회의엔 조금 늦는다고 연락을 주십시오. 네 시에 대운 주주총회가 있거든요. 일이 끝난 후에 곧바로 참석한다고 말씀해 주시면 됩니다."

업무적인 이야기는 고저 없이 흘러나왔다. 더 이상 박 비서의 답과 행동, 생각 따윈 필요 없다는 듯.

하지만 갑작스러운 사실을 알아 버린 박 비서는 사고회로가 멈춘 사람처럼 숨을 멈췄다. 하지만 혜성은 거기서 멈추지 않고 그를 몰아붙였다.

"하실 말씀, 남았습니까?"

나지막한 질문, 그 질문에 대한 답은 정해져 있다.

"아, 아닙니다."

이 정도의 답.

❖

괜찮아. 괜찮아.

눈을 감고 마인드컨트롤을 위해 호흡을 가다듬던 주영은 그럼에도 불구하고 속이 진정이 되질 않자 발을 동동 굴렀다. 그러다 다시 걸음을 옮겨 사무실 안을 서성거리던 그녀가 눈을 질끈 감았다.

"후우."

오늘은 대운의 차기 회장 선출의 날이었다. 이 이사가 실질적으로 회장으로 선임되는 것에 대한 토론을 진행한 후 표결에 부치기로 했다.

이 말인즉, 이 이사의 손에 아버지가 공들여 온 시간 전부를 넘겨주게 된다는 것이었다. 믿음으로 보답을 하였건만, 마지막에 이런 식으로 회사를 손에 넣으려는 그의 농간대로.

다리가 부들부들 떨리며 자리에 주저앉을 것 같았지만, 주영은 애써 허리를 꼿꼿하게 펴고 정면을 보았다.

도망치지 말자. 여기서 도망치면 모든 걸 잃게 될 테니까.

지금은 자신이 용기를 내야 할 타이밍이라는 걸 알고 있다. 겁을 먹은 사람의 손에 쥔 물건을 빼앗는 것은 무척 쉬울 테니까

독기를 불태우고, 맞서야 했다.

똑똑.

"부사장님, 시간 되었습니다."

허리를 깍듯하게 숙이며 이제 결전의 시각이 되었다 알리는 비서에게 알았다고 말한 그녀가 다시 한 번 호흡을 가다듬었다. 그리고 그 어느 때보다도 당당하게, 그 어느 때보다도 도도하게 걸음을 옮겼다.

엘리베이터에 몸을 싣고, 대회의장에 닿아서야 바닥을 내려다본 그녀가 눈을 감았다.

할 수 있어. 아버지의 딸이잖아.

차갑게 식어 가는 손끝을 녹이기 위해 동그랗게 주먹을 말던 그녀가 입술을 잘근 깨물었다. 몇 번이고 마음을 다잡으려 했지만, 현 상황에서 그녀가 할 수 있는 건 그리 많지 않았다. 아무리 생각해 보고 또 생각해 보아도 저들이 원하는 대로 물길을 따라 흐르듯, 흘러갈 것만 같아 애가 탔다.

그녀가 그렇게 발걸음을 옮기지 못한 채 못 박힌 듯 서 있을 때였다.

차갑게 식은 몸을 감싸는 커다란 손길.

제 손을 감싼 손을 놀란 눈으로 바라보던 주영이 고개를 올려 반듯한 얼굴의 남자를 보았다.

"선배가 여긴 어떻게……."

그였다. 내가 사랑하는 남자. 그 남자가 그 어느 때보다 단단한 모습으로 서서 자신을 바라보고 있었다.

손가락 사이를 얽어 깍지를 낀 그가 팔을 들어 그녀에게 보여주며 말했다.

"내가 이야기했지? 홀로 감당하지 말라고."

"……어떻게."

당신을 부른 걸 알았어요?

속으로 몇 번이고 혜성의 이름을 부르며 용기를 끌어 모으려고 했던 그녀는 실제 자신의 앞에 짠 하고 나타난 그를 흔들리는 눈망울로 바라보았다.

"뺏기기 싫지?"

"……네."

"저 사람들이 원하는 대로 두기도 싫지?"

끄덕끄덕.

고개를 주억거리는 그녀를 보던 그가 입술 끝을 올리며 웃었다.

"그럼 따라만 와."

그가 그녀의 손길을 잡아 이끈다. 그리고 당당하게 문을 열고 안으로 들어가, 갑작스런 자신의 등장에 놀란 사람들 앞에 섰다.

"저도 여기에 주식이 좀 있는데, 참여해도 되겠습니까?"

어수선했던 분위기는 순간 그의 눈빛에 차분하게 가라앉는다. 누구 하나 나서서 자신의 말에 대답을 해 주지 않자 그가 당당하게 웃었다.

"그럼 허락한 걸로 알겠습니다."

❖

고려그룹 임원 회의는 최근 괜찮아진 자금 사정 덕분에 한층 분위기가 밝아졌다. 아직 안정권이라고는 할 수 없었으나, 당장 은행권에서의 자금 조달은 완화되었으니 한 시름 덜었다는 분위기였다.

막 회의실을 벗어나려는 순간, 혜성은 자신에게 차 한 잔 하자는 강 회장의 말에 마주 앉은 참이었다.

달그락.

찻잔을 내려놓는 그의 손길에 따라 혜성 또한 씁쓸한 녹차 잎이 떠 있는 잔을 내려놓는다.

"어제 사무실에서 쓰러졌다는 소리 들었다."

소음이 사라진 자리를 채우는 것은 집요한 시선과 거짓을 가리려는 목소리였다. 이에 속아 넘어갈 만큼 그는 나약하지 않았고, 어리석지도 않았다.

"요즘 무리를 좀 했나 봅니다."

혜성 역시 진실을 감추며 말했다. 두 사람은 방금 전에 있었던 회의보다 더 치열하게 서로의 기색을 살피고, 서로의 의중을 읽으려 애를 썼다. 그러더니 강 회장이 고개를 기울이며 조금은 진심을 내보인다.

"사고 때문에 그런 건 아니고?"

"그건 아닙니다."

지나치게 빠르지도, 느리지도 않게 답을 한 그는 중간에 한 템포 쉰 후 다시 말을 이었다.

"우주영 씨와 결혼을 서두르려 합니다. 모든 준비가 끝나면 언론에 흘릴 생각이었지만, 조금 더 빨리 했으면 해서요."

"흐음."

옅게 신음을 내뱉는 강 회장의 눈동자가 의심으로 물들었다. 왜 갑자기 서두르냐는 듯이. 그리고 생각에 잠긴 듯 자신을 바라보는 눈동자에 혜성은 부러 차가운 미소를 지으며 말을 이었다.

"우 회장님이 돌아가신 판국에…… 기회 아닙니까. 대운을 고려그룹 밑으로 넣을 수 있는 좋은 기회."

그렇게 격이 떨어지는 곳은 사돈으로 들이기 싫다더니, 그 사람들이 가진 돈은 좋나 보다.

이젠 자신을 믿기 시작한 것인지 입술 끝을 부드럽게 휘어 올리는 강 회장이 고개를 끄덕였다.

"그래, 그건 들었다. 오늘 네가 대운에서 했던 이야기."

회의엔 대운에 다녀오느라 조금 늦는다고 먼저 언질을 주었던 참이었다. 부러 회의엔 5분 늦게 참석을 했고, 멀리서 대운 주주총회에서 있었던 일을 들은 것인지 기쁨이 서린 얼굴로 고개를 끄덕이던 강 회장의 모습이 지금도 뇌리에서 지워지지 않았다.

"이곳에 계신 분들의 걱정이 무엇입니까? 대운이 무너지는 것? 그런 일은 없습니다. 고려와 한 가족이 될 테니까. 그리고 제가 가족이 되려고 했던 대상은 대운의 주인이지, 하수인이 아닙니다."

그가 그렇게 경고했다.

우주영을 아래로 끌어내리는 순간 고려와 대운의 거래는 없던 것으로 돌리겠다고.

우 회장이 살아 있었다면 떵떵거렸겠지만, 현재는 수장을 잃은 상태였다. 아무리 자금으로 흔들리는 '고려'라 하더라도 쉬이 무시할 수 없으리라.

혜성이 다시 찻잔에 입술을 대자 강 회장이 기쁨이 고스란히 실린 목소리로 물었다.

"그래, 구체적인 계획이 어떻게 되냐."

그의 모습을 가만히 바라보던 혜성이 군더더기 없는 동작으로 찻잔을 내려놓는다. 느슨한 표정으로 강 회장을 바라보는 그가 입술을 달싹인다.

"우선……."

드디어 그가 자신을 믿기 시작했다.

❖

딩동.

초인종 소리에 주영의 시선이 현관문으로 향하더니 두 번 생각할 것도 없이 쪼르르 걸음을 옮겼다.

저녁 8시, 이 시각에 이 넓은 저택을 찾아올 사람은 단 한 사람뿐이었다.

문을 열자 역시나 멋들어진 슈트 차림의 그가 자신을 내려다본다.

"낮에 어떻게 된……."

어떻게 주주총회에 온 것이냐고 물으려던 참이었다. 그는 주총이 끝난 후에 곧바로 임원 회의가 있다며 돌아가 버렸으니까.

하지만 물음이 나오기도 전에 갑작스레 맞춰진 입술에 그녀가 개구리처럼 눈만 동그랗게 떴다.

왈칵 숨을 들이켠 그녀가 자신의 몸을 뒤로 밀어붙이는 단단한 성벽 같은 몸에 속절없이 떠밀려 갔다.

쿵!

이젠 더 이상 물러설 곳이 없다는 것을 알리듯 벽에 등이 닿았다.

아픔이 느껴질 정도로 강한 강도는 아니었으나, 그의 손길이 닿은 곳곳마다, 입술이 닿은 자리자리마다 찌릿찌릿 강력한 전기가 흘러 정신을 차릴 수가 없었다.

정신을 차리지 못하도록 몰아붙여 오는 입술에 숨결을 빼앗긴 그녀가 허덕허덕 숨을 내뱉었다. 심장이 미친 듯 내달리고, 달큰한 타액과 시원한 향내에 혼이 빼앗겨 멍하니 있던 그녀가 급기야 호흡이 모자라기 시작하자 주먹을 말아 그의 어깨를 내려쳤다.

"으읍!"

하지만 그는 고개를 비스듬히 돌리며 잠시 숨을 쉴 타이밍만 줄 뿐, 혀를 옭아매며 떨어질 생각을 하지 않는다. 그녀의 주먹에 조금 더 힘이 실리자 그제야 그가 아쉽다는 듯 그녀의 입술을 혀로 핥으며 지독히도 어두운 눈동자로 내려다보았다.

"보고 싶었어."

그의 말에 주영이 아무런 말도 하지 못한 채 몸을 아래로 쭉 미끄러뜨렸다.

"뭐, 뭐야…… 놀랐잖아요."

주영이 거친 목소리로 원망스럽게 말하자, 그가 삐뚜름하게 웃으며 한쪽 무릎을 굽혀 그녀와 시선을 맞춘다.

"표정은 그렇지 않은데?"

"……."

"어디가 좋을까."

그가 장난스럽게 웃으며 손을 뻗는다. 그리고 손가락에 머리카락을 돌돌 말며 장난을 치며 콧소리를 내자 주영이 얼굴을 붉히며 소리쳤다.

"변했어!"

예전의 그는 잠자리 전에도, 후에도 한없이 다정하기만 했다.

지금의 그처럼 장난스러운 웃음을 짓지도, 잠자리 자리를 어디로 정할지 묻지도 않았다! 당연히 침실이니까!

그녀가 얼굴을 일그러뜨리자, 그가 더 이상 기다릴 수 없다는 듯 음흉하게 웃으며 손을 뻗어 주영의 머리를 쓰다듬었다.

“네가 답해 줄 때까지 못 기다리겠다.”

“선배 도대체…….”

날 얼마나 기함하게 할 거예요?

그녀가 항의를 하려 작게 중얼거렸다. 하지만 방금 전까지만 해도 장난스럽게 빛났던 눈동자가 낮게 가라앉고 집요해지자 끝말을 잇지 못하고 입술을 꾹 깨물었다.

당혹스러움에 그녀가 어떻게 하지 못하고 있을 때였다. 그가 주영의 겨드랑이와 오금 밑에 손을 찔러 넣은 후 번쩍 들어 올렸다.

지나치게 가볍다는 듯 잠시 주영을 불만족스럽게 바라보던 그가 성큼성큼 걸음을 옮겨 익숙하게 주영의 방으로 향했다.

가뿐하게 문을 열고 안으로 들어간 그가 주영을 침대 위에 조심스럽게 내려놓았다. 등 뒤에 침대가 닿자 목을 꼭 끌어안은 채 얼을 빼고 있던 주영의 입에서 옅은 신음이 흘러나왔다.

“아……!”

그녀의 모습에 그가 먼저 몸을 내려 다정하게 입을 맞췄다.

심장이 맞닿아 같은 속도로 뛰었다. 쿵닥쿵닥, 장단을 맞추는 것처럼. 빠른 고동은 마치 신나는 음악처럼 들렸다.

묵직한 무게에 주영이 그를 올려다보자, 혜성은 다정하게 웃으며 머리카락을 옆으로 걷어 냈다.

다정한 입술이 새하얀 목덜미에 닿았다. 짧은 입맞춤은 여전히 다정했고 따스했다. 방금 전 개구쟁이처럼 굴었던 그라곤 감히 상상도 못 할 만큼.

가슴이 위로 크게 부풀어 올랐다가 아래로 떨어지고, 그 위에 그의 커다란 손이 닿았다. 손바닥으로 가슴을 살살 문지르는 그는 얇은 재질의 옷 따윈 상관하지 않는다는 듯 애무했다. 그 와중에도 입술은 작은 귀걸이를 하고 있는 귓불에 닿아 뜨거운 숨결을 토해 냈다.

움찔!

작은 몸이 바르작바르작 떨리더니 위로 쿵덕 떠올랐다.

"서, 선배……."

주영이 고개를 내저으며 신음을 토해 냈다. 그러자 그가 막 입술을 쇄골로 옮기려다 말고 고개를 들어 주영을 내려다본다.

"침대에선 뭐라고 부르라고 했지?"

그 말에 주영이 웃음을 왈칵 토했다.

"강혜성."

"그래."

그가 머리카락에 입을 맞췄다. 피부에 닿는 것도 아니었지만 짜릿한 쾌감이 온몸을 관통하고, 여성이 금세 젖어 들었다.

기대감이 몰려왔다.

그와 나누었던 수많은 밤들이 파노라마처럼 눈앞을 스치고 지나간다.

그녀의 모습을 바라보던 혜성의 입술이 부드러운 호를 그렸다. 웃음은 녹아내릴 것처럼 달콤했고, 눈동자엔 그녀와 마찬가지로 기대감이 모락모락 피어올라 있었다.

그 뒤로 그의 손길은 망설임이 없었다. 옷 위를 더듬던 손길은 하나둘, 그녀를 실오라기 하나 걸치지 않은 몸으로 만들었다. 가느다란 허리와 부드러운 곡선을 그리고 있는 골반 라인을 보던 그가 골반뼈 옆에 입술을 내려 붉은색 자국을 남겼다.

그것은 그가 남기는 독점욕.

자국을 남긴 그는 곧장 그녀의 새하얀 허벅지 사이에 자리를 잡았다. 허벅지를 들어 올려 혀로 여성을 빨고 맛보던 그가 자지러지며 게슴츠레 눈을 뜨는 주영에게 손을 뻗는다. 엄지손가락으로 뺨을 더듬던 그가 어설픈 웃음을 짓는다.

"그렇게 보지 마."

"하아…… 하악."

"그런 소리도 내지 마."

아직 완벽하게 준비가 안 된 그녀를 엉망으로 만들고 싶어져, 그가 억눌린 목소리로 신음처럼 말했다.

"진짜 한계야."

차가움과 뜨거움을 동시에 가지고 있는 그의 아래에서 주영이 꽃처럼 피어났다.

주말의 아침.

포근한 이불에 파묻혀 잠이 든 주영의 모습을 한참이고 보던 그가 고개를 돌려 시계를 보았다.

출근을 하지 않아도 되었기에 늦게까지 침대에서 미적거려도 되었으나 오늘따라 일찍 눈이 떠졌다. 그렇게 눈을 뜨고 그녀의 얼굴을 사랑스러운 눈으로 내려 본 지도 두 시간이나 흘렀다.

이젠 다른 의미로 침대에서 벗어나고 싶지 않아진 그가 손을 뻗어 새하얀 가슴을 찰흙 주무르듯 매만졌다. 그러자 은밀한 손길에 깜짝 놀란 주영이 눈을 번뜩 뜨더니 이내 혜성을 발견하곤 멍한 표정을 지었다.

"아…… 선배?"

"일어났어?"

아직도 잠기운이 그득한 얼굴을 보던 그가 입술을 내려 가슴의 정점을 입안에 머금었다. 그런 후 깜짝 놀라 자신의 머리를 밀어내려는 손을 막아 냈다. 주영은 기겁해 외쳤다.

"그만해요. 진짜 아프단 말이에요."

어젯밤, 달콤한 관계를 가진 후에도 그녀는 쉽게 잠들 수가 없었다. 정사의 향내가 주위에 가득했지만 그녀를 놓아주지 않았고, 몇 번이고 그의 아래에서 신음을 토해 내야 했던 그녀였다. 그에 대한 반증은 눈 밑에 깊게 자리 잡은 그늘이었다.

그가 불만스러운 얼굴로 가슴의 정점을 손가락으로 살살 문질렸다. 그의 손길에 몸은 순식간에 뜨거워지고, 여성에선 윤활유가 흘러넘쳤다.

"아!"

그녀의 반응에 혜성의 손길은 더욱 대담해진다. 그가 축축해진 여성 안으로 손가락을 밀어 넣었다. 여성은 그의 손가락을 꽉 물고 놓길 반복했다.

"선배……."

애원의 목소리는 '그만' 이라고 말하고 있었다. 하지만 사고 이후 관계를 가지지 않았던 그는 그동안 쌓아 둔 것을 한 번에 풀어내기라도 하는 것처럼 낮은 신음을 뱉었다. 이미 남성은 뜨거운 불기둥이 되어 있었다.

"싫다고는 안 하는 것 같은데."

네 몸은?

그가 깊은 눈망울로 뒷말을 내뱉었다.

이렇게까지 나오면 두 손 두 발 다 들 수밖에 없다. 지금의 그는 무서운 약탈자였으니까.

그녀가 입술을 휘며 웃자, 꼿꼿하게 세워진 혀가 새하얀 목덜미는 핥았다. 나긋나긋한 여체는 마시멜로처럼 입안에서 녹아 버릴 듯 약하고 달았다.

그녀의 몸을 핥고 물며, 자신의 흔적을 여체 곳곳에 남긴 그는 한계까지 도달해서야 허벅지 사이에 자리를 잡고 남성을 붙든다. 뜨거운 남성을 완벽하게 준비를 마친 여체 안으로 밀어 넣자, 두 사람의 입에서 동시에 신음이 터져 나왔다.

"아!"

"윽……!"

지독한 쾌감은 날카로웠다. 여성 안으로 파고들고 나서도 계속 커져 가는 남성에 그가 숨을 거칠게 내뱉으며 그녀의 몸 위에 제 몸을 내렸다. 겹쳐진 몸 사이에 땀이 고여 번들거렸으나 둘 모두 상관치 않았다.

아…….

주영이 눈을 질끈 감았다.

아침은 왔으나, 지난밤은 끝나지 않았다.

그리고…….

"사랑해."

두 사람의 사랑 역시.

귓가에 울리는 달콤한 고백에 주영의 눈에서 눈물이 흐른다.

해가 중천에 뜨고 나서야 침대에서 벗어난 혜성은 주영이 깨지 않도록 조심스레 문을 열었다.

커다란 저택엔 방이 여덟 개나 있었다. 예전엔 2층 방을 썼던 주영이었지만, 우 회장이 죽고 집에서 일하던 사람까지 모두 내보낸 뒤론 생전 우 회장이 쓰던 방 옆에 제 방을 만들었다. 그리고 이 외로운 공간에 자신을 가뒀다. 이 집을 팔고 다른 곳으로 가서 살아도 뭐라 욕할 사람은 없었으나, 그녀 스스로가 이곳에 있길 선택했고, 이곳에서 우 회장을 그리워하며 홀로 있길 택했다.

혜성은 사람 냄새가 나지 않는 커다란 거실을 눈으로 훑었다. 이곳에서 그녀는 어떤 시간을 보내며 살고 있는 것일까. 생각하고 싶지 않았다. 그 결론이 끔찍할 것 같아서.

그가 익숙하게 부엌으로 향한 후 원두를 내렸다. 부글부글 끓는 소리와 함께 짙은 색 커피가 쪼르르 떨어지는 것을 눈으로 멍하니 바라보던 그가 방 안에서 자신을 부르는 목소리에 몸을 돌린다.

“커피 내렸어요?”

방으로 돌아가자 주영이 피곤한 기색이 역력한 얼굴로 침대에 앉아 있었다. 여전히 몸은 천근만근 무거운 것인지, 어깨를 축 늘어뜨리고 있는 그녀를 보며 혜성이 문 앞에서 벽에 어깨를 기대며 팔짱을 낀다.

“유혹하는 건 아닐 테고…….”

그가 입꼬리를 늘이며 웃었다. 처음엔 무슨 말인지 몰라 눈만 깜빡이던 그녀가 곧 자신의 모습을 내려다보더니 눈을 뾰족하게 뜨며 옆에 대충 널브러져 있는 티셔츠를 서둘러 주섬주섬 입었다.

“진짜 못됐어.”

주영이 입술을 뾰족하게 내밀며 투덜거리자 그가 어깨를 으쓱였다. 그 후 그녀에게 다가간 그가 침대맡에 앉으며 입술에 짧게 입을 맞춘다.

쪽.

달콤한 소리에 주영이 피식 웃음을 뱉더니 단단한 어깨를 끌어안는다.

"좋다."

"……음."

짧은 소리는 그 역시 동감한다는 뜻으로 한 것인지, 아니면 무엇 때문에 행복한지 묻기 위해 낸 소린지 모르겠으나, 그녀는 후자로 받아들이고 느슨한 표정으로 말했다.

"아침에 일어나니 선배가 내 앞에 있어. 그리고 늘 그랬던 것처럼 향긋한 커피향도 맡아지고. 이제야 일상으로 돌아온 기분이에요."

주영의 말에 그녀를 제 품에서 떼어 낸 혜성이 눈을 맞추며 웃었다. 웃음은 '나도' 라고 말하는 것 같았다.

"커피 마실래?"

"그래야 일상의 완성이죠."

주영의 말에 그가 허리를 세우더니 그녀를 번쩍 들어 올렸다. 깜짝 놀라 소리를 지른 주영이 여전히 토끼 눈을 하고 있자, 그가 무심한 어투로 말했다.

"일어날 힘도 없을 거 아니야."

"예고는 해 주면 안 되는 거예요?"

"그럼 재미가 없고."

장난스럽게 말한 그가 걸음을 옮겼다. 그사이 그녀는 조잘조잘 이야기를 늘어놓으며 그의 어깨에 얼굴을 비볐다.

작은 여체를 깃털처럼 안아 들고 부엌으로 향한 그가 식탁 옆에 주영을 내려다 주었다. 그리고 의자까지 빼 주자, 주영은 자연스럽게 그 자리에 앉는다. 행동은 다정했지만 무심했고, 무던했다. 늘 그렇게 하는 것처럼.

의자에 앉아 커피포트로 걸음을 옮기는 그의 뒷모습을 바라보다 말고 고개를 옆으로 돌린 주영의 시선 끝에 찢긴 계약서가 닿았다. 이 계약서는 그녀가 강혜성에게 두 손 두 발 다 든 후에 완벽하게 인적사항을 적어 넘긴 혼인 계약서였다. 그의 기억이 돌아오기 전, 모든 상황을 현실로 받아들였을 때.

깜짝 놀란 그녀가 종잇조각 하나를 들어 바라보자, 커피 잔을 내려놓은 혜성이 맞은편 의자에 앉으며 말했다.

"이젠 필요 없잖아?"

"……선배?"

지난밤, 그는 계약서를 제 손으로 찢었다. 그리고 그 계약서 옆에 반지 케이스를 내려놓았다.

그가 케이스를 열어 주영의 앞으로 밀어 놓았다. 흔들리는 눈망울로 꼭 닮은 반지를 내려다보는 모습에 그가 진중한 표정으로 말한다.

"이젠 이게 필요하겠지."

계약서보단 사랑을 약속하는 반지. 그리고 두 사람의 사랑으로 이루어지는 미래.

그것이 그들이 해야 할 '결혼'이었다.

혼란스러운 눈으로 반지를 보던 주영의 눈가에 순식간에 눈물이 맺혔다. 그리고 고개를 들어 그를 바라본다.

"난…… 나는……."

"주영아."

더듬더듬 내뱉어지는 말에, 그가 작은 반지를 뺐다. 그리고 식탁 위에 얹어져 있던 손을 가져와 네 번째 손가락에 반지를 끼워주었다.

반지를 내려다보는 그의 얼굴에 만족스러운 웃음이 번졌다. 방금 전까지만 해도 단호함을 담았던 얼굴이 순식간에 부드럽게 풀어지고, 따스함이 머문다.

"같이 살자."

"선배……?"

"이제 그 호칭 말고 다른 호칭으로 부르고."

그의 말에 주영이 급기야 울음을 터뜨렸다. 양 손바닥에 얼굴을 묻은 그녀가 어깨를 들썩이며 울자, 그가 자리에서 일어나 그녀에게 다가간다.

한쪽 무릎을 꿇고 주영의 몸을 끌어안은 그가 토닥토닥 어깨를 두드렸다. 그 손길에 위로받고 더 눈물이 난다는 것을 알고서.

그가 그녀의 귓가에 속삭였다.

"우 회장님께도 같이 가자."

그의 말에 주영이 힘겹게 고개를 들어 그의 가슴에 얼굴을 묻었다. 그리고 눈물을 지운다. 사랑하는 사람의 품 안에서.

주영의 눈물이 멈출 때까지 한참이고 토닥여 주던 그는 그녀가 눈물을 멈추고 고개를 들어 자신을 보자 힘겹게 웃었다.

"고려호텔을 없애고 그 자리에 아카시아 나무를 심을 생각이야."

"선배……."

그가 기억을 잃기 전 하려 했던 일을 계속하려 한다 말한다. 가장 싫은 기억에 그녀가 가장 좋아하는 나무를 심어 드넓은 공원을 만들겠다고.

이번엔 주영이 손을 뻗어 그의 눈물을 닦아 주었다. 그도, 그녀처럼 울고 있었다.

"그리고…… 벌을 받을 생각이야."

"벌……?"

울음으로 엉망이 된 목소리가 짧게 흘러나왔다. 그러자 그는 여전히 눈물을 뚝뚝 흘리며, 입꼬리를 끌어 올려 웃는다. 기괴한 웃음에 그녀가 흐느꼈다.

"이미 받고 있는 건지도 모르겠지만."

"……그러지 말아요. 그렇게 생각하지 말아요."

"내가 용서를 빌어야 하는 사람들이 너무나 많아."

"선배…… 지금 무슨 생각을 하는지도 알아요. 그리고 선배가 어떤 마음인지도. 하지만 그건……."

당신이 원했던 게 아니잖아요.

당신도 피해자잖아.

그러니까 아프지 마, 아파하지 마, 선배.

그녀가 그렇게 말을 하려고 했다. 하지만 그가 고개를 젓는 순간 주영은 아무런 말도 하지 못한 채 그의 깊은 우울만 재확인했다.

어떻게 해야 할까, 어떻게 해야 그의 죄책감이 덜어질까.

그녀는 알지 못했다. 아니, 그도 알지 못할 것이다. 어떻게 할 수 있는 문제가 아니었으니까.

주영이 손을 들어 또다시 그의 눈물을 닦아 주었다. 하지만 눈물은 멈추지 않고 비처럼 쏟아졌다.

"주영아, 나 좀 도와줄래?"

투두둑.

❖

수많은 봉분들이 모여 있는 공동묘지는 초라했다. 제대로 된 비석도 세워져 있지 않은 이곳은 산골에 위치해 있어 사람들의 발길조차도 뚝 끊겨 있었다. 그래서일까. 묘들은 제대로 관리되지 않아 잡초가 무성했고, 폭우에 쓸려 내려가 봉분의 모습조차 유지하지 못하고 있는 것들도 태반이었다.

사람들은 이렇게 죽고 싶지 않을 것이다. 인생의 마감을 이렇게 홀로 씁쓸하게 하고 싶진 않을 것이다. 하지만 초라한 삶을 살다 간 여인은 마지막조차 혼자였다.

비석 위에 화려한 꽃다발을 내려놓은 혜성이 여인의 이름을 보았다.

김보영.

이 이름이 자신의 생모 이름이었다.

그리고 이 이름을 안 것은 2년 전이었다.

보영이라는 이름을 읽고 또 읽던 혜성이 무거운 입술을 뗐다.

"……죄송합니다."

죄송한 것들은 아주 많았다. 이 여인 역시, 자신의 아버지에 의해 인생이 파괴되었음에도 자신은 이해하지 못했다. 그저 이기적으로 제 생각만을 토설했다. 이 여인을 돌보지 못한 채.

"모진 소리를 해서."

목소리가 떨렸다. 하지만 그는 울지 않았다. 자신의 손을 붙잡은 손길 때문이었다.

고개를 돌리자 그곳에 주영이 서 있다. 검은색 투피스를 입은 그녀는 어떻게든 자신을 곧추세워 주려 애를 쓰고 있었다.

네가 울어 주고 있구나.

그래, 네가 날 대신해 울어 주고 있어.

그렇게 생각하자, 슬픔은 반으로 줄었다. 분노 또한 반으로 줄었고, 죄책감 또한 반으로 줄었다. 그 반을 모두 그녀가 가져갔음을 그는 알고 있다.

다시 시선을 돌린 그가 눈을 감았다.

정말…… 죄송합니다.

속으로 그가 읊조렸다. 속눈썹이 파르르 떨렸다.

그리고 그 뒤로 그는 한참 동안 말이 없었다. 그리고 오랜 시간이 흘러 겨우 터져 나온 말은 고작 이것.

"고맙습니다."

낳아 줘서 고맙습니다.

다시 나타난 날, 눈물로 안아 주어서 감사합니다.

날, 그리워해 줘서 고맙습니다.

날 낳은 걸…… 후회하지 않아 주어서 고맙습니다.

세상의 빛을 보고 지금 이 순간 주영과 함께 있을 수 있게 된 것도 그녀의 덕이란 것을 그는 알고 있었다.

입술을 꾹 깨물던 그가 무거운 입술을 뗐다.

"다음에 또 오겠습니다."

그때도…… 반겨 주세요, 어머니.

9. 아카시아 나무를 심다

이 이사는 마치 벌을 서는 사람처럼 몸을 꼿꼿하게 세우고 있었다. 몸에 착 달라붙는 투피스를 입은 채 그가 건넨 서류를 받아 든 주영은 마치 아이를 혼내는 선생님과 같은 표정을 짓고 있었다.

눈으로 서류를 읽던 그녀가 일어나 책상을 돌았다. 그리고 만년필을 들어 서류에 서명을 한 후 이 이사에게 건넸다.

그가 자신의 앞에 내밀어진 파일을 빤히 바라보았다. 하고 싶은 말이 많은 표정이었으나 그는 입술을 떼는 그 간단한 일도 하지 못한 채 주영의 눈치만 보고 있었다. 아마, 자신의 목이 언제 날아갈지 몰라 두려워하고 있겠지.

주영은 그런 생각이 손바닥 안을 보듯 빤히 보인다는 듯 턱을 치켜들었다.

“제가 왜 아직도 이사님을 안 쳐낸 건지 궁금하신가요?”

“……네?”

“언제 혼날까, 언제 잘릴까, 그런 표정을 짓고 계셔서요.”

“…….”

내리깐 눈동자와 느릿하게 움직이는 동작에 이 이사가 아무런 말도 하지 못한 채 침만 꼴깍 삼켰다.

그에게 ‘대운’은 우 회장과 마찬가지로 인생이었다. 평생을 이곳에서 보내왔다. 그런데 이제 와 이곳을 나가게 된다면 낙동강 오리알 신세나 다름이 없었다.

그의 마음이 빤히 보인다는 듯 그녀가 말했다.

“이사님을 대운에서 내칠 생각은 없어요. 억울하고 분해도 현재의 대운엔 나보다 이사님이 더 필요하니까.”

“부사장님…….”

“생각을 해 보니까 이사님도 무척 억울하시겠더라고요. 아버지와 함께 젊음을 바쳐 온 이 회사를 아무것도 모르는 무지렁이가 딸이라는 이유만으로 차지한다니 얼마나 화가 나겠어요.”

주영이 고개를 들어 이 이사와 눈을 맞추며 웃었다.

“그 시간들을 잃은 기분이셨겠죠. 보상을 받고 싶으셨겠죠. 이해합니다.”

그녀가 모든 걸 이해하고 포용하겠다는 듯 말했다. 그녀의 말에 하등 틀린 것은 없었다. 그럴 수밖에. 수장을 잃은 대운에 이 이사는 필요한 존재였다. 우 회장이 수장이었다면 이 이사는 정신적 지주였으니까. 지금 이 사람을 내친다면 대운은 속절없이 떠내려갈 수밖에 없을 것이다.

"난 회사를 지키고 싶어요, 내 자리를 지키고 싶은 게 아니라."

잠시 말을 멈춘 그가 이 이사를 보았다. 당신도 그렇지 않냐고. 그러자 이 이사가 힘없이 고개를 끄덕인다. 자신 역시 그렇다고.

두 사람은 공동의 목표를 가지고 있었다. 대운은 아직도 갈 길이 멀었다. 여기서 그냥 주저앉힐 수는 없었다.

"아버지가 평생을 일궈 온 이곳이 무너지는 꼴은, 절대 못 봐요. 이사님도 그러시죠?"

"……전, 저는."

주영이 부드러운 웃음을 지었다. 방금 전 냉혹한 사업가와 같았던 모습이 한풀 꺾인 모습으로 그를 바라보던 주영이 앓는 소리를 했다.

"그러니까 조금만 봐주세요."

나 좀 도와 달라고. 이곳을 지킬 수 있도록.

놀란 눈으로 주영을 바라보던 그가 얼굴을 일그러뜨렸다. 잠시의 탐욕을 부린 대가가 '퇴사'인 줄 알았다. 하지만 그녀는 아직도 자신에게 '믿음'을 거두지 않았다고 말한다.

자신이었다면 그렇게 할 수 있었을까?

스스로에게 물음을 던진다면 망설임 없이 고개를 저을 수 있었다.

"죄송합니다."

그가 고개를 숙여 사과했다. 그러자 주영이 아니라며 고개를 젓는다.

이 이사는 주영에게 사업 능력이 없다 생각했다. 그럴 수밖에. 하지만 지금은 조금 인정을 할 수밖에 없었다. 기분에 따라 행동하지 않고, 사람의 쓰임새부터 생각하는 것 역시 사업적 능력이라고. 넓은 포용력 역시, 그녀의 능력이라고.

그가 허탈한 웃음을 짓자 주영이 자리에서 일어났다. 그리고 손을 앞으로 내밀며 악수를 청한다.

"잘해 봐요. 부탁드릴 일이 많을 거예요."

그녀가 내민 손을 바라보던 그가 악수를 하는 대신 허리를 숙였다.

"저 역시 잘 부탁드립니다."

동반자가 아닌 부하직원으로서 자신의 몸을 낮춘 그의 모습에 주영이 어깨를 으쓱였다. 그것이 그가 취한 포지션이라면 이 역시 인정을 해 주어야 한다며. 그렇게 두 사람은 한배를 타기로 '합의' 를 하였다.

편안해진 이 이사의 얼굴을 보던 주영이 고개를 끄덕인다. 탐욕으로 젖어 있던 모습은 모두 지운 채. 그의 모습을 바라보던 주영이 물었다.

"전에 제가 부탁드렸던 것 기억하시나요?"

"무얼 말씀하시는 겁니까, 부사장님."

주어가 빠진 말에 이 이사가 다시 한 번 묻는다. 그러자 주영은 조금은 어두워진 낯빛으로 말했다.

"고려 자금줄이요."

"……."

그 일이라면 기억하고 있었다. 그녀가 처음으로 이 이사에게 부탁했던 일이 '고려의 자금' 문제였고, 그 후에 지시한 것이 '고려그룹'의 자금줄을 묶는 것. 그다음에 한 일이 '고려호텔'의 자금줄을 묶는 것이었다.

그리고 강 회장과의 거래가 성사된 후 그녀가 다시 한 번 부탁했었다.

"다음에 제가 고려의 자금줄을 묶어 달라고 할 수도 있어요. 그땐 왜 이렇게 변덕을 부리나, 라고 생각하지 마시고 제가 무척 힘든 상황에 놓였다고만 알아 주세요."

힘든 상황이란 혜성을 손에서 놓는 일이었다. 그 일이 끝나면 그녀는 다른 일은 생각하지 않은 채 대운의 일에만 신경 쓸 것이라 말하기도 했었다.

이 이사의 얼굴이 어두워졌다. 현재 대운에서도 고려와 입을 맞추며 두 사람의 결혼 소식에 대해 공식 보도자료를 준비하고 있었다.

여기까지 온 상황에서 뭔가 잘못된 것일까?

"강혜성 사장과는 결혼 준비까지 하시는 거로……."

"끊어 주세요."

그가 물었다. 그리고 그녀는 더 이상의 답은 하지 않은 채 단호하게 말할 뿐이었다.

여지는 없다는 말에 이 이사가 고개를 끄덕였다. 이제 그녀는 대운의 수장이다. 그도 그것을 인정하기로 방금 전 마음을 먹었다. 그렇다면 그는 대운의 힘을 가지고 그녀가 원하는 상황을 만들어 주면 그만이었다.

그의 모습에 주영이 입가에 희미한 웃음을 머금는다.

"늙은 호랑이를 잡아야겠어요."

이 이사가 돌아가고 홀로 사무실에 남은 주영은 엄청난 업무량에도 몸 하나 들썩이지 않은 채 무시무시한 집중력만 보였다.

이사진과 주주들만 현재 설득을 해 놓은 상황이었다. 외부의 사람들은 그녀를 아직도 낙하산으로 생각하고 있었고, 그녀도 거기에 대해 뭐라고 토를 달지 못하는 상황이었다.

이 상황을 역전시켜야 하는 것은 그녀였다. 그녀 홀로 해야 하는 일이었고, 대외적 이미지는 하루아침에 쌓아지는 것이 아닌, 차근차근 노력해야 하는 것이란 것도 잘 알고 있었다.

주영은 생전 우 회장을 모시던 정 비서에게 지시했던 내용이 보고서로 올라오자 진지한 눈망울로 보고 있었다.

현재 대운에게 가장 필요한 것은 무엇일까.

돈? 아니다. 돈이라면 곡간에 썩어 날 정도로 많았다.

튼튼한 자회사? 그것 역시 아니다. 현재도 문어발식 경영이란 이야기를 들을 정도로 많은 사업체를 운영하고 있었다.

현재 대운에게 필요한 것은 이미지메이킹. 외부에서 대운을 바라보는 시선을 부드럽게 돌리는 것이 가장 중요했다.

서류를 한참이고 바라보던 그녀가 거침없이 사인을 한다. 정 비서에게 지시해 올라온 이미지메이킹에 대한 기획안은 완벽했다. 그녀가 원하던 것은 모두 들어 있었고, 당장에 이곳에 적힌 대로 움직인다면, 그녀가 원하는 상황을 맞을 수 있을 정도였다.

마지막 서류 파일을 옆으로 미뤄 둔 그녀가 의자에 등을 기댔다. 건조해진 눈을 몇 번이고 깜빡이던 그녀가 손을 들어 눈두덩을 꾹꾹 눌렀다.

피곤하다. 하지만 힘들진 않았다. 이 자리에 앉는다는 일은 이처럼 많은 것을 감수하고 인내해 내야 한다는 것을 우 회장을 통해 평생 배워 왔으니까. 모두 각오했던 바였다.

대부분의 직원이 퇴근을 한 시각. 그녀는 책상 한켠에 놓아둔 휴대전화로 손을 뻗었다. 그리고 외우고 있던 뒷번호를 망설임 없이 누른 후에 통화버튼을 눌렀다.

통화연결음이 몇 번 만에 끊기자 그녀가 말했다.

"선배."

— 아직도 그렇게 부르기야?

혜성의 말에 주영이 후후 바람 소리처럼 웃는다.

"그럼, 혜성 씨."

— 그래, 그게 좋겠다.

그의 말에 주영이 작게 고개를 끄덕였다. 그 역시 사무실에 있는 듯 주위에서 몇몇 임원들의 목소리가 들려왔다. 그는 계획을 세웠고, 흔들림 없이 하기로 하였고, 결정을 내렸다. 그랬으니 이 늦은 시각까지 자신의 계획하에 움직이고 있을 터다. 그는 그런 사람이었으니까. 그리고 그는 그 일을 실행하기 위해 자신에게 부탁한 것이 있었다.

"부탁한 대로 했어요."

— 고마워.

짧은 말에 주영이 고개를 젓는다. 고마워야 할 사람은 자신이었다. 그 덕분에 대운을 지켜낼 수 있었고, 현재 이 자리에 여전히 앉아 있었으니까.

"고마워요. 내부에선 많이 가라앉았어요."

— 더 해 줄 수는 없어. 아니, 네가 원하지 않겠지.

그가 말을 정정했다. 그런 후 그녀가 답을 하기도 전에 말을 이었다.

— 증명해 봐. 넌 충분히 할 수 있어.

그가 힘을 주었다. 용기를 주었다. 그게 무엇보다 큰 힘이 되어 그녀의 몸에 에너지를 불어넣는다. 하지만 여전히 불안한 것은 어쩔 수가 없는지, 그녀가 시무룩하게 물었다.

"내가 할 수 있을까요?"

— 물론.

"고마워요."

주영의 입가에 웃음이 머문다.

"혜성 씨도 힘내요."

당신도 할 수 있어요.

서로가 서로를 단단하게 붙들어 주었다.

고려그룹 가장 높은 층. 세계 시장에서도 인정을 받는 고려의 최고 수장의 사무실이 있다. 그곳은 아무나 범접할 수 없으며, 직원 중에서도 높은 위치에 있는 자가 아니면 강 회장을 만날 수도 없었다.

그가 독대를 하는 사람은 오랫동안 수족처럼 부렸던 비서와 계열사 사장들뿐이었다. 그가 믿는 몇몇만 들어올 수 있는 곳이었다. 그랬기에 웬만해선 큰 소리가 나오는 법이 없었다. 하지만 지금은 다르다.

쾅!

거칠게 테이블을 내려치는 강 회장은 대노했다. 그럴 수밖에 없었다. 이제야 겨우 자금이 안정된 줄 알았는데, 갑자기 물밀 듯

이 어음이 들어오고, 은행은 하나같이 그들에게 큰 금액의 대출은 해 줄 수 없다고 나오고 있었다.

"그래서! 배후가 누구야!"

그가 경을 쳤다. 그의 심복인 이 비서가 자신도 모르겠다는 듯 안색을 굳힌다.

"그, 그게……."

현재 알아보고 있는 중이라는 말은 도저히 나오지 않았다. 경영팀에서 알아보겠다는 보고를 들은 지 반나절이 흘렀으나 추가 보고 사항은 없었다.

강 회장이 들고 있던 파일을 그에게 던지려던 찰나, 인터폰이 울렸다. 이 비서가 안도의 한숨을 내뱉었다. 당장의 질책은 넘어갈 수 있었으니까.

— 회장님, 강혜성 사장님 오셨습니다.

"들어오라고 해. 넌 이만 나가 보고."

인터폰에다 대고 말한 강 회장이 이 비서를 보며 경고의 눈빛을 보냈다.

"배후 알아 와. 최대한 빨리!"

다음에 이 자리에 다시 왔을 때 자신이 원하는 것을 알아내지 못하면 아무리 너라고 해도 용서하지 않겠다며.

짧게 '네' 라고 답한 이 비서가 서둘러 자리를 뜨려 몸을 돌렸다. 그러다가 문을 열고 막 안으로 들어오던 혜성과 눈이 마주치자 고개를 푹 숙였다. 일그러진 자신의 얼굴을 보이고 싶지 않다는 듯이.

이 비서가 문을 열고 밖으로 나가는 모습을 보던 혜성이 몸을 돌려 강 회장에게로 향했다. 그는 두통이 몰려온 것인지 머리를 부여 쥔 채 깊은 한숨만 내뱉고 있었다.

"무슨 일이십니까?"

"아니다."

지나치게 빠른 답이었다. 그건 바꿔 말하면 전혀 '괜찮지 않다' 는 말이었다. 이를 알아차렸음에도 혜성은 내색하지 않았다.

"무슨 일이냐."

강 회장이 고개를 들어 시선을 맞추며 묻자 그가 들고 있던 파일을 앞으로 내밀었다. 검은색 가죽 케이스를 눈으로 좇는 강 회장의 모습에 그가 부연설명을 덧붙였다.

"보도자료 나왔습니다."

'벌써?' 라는 눈치였으나, 그는 손을 뻗어 여러 장의 종이를 눈으로 훑었다.

『오랜 연인, 드디어 결실을 맺다』

『고려호텔 '강혜성 사장' 과 대운그룹 '우주영 부사장' , 사랑도, 사업도 성공적!』

으레 기업에서 '정략결혼' 을 할 때 낼 법한 헤드문구였으나, 과거 두 사람의 연애시절과 현재 함께 있는 모습까지 사진을 내

보내자 제법 그럴듯해 보였다. 아니, 기사에 대한 신뢰감이 확 올라갔다.

강 회장이 고개를 끄덕이자 혜성이 부러 걱정스러운 표정으로 물었다.

"정말 괜찮으신 겁니까?"

"정말 별일 아니야."

그의 말에 혜성이 고개를 끄덕였다. 그런 후 진중한 표정으로 말했다.

"그렇다면 다행입니다."

정말이지 다행이라며.

깨끗하게 샤워를 마치고 밖으로 나온 주영이 곧장 화장대 앞에 앉았다. 얼굴 톤을 화장품으로 맞추고 파우더까지 톡톡 두드린 주영은 색조 화장품을 보며 잠시 고민에 빠졌다.

의상은 화려한 파란색 원피스였다. 오늘은 오랜만에 혜성과 밖에서 만나기로 한 날이었다. 늘 차나 집에서 시간을 보냈던 터라 오랜만에 그와의 외출은 가슴을 뛰게 했다.

거기에다가 함께 살 집에 넣을 물건들을 보기로 한 날이었다. 집은 혜성이 가지고 있던 오피스텔 중 가장 큰 평수의 것에서 시작하기로 했지만 그 안을 채워 넣어야 하는 것은 두 사람의 몫이었다.

진한 색조화장을 할까 하던 주영은 고개를 내저은 후 핑크색 립글로스를 집어 들었다. 그리고 입술에 색을 넣은 후 자리에서 일어나 드레스룸으로 향했다. 골라 놓은 원피스를 입는 그녀의 손길이 바쁘다.

준비를 마친 주영이 밖으로 나왔다. 아직 약속시간까진 남아 있었으나, 혜성은 벌써 도착해 차에 비스듬히 기댄 채 대문을 보고 있었다.

"왔어요?"

주영이 눈을 동그랗게 뜨며 묻자, 그가 비스듬히 기대고 있던 몸을 똑바로 세웠다. 그러더니 고개를 끄덕이며 손을 앞으로 내민다.

"가자."

그가 웃음으로 그녀를 맞이했다.

두 사람은 곧장 대운 백화점으로 향했다. 그곳에서 침대를 고르고, 이불을 골랐으며 작은 액자 하나까지도 손수 구입했다. 사람들은 그들을 알아보고 수군댔으나, 둘은 개의치 않은 채 서로만 보았다.

꼭 잡은 손은 놓지 않았다. 한시라도 떨어지기 싫은 사람처럼 몸을 밀착한 채 집 안을 꾸밀 소품을 구입하는 둘은 누가 보아도 사랑이 넘치는 커플이었고, 예비 부부였다.

막 식기 코너에 온 주영이 노란 접시를 집어 들었다. 식욕을 돋울 만큼 고운 색상에 그녀가 활짝 웃자 옆에서 혜성이 기웃거리며 미간을 찌푸린다.

"뭐가 그렇게 좋아?"

"너무 예쁘잖아요."

"색감이 예쁜 건 인정."

그런데 네가 그 접시를 발견하고 그렇게까지 기뻐해야 할 이유는 찾지 못했다는 듯 그가 어깨를 으쓱였다. 그러자 주영이 밉지 않게 눈을 흘겼다.

"예전엔 좀 더 섬세한 사람이었던 것 같은데."

"그 말은 마치 예전이랑 달라졌어, 처럼 들린다?"

"제대로 알아들었으니 다행이네요."

주영이 흥, 하고 콧방귀를 뀌자 그가 손을 뻗어 예쁘게 세팅해 놓은 머리카락을 마구 흩뜨렸다. 머리카락이 그의 손가락 사이사이에서 춤을 췄다.

"이것 봐!"

섬세함이 실종됐어!

그녀가 양손으로 제 정수리를 가리며 씩씩거렸다. 그 모습이 노란 모자를 쓴 것 같기도 해 그가 키득키득 웃는다. 그녀가 얼굴까지 붉히며 씩씩거리자, 그가 몸을 옆으로 기울여 그녀의 귓가에 속삭였다.

"그럼 오늘 저녁은 내가 해 줄까?"

"진짜요?"

주영이 눈을 동그랗게 떴다. 예전에야 자주 식사를 준비해 주곤 했으나, 그가 기억을 되찾고 나서부터는 바빠 그럴 시간이 없었다.

주영이 순식간에 밝아진 얼굴로 고개를 힘껏 끄덕이자, 그가 비밀 작전을 펼치는 사람처럼 말을 잇는다.

"그럼 지금부터 지하 식품코너에 가서 스테이크용 안심이랑 그와 맞는 와인 한 병을 사자. 그리고 우리 집으로 가는 거야, 어때?"

그 물음에 뭐라고 할 수 있을까?

"좋아요!"

크게 고개를 끄덕이며 '예스' 만 외칠 뿐이었다.

그가 주방에서 분주히 움직이는 것을 눈으로 좇던 그녀는 치익 소리와 함께 맛있는 냄새가 부엌을 가득 메우자 입술을 늘려 웃었다.

"왜, 부엌에 있는 남자가 그렇게 멋있나? 왜 웃어?"

턱을 괴고 느슨한 표정으로 그를 바라보던 주영은 뒤통수에 눈이라도 달려 있는 것마냥 하는 말에 깜짝 놀라 눈을 동그랗게 떴다.

"어떻게 알았어요?"

"안 봐도 뻔하지."

그가 맛있게 익은 스테이크와 같이 구운 가니쉬를 보기 좋게 놓은 후 몸을 돌렸다. 그리고 자신의 말을 이해하지 못했다는 듯 고개를 기울이는 그녀의 앞에 스테이크를 놓아두며 말했다.

"나도 음식을 하면서 웃었거든. 음식을 기다리며 웃고 있을 널 떠올리면서."

"……능구렁이."

피식 웃음을 내뱉은 그가 나머지 접시도 들고 와 내려놓은 후 와인 코르크를 땄다. 기술 좋게 와인을 따른 그가 주영을 본다. 그녀는 그럴싸하게 차려진 식탁을 보며 눈을 빛내고 있었다.

"오랜만에 선배 음식 먹네요."

"씁."

그가 정정하라는 듯 엄한 표정을 짓자 주영이 손을 들어 입을 가린다.

"실수! 하루아침에 고쳐질 리가 없잖아요. 10년 동안 그렇게 부른걸."

표정하게 입술을 내민 주영이 투덜거렸다. 그러곤 더 이상 잔소리는 하지 말라는 듯이 허공에 와인 잔을 든다.

"나도 많이 바뀌었지만 너도 많이 바뀐 것 같아."

"음, 뭐가요? 전 잘 모르겠는데요?"

띵—

와인 잔이 부딪히자 마치 맑은 종소리처럼 울린다. 와인으로 입안을 적신 주영이 잔을 내려놓자 그가 한층 밝아진 주영의 얼굴을 찬찬히 뜯어보며 말했다.

"예전엔 내가 뭐라고 한마디 하면 아무런 말도 못 하더니 요즘은 항의도 하고. 변했어, 변했어."

"그거야 당연하죠."

그녀가 고개를 주억거리며 말을 잇는다.

"나도 이제 할 말은 하고, 할 일은 하고 살기로 했으니까. 1년 동안 엄청 컸다고요."

가슴을 내민 그녀가 혜성의 눈동자를 보았다. 장난스러운 기색은 숨긴 채 진중한 빛만이 가득한 것을 보며 그녀가 걱정하지 말라는 듯 싱긋 웃었다.

"내면의 나란 사람이."

그건 아주 긍정적인 변화였다. 힘듦이 있어야 성장하고 자라난다. 그건 생명을 가진 것들이라면 태어날 때부터 당연히 겪는 것이었다.

그녀가 혜성을 보며 손을 내밀었다. 그리고 테이블 위에 있는 그의 손등 위에 제 손을 겹치며 묻는다.

"괜찮아요?"

그 물음은 앞서 나눈 대화완 다른 것이었다. 괜찮냐. 왜 그 물음을 던졌는지 그는 재빠르게 눈치챘다.

고려그룹의 자금난은 벌써부터 뉴스를 통해 솔솔 전해지고 있었다. 대한민국에서 유일하게 흔들림 없이 온 그룹이 최근 또다시 자금난을 겪고 있으며, 뉴스는 이에 대해 걱정스럽게 전했다.

혹여 대한민국이 망하는 것은 아닐까, 하고.

이렇게 만든 것은 고려그룹의 후계자 강혜성이었다. 이 일로 인하여 그는 얻는 것도 있겠지만 잃을 것도 많을 것이다. 그랬기에, 그녀는 걱정할 수밖에 없었다.

"괜찮지 않을 이유가 없잖아."

그가 속마음을 숨긴 채 웃었다. 단단한 사람이었기에 그럴 거라곤 예상했으나 한 치의 빗나감도 없는 반응에 자리에서 벌떡 일어났다.

두 사람 앞에 준비한 음식이 식어 가는 것보다, 그의 마음이 더 빠른 속도로 식어 가는 게 더 걱정이 되었다.

주영은 그의 곁에 서더니 허리를 숙여 양손을 뻗었다. 양 뺨을 꾹 누르자 그의 입술이 앞으로 툭 튀어 나온다. 우스꽝스러운 모습에 웃어야 하는데, 그녀는 엄한 표정부터 지었다.

"엄살 좀 부리지?"

딱 잘라 말한 그녀가 다 알고 있으니 숨겨도 소용없다는 듯 입술을 깨문다.

"혼자 다 떠안고 있지 말라면서요. 나한텐 그랬으면서 본인은 왜 그런데?"

"……이제 그만 좀 울자."

그가 눈시울을 붉혔다. 눈물은 떠올리지 않았으나 흔들리는 목소리는 이미 잔뜩 슬픔을 머금고 있었다.

"나도 부끄러워."

그가 웅얼거렸다. 그러자 그녀가 싱긋 웃은 후 허리를 잔뜩 굽혀 입을 맞춘다.

쪽.

소리 내어 떨어지는 입술에 그가 피식 웃었다.

"이쪽이 더 좋네요."

"뭐?"

그가 황당하다는 듯 피식 웃음을 내뱉자, 그녀가 어깨를 으쓱였다.

"부끄러워하는 쪽이 더 좋다고요. 선배, 아니, 혜성 씨 가끔 보면 로봇 같을 때가 있거든요."

완벽주의자적 성향을 가진 그는 자신의 앞에서도 그럴 때가 있었다. 흔들리는 모습은 보여 주고 싶어 하지 않았고, 감정도 가끔은 억누른다. 솔직하게 자신의 모습을 내보이지 못하는 모습을 볼 때면 서운해지는 것은 어쩔 수 없었다.

"나에겐 그러지 않아도 돼요."

그러니 지금부터라도 솔직하게 제 마음을 말해 달라고 그녀가 웃으며 말한다.

그는 자신의 얼굴을 끌어안는 손길에 눈을 감았다.

"미안해."

그렇게 느꼈다면 미안하다고 그가 사과한다. 그러자 주영은 부드럽게 그의 뒤통수를 쓰다듬으며 다정한 목소리로 말했다.

"그 이야기도 그만했으면 좋겠고."

"사랑해."

그가 속살거리듯 말했다. 그러자 그녀가 여전히 따스한 손길을 거두지 않은 채 웃었다.

"이것도 이쪽이 좋네요."

❖

보고서를 보고 있는 강 회장의 얼굴이 일그러졌다.

"후!"

거친 숨을 쉰 그가 자리에서 일어나 성큼성큼 걸음을 옮긴다. 그리고 평소엔 눈길조차 주지 않는 텔레비전 쪽으로 향한 후 리모컨을 집어 들었다.

텔레비전을 켜자 바로 뉴스 채널이 틀어졌다. 때마침 앵커는 고려호텔 소식을 전하고 있었다.

주식이 요동를 치고, 기업 내부에서도 현 상황에 대해서 걱정이 많다. 이대로라면 구조조정에 들어가야 할 정도가 될 것이며, 어쩌면 나라에서 이 일에 직접 관여를 해야 할지도 모른다는 소식을 전하자, 강 회장이 부들부들 떨었다.

탕!

들고 있던 리모컨을 집어 던진 강 회장이 소파에 풀썩 주저앉았다.

허위 보도였다면 노발대발하며 당장 정정 보도를 내도록 하라고, 방송사를 고소하겠다며 길길이 날뛰었을 것이다. 하지만 뉴스가 전하는 이야기들은 모두 사실이었다. 방금 전 그가 보고서를 통해 모두 전해 들었으니까.

당장 임원진들을 소집해야 했다. 그리고 자금줄을 짜내든 불필요했던 부분들을 잘라내든 해야 했다. 아니, 그거로는 모자란다. 기획재정부 장관을 만나야 하나. 위에서 손을 써줄 수 있는 부분은 없나, 수를 내야 했다.

어제만 해도 수십억 수준이었던 어음은 현재 천억으로 늘어났고, 빠진 주식만 해도 하루 만에 칠천억 원이 넘었다. 두 번째 고려그룹의 위기는 처음과는 달리 사람들 역시 너무나 심각하게 받아들이고 있어, 흐름이 너무나 빨랐다.

그가 인터폰을 눌러 이 비서를 부르던 찰나였다. 노크도 없이 안으로 뛰어 들어온 이 비서가 사색이 된 얼굴로 빠르게 말했다.

"배후를 알아냈습니다. 그런데……."

"그런데……?"

말끝을 흐린 이 비서가 말을 잇기 곤란하다는 듯 입술을 깨물었다. 이 이야기를 어떻게 전달을 해야 할지 어려웠다. 아무리 좋게 전하려고 해도, 그럴 수 없는 문제였으니까.

이 비서가 힘겹게 입술을 뗐다. 침묵이 길어질수록 그의 분노만 살 것이란 걸 잘 알고 있기 때문이었다.

"저, 저기…… 대운이라고……."

"대운?"

강 회장의 얼굴이 일그러졌다. 어느 정도 예상은 했었으나, 정말 뒤에 숨은 배후가 그들일 줄은 몰랐다는 듯이.

아니, 그들이 아니지. 우주영이지.

그녀가 자신에게 협박을 했던 내용들이 머릿속을 휙휙 지나갔다.

"네. 위에서 직접 지시가 내려온 것이라고 합니다."

"하!"

기가 차다는 듯 그가 웃었다. 머리가 빠르게 굴러가기 시작했다.

대운이 이렇게 나왔다는 것은 혜성과 주영이 갈라섰거나 아니면 혜성의 기억이 돌아왔을 경우를 생각해 볼 수 있었다. 첫 번째의 경우는 틀렸다. 혜성이 일주일 전에 보도자료를 가지고 왔으니까.

그렇다면…….

그의 생각이 길어질 때였다.

똑똑.

열린 문으로 직접 노크를 한 혜성이 강 회장을 바라보고 있었다. 혜성의 표정은 지나치게 차분했고, 단정했다. 흔들림 없는 그 모습에 강 회장은 확신했다. 이 모든 일은 주영이 기획한 게 아니라 혜성이 한 것임을.

"네가!"

자리에서 벌떡 일어난 강 회장이 분노를 쏟았다. 그러자 두 사람의 눈치를 보고 있던 이 비서가 서둘러 회장실을 나섰다. 문을 닫는 것까지 잊지 않은 채.

강 회장이 거친 숨을 몰아쉬었다. 분노로 점철된 얼굴은 흉했다.

"강혜성, 네가 어떻게……!"

비명처럼 터져 나온 말에 혜성이 야차와 같은 모습으로 나지막하게 말했다.

"저니까요."

그의 말에 강 회장의 눈이 커졌다. 하지만 혜성은 거기서 말을 멈추지 않았다.

"아버지 아들이니까."

"너, 너……!"

강 회장의 모습을 보던 혜성의 얼굴이 순간 종잇조각처럼 일그러졌다. 한순간에 표정을 바꾼 그의 마음에 격랑이 일었다.

화가 났다. 그의 모습에 너무나 화가 났다. 자신이 원하던 대로 일이 됐는데도, 계속 화가 났다.

왜 이렇게까지 해야 했나. 왜 이런 상황까지 오게 되었나.

그건 모두 그의 탓이라고 생각을 하려 해 보아도, 쉽게 그리 생각할 수가 없었다.

"아들을 지옥 속으로 밀어 넣을 수 있는 아버지 아들이니까! 그래서 나도 아버지의 가장 소중한 걸 뺏는 겁니다!"

그가 비명을 내질렀다. 목소리로도, 마음으로도.

회장실이 쩌렁쩌렁 울릴 정도로 소리를 내지른 혜성이 순간 호흡을 가다듬었다. 그리고 차분하게 가라앉은 목소리로 말했다.

"호텔, 매각하겠습니다."

"팔아치우고 싶었다면 그냥 했어도 됐다!"

"거짓말하지 마세요. 아버진 그 호텔을 팔지 못하시잖습니까."

"……."

정곡이 찔린 듯 강 회장이 입술을 꾹 닫았다. 이미 한계까지 치달은 모습이었으나, 혜성은 계속해서 그를 몰아붙였다.

"회장님도 이만 그 자리에서 내려와 주셔야겠습니다."

결국 네가 원하는 것이 그것이었나.

강 회장이 그의 얼굴을 노려보았다. 그러자 그가 입꼬리를 비틀며 웃는다. 그 웃음이 마치 '네'라고 말하는 것만 같았다.

"내려놓지 않으면 어떻게 할 거냐."

순순히 물러날 수 없다는 반응에 혜성은 더욱 입꼬리를 끌어올렸다.

"지금은 호텔 매각이지만, 다음엔 고려그룹을 산산조각 내 공중분해시켜 버릴 겁니다."

"너어……!"

"그 잘난 권력을 목숨보다 아끼지 않으셨습니까. 그래서 뺏는 겁니다."

무자비한 칼날은 너무나 날카로워, 강 회장의 심장과 혜성의 심장을 동시에 난도질했다.

"당신이 그랬던 것처럼."

일그러진 얼굴로 자신을 올려다보는 강 회장의 모습에 그의 얼굴이 시뻘겋게 달아올랐다.

쾌감을 느껴야 했다. 당신이 했던 일, 똑같이 받아보라며 통쾌하게 웃어야 했다. 하지만 혜성은 웃지 못했다. 기뻐하지도 못했다.

그는, 아버지니까.

그 역시, 괴로울 수밖에 없었다.

혜성이 받아야 할 벌. 그건 자신의 아버지가 아래로 추락하는 모습을 보며 그와 같은 마음으로 괴로워해야 하는 것이었다.

만감이 교차한다.

10. 결혼의 조건

작은 동네가 내려다보이는 산자락.

우 회장은 저 작은 동네에서 태어나 자수성가했다. 늦은 나이에 결혼을 해 주영을 낳기 전까지, 그는 늘 이곳을 그리워하였고 지친 육신이 이곳에 묻히길 바랐었다.

주영은 그의 뜻대로 이곳에 묫자리를 마련하고, 커다란 비석을 세웠다.

검은색 바지 정장을 입고 있는 주영은 한참이고 묘비에 새겨진 글을 읽고 또 읽었다. 묘비엔 생전 우 회장이 신념처럼 여겼던 말이 멋들어진 필체로 적혀 있었다.

도전은 수많은 실패를 부른다.

우 회장은 이 말을 되뇌며 살았다. 덕분에 일을 할 때 두려움을 몰랐고, 실패를 해도 의연하게 넘겼다. 덕분에 지금의 대운이 있을 수 있었고, 한국에서 자금 보유로는 탑이 될 수 있었다.

그녀는 그 말을 마음속에 새긴 후, 들고 있던 파일을 그의 비석 위에 올려놓았다.

[대운 자선재단 초안]

플라스틱 파일 표지에 적혀 있는 글귀를 보던 주영이 눈을 감았다.

이제부터 시작이에요, 아버지.

우선은 이 일부터 해 나갈게요.

차근차근 하다 보면, 어떻게든 아버지의 발끝엔 닿을 수 있겠죠.

그곳에서 제 걱정은 너무 하지 마세요.

이젠 힘들어도 제 곁에 있어 줄 사람이 있어요.

그러니까…… 아버지도 편히 쉬세요.

자신을 보고 있을 아버지를 떠올리며 그녀는 종국엔 '행복해요' 라고 속으로 되뇌었다. 행복하니까, 자신은 걱정하지 말라고.

눈을 뜬 그녀가 묘비를 보며 웃은 후 몸을 돌렸다. 뒤엔 노인이 서 있었다. 여기까지 동행한 정 비서였다. 그의 눈시울도 어느

새 붉어져 있었다.

그녀가 뒤로 물러나자 정 비서가 꽃다발을 파일 옆에 내려놓은 후 묵념을 했다. 그 역시 그녀처럼 할 말이 많은 것인지 한참이고 입술만 움직였다.

오랜 동반자이자, 오랜 파트너였던 두 사람은 무슨 이야기를 하고 있을까.

그녀가 깊은 한숨을 내쉴 때, 정 비서가 눈을 뜬 후 몸을 돌린다.

"정 비서님."

"네."

은퇴해야 할 나이에, 자신을 위해 곁에 남기로 한 그에게 감사하다는 듯 그녀가 미소 지었다.

"아버지보단 많은 게 부족할 거예요."

부족할 수밖에 없을 것이다. 이제 햇병아리에 지나지 않는 그녀는 수많은 풍파를 견디고 자라 단단해져야 하니까. 지치고 쓰러질 것 같을 때면, 정 비서가 곁을 지켜 주리란 걸 그녀는 의심하지 않는다. 아니, 않아야 한다.

"지금은 부족하겠지만, 후엔 더 높은 곳에 계실 겁니다."

이렇게 말할 사람이란 걸 알기에.

"믿습니다."

우 회장의 딸이란 이유만으로도 무조건적인 믿음을 보내 줄 사람이란 걸 알기에.

"잘 이끌어 주세요. 꼭 그렇게 되고 싶어요."
주영이 진심을 다해 웃었다.

❖

세상 사람들은 최근 벌어지는 고려그룹 내의 변화에 놀라고 있었다. 한꺼번에 너무 많은 변화를 보이기 때문이기도 했지만, 그들의 결정을 이해하기엔 무리가 있었기 때문이다.

『역사 속으로 사라지는 고려호텔!』
『최고의 호텔 자리를 내려놓는 고려호텔. 그 자리에 시민들을 위한 공원을 만들 예정!』

땅값만 해도 일반 서민은 감히 상상도 할 수 없을 정도의 금액이었다. 강남에서도 노른자 자리에 위치해 있었고, 예전만큼은 아니지만 고려호텔을 잘라낼 정도로 성적이 낮지도 않았기 때문이다.
이에 대해 시민들의 반응은 대단했다. 호텔은 어디든 가도 상관없었지만 녹색의 푸르름을 강남 중심가에 만들겠다는 고려의 결정은 시민들에게도 반가운 소식이었기 때문이다.
기쁨 뒤에 사람들은 이러한 결정을 내리기로 한 사람이 누군지에 대해 관심을 쏟았다.

『고려호텔 자리에 공원 조성 계획은 후계자 강혜성 사장의 뜻.』

젊은 CEO에게 쏟아지는 관심. 그 관심에 불을 지핀 것은 단순히 공원을 조성한다는 것 때문만은 아니었다. 바로 며칠 뒤에 또다시 쏟아진 소식 때문이었다.

『강 회장 왕좌를 내려놓다.』
『고려호텔 강혜성 사장, 고려그룹의 주인이 되다.』

강 회장의 주식양도 소식까지 쏟아지고, 고려그룹의 최대주주가 강혜성이 된다는 소식에 사람들은 놀랐다. 그의 능력에 대해 외부에선 알 수 없었기 때문이다.

덕분에 최근 가장 핫한 CEO는 강혜성이 되었다. 잘생긴 재벌이라는 사실만로도 놀라운데, 젊은 나이에 회장직을 수행하게 되었고, 거기에다가 대운그룹의 우주영과의 결혼소식까지.

기사는 한동안 그의 소식으로 도배가 되었다.

하지만 정작 세상을 깜짝 놀라게 만든 주인공은 주말을 맞이해 주영과 침대에서 뒹굴거리고 있었다.

주영은 수첩에 꼼꼼하게 한 달 뒤면 있을 두 사람의 결혼식에 대해 빼곡하게 적어 두었다. 웨딩드레스와 턱시도를 고르고, 신혼여행지만 고르면 끝이었다. 두 사람이 직접 하나하나 고르다

보니 피로도가 높아질 만도 했지만, 그녀는 소꿉장난을 하는 아이처럼 신이 나 힘든 줄도 모른 채 눈을 반짝이고 있었다.

단단한 혜성의 배를 베고 있던 그녀가 몸을 돌려 혜성을 보았다. 그는 한 손으론 회사 서류를, 한 손으론 그녀의 머리카락을 만지작거리고 있었다.

"내일 진짜 올 수 있어요?"

그녀의 물음에 혜성은 들고 있던 서류를 옆에 내려놓으며 웃었다.

"없는 시간도 내야지."

내일은 그녀의 웨딩드레스를 고르기로 한 날이었다. 그의 말에 주영이 신이 나 웃자, 그가 머리카락을 만지작거리던 손을 올려 뺨을 쓰다듬었다. 화장기 없는 얼굴은 청초했고 예뻤다.

"기대된다."

"저도요."

그녀가 힘껏 고개를 주억거리자, 그가 장난스럽게 고개를 내렸다. 그리고 새하얀 티셔츠 하나만 입고 있는 그녀의 몸을 시선으로 훑으며 말한다.

"아니."

짧은 말에 주영의 눈이 동그랗게 변했다.

도대체 뭐가 아니란 거지?

이해하지 못한 그녀가 고개를 옆으로 기울이다 말고, 퍼뜩 떠오른 생각에 인상을 찌푸렸다.

이 사람이 정말!

"또……!"

그녀가 빽 소리를 지른다. 몸에 힘 한 자락 안 들어갈 정도로 지난밤 자신을 괴롭혀 놓고선 아직도 모자라다는 듯 흥분이 뒤섞인 눈동자를 하자 기가 막히다 못해 화까지 났다.

침대에서의 그는 종잡을 수 없는 사람이었다. 다정할 땐 한없이 다정하다가도, 거칠게 할 땐 한없이 거칠어 혼이 쏙 빠질 지경이었다.

어제도 그랬다. 마지막엔 배가 고픈 사람처럼 자신의 몸을 아작아작 깨물고 빨길 반복했다. 덕분에 날씨가 훌쩍 더워졌음에도 그녀는 최근 민소매 티는 상상도 할 수 없을 정도가 되었다. 온몸이 피부병에 걸린 사람처럼 얼룩덜룩해졌으니까.

그녀가 보라는 듯 제 팔을 보여 주자, 그가 손을 뻗어 이를 잡았다. 순간 힘을 주어 잡아당기자, 주영의 몸이 앞으로 확 쏠리며 그의 몸 위로 올라왔다.

깜빡깜빡, 기다란 속눈썹을 팔락이던 주영이 미간을 일그러뜨렸다.

"힘들어요."

반쯤 울먹이던 주영은 자신의 등을 감싸는 커다란 손길에 단단한 가슴에 뺨을 대며 와락 외쳤다.

"몸이 완전 축났다고요!"

그 말에 혜성이 키득키득 웃음을 내뱉었다. 그러더니 욕망을 배제한 손길로 그녀의 뒷머리를 쓰다듬으며 낮은 목소리로 물었다.

"전에 주말에 놀러 가기로 했던 거 기억나?"

"네?"

"이렇게 유혹했었잖아."

그가 그녀의 작은 손을 가져와 엄지손가락으로 손등을 더듬는다. 솜털이 오소소 돋을 만큼 은밀한 손길에 그녀가 눈을 깜빡거렸다.

"그럼 주말에 봅시다."

"아!"

그가 예전에 했던 말이 떠올랐다. 우 회장의 죽음으로 인해 취소되었던 약속이었다. 그때 당시엔 그녀 또한 주말의 만남을 기대했었다. 기억을 잃은 그와도 사랑을 할 수 있지 않을까, 라고 생각하던 시기였으니까.

"경북에 산장을 가자고 했었지."

"그랬죠?"

그가 고개를 끄덕이며 말을 이었다.

"사람은 없고 아주 조용한 곳이야. 바로 앞엔 숲 사이로 산책로도 있고."

"우와."

그녀가 기대된다는 듯 눈을 반짝이자, 그가 유혹을 하는 사람처럼 말을 이었다. 모두 그녀가 혹해할 만한 것들이었다.

"밤이 되면 쏟아질 것처럼 많은 별이 떠. 하지만 도시처럼 빛이 없어서 하늘은 어둡기만 하고."

"진짜 좋을 것 같아요."

그녀가 눈을 반짝이자, 혜성이 그녀의 몸을 꼭 끌어안았다. 숨이 막힐 만큼 힘껏. 하지만 그녀는 불편함을 모른 채 그의 품 안으로 파고들었다.

"이번 주말에 갈까?"

끄덕끄덕, 그녀가 망설임 없이 고갯짓을 했다.

정면을 바라보며 빠르게 고속도로를 달리던 혜성이 옆을 보았다.

코오, 코오—

방금 전까지만 해도 오랜만에 떠나는 여행에 들떠 조잘조잘 이야기를 하던 주영이 잠들어 있었다. 새벽부터 일어나 싼 도시락이 품에 꼭 안은 채.

그 모습이 귀엽다는 듯 피식 웃은 그가 다시 정면을 보았다. 두 시간쯤 더 달리면 목적지에 도착할 터다. 그때까지 푹 자게 내버려 두려는 것인지 그는 손을 뻗어 틀어 두었던 음악의 볼륨을 줄였다.

속도가 빨라지면 조금 줄이길 반복하며 산자락으로 올라가는 비포장도로로 부드럽게 들어섰다.

인간의 편의에 의해 만든 아스팔트길과는 달리 돌과 흙이 그대로 깔려 있는 도로는 울퉁불퉁했다. SUV차량이었기에 산길을 올라가는 덴 무리가 없었지만. 흔들리는 차량에 주영이 부스스 눈을 떴다.

"다 왔어요?"

"음, 거의 도착."

그가 정면에 들어서 있는 별장을 보았다. 주위엔 아무런 것도 없었다. 사람이 사는 마을로 가기 위해선 고속도로에서 30분은 더 달려야 나온다.

이런 곳에 굳이 별장을 구입한 것은 사고가 난 이후의 일이었다. 답답한 속을 풀기 위해 구입한 별장에 주영과 이런 식으로 오게 될 줄은 몰랐지만, 세상의 시선이 모두 집중된 이 시기에 이만한 도피처가 없었다.

호기심이 가득한 눈으로 창밖을 보던 주영은 차가 멈춰 서자마자 문부터 열었다. 싱그러운 풀내음과 시원한 바람에 그녀가 놀란 듯 말했다.

"와. 진짜 숲밖에 없네요."

그에게서 대충 이야기를 듣긴 했지만 이 정도로 외딴곳에 있을진 몰랐던 것인지 그녀가 2층짜리 목조 건물을 보았다. 그러자 옆에서 혜성이 안전벨트를 풀며 묻는다.

"어때?"

"좋아요. 벌써부터 마음이 편해지는 기분이랄까? 아."

손뼉을 친 주영이 혜성을 바라보며 방긋 웃는다.

"혜성 씨랑 함께여서 더 좋아요."

함께여서 더 좋다. 그 말에 그가 손을 뻗어 머리카락을 흩뜨린 후 '내리자' 라고 말했다.

짐은 간단했다. 옷 몇 벌뿐. 미리 관리자에게 언질을 해 두어 식재료는 냉장고에 가득 차 있을 테니까.

주영과 혜성이 차에서 내렸다. 그는 한 손 가득 짐을 들었고, 주영은 그에게 팔짱을 낀다.

오롯한 두 사람만의 휴식, 여행.

아무도 없는 곳에서 서로에게만 집중하여 보낼 수 있는 시간, 온갖 사람들의 시선에서 벗어나는 기분은 생각보다 더 짜릿했다.

"가자."

두 사람이 함께 별장으로 향했다. 납작한 돌길 위를 나란히 걷고, 몇 개 안 되는 계단을 오르며.

문을 열고 안으로 들어가자 벽난로와 함께 깔끔하게 정리된 공간이 보였다. 정말 휴식만을 위한 공간이었던 것인지 거실에 놓인 소파는 웬만한 침대보다 컸고, 텔레비전 옆에는 최신 음향 시설까지 완벽하게 구비되어 있었다.

혜성은 짐을 한 켠에 내려놓은 후 별장 이곳저곳을 살펴보는 주영을 보았다. 뒷모습에도 기쁨이 서려 있었다.

벽에 어깨를 기댄 채 2층으로 쪼르르 올라가는 주영의 뒷모습을 보던 그는, 바닥에 내려놓았던 도시락 통을 들고 냉장고로 향했다. 문을 열자 그의 예상대로 도시락 통을 넣을 공간조차 없을 정도로 빼곡하게 차 있는 식자재들이 보였다.

커다란 양배추를 옆으로 밀어 겨우 공간을 만든 그가 도시락 통을 넣자마자 쾅쾅쾅 발걸음 소리가 들렸다. 고개를 돌리자 어느새 다가온 주영이 그의 팔을 붙잡으며 흔들어 댔다.

"우리 나가요."

"배는 안 고파?"

"음, 나가서 좀 걸으면 배가 고플 것 같아요. 산책로가 있다고 하지 않았어요? 거길 가 보고 싶어요."

주영의 눈동자에 기대감이 잔뜩 서려 있었다. 별장도 이렇게 꼭 마음에 드는데 밖은 어떨까. 지금 당장이라도 뛰어나가고 싶어 몸이 근질근질거리는 모양이었다.

이곳에 온 이후부터 자신은 주영의 관심 밖이 된 기분이었지만 그는 그녀의 손을 붙잡았다.

둘은 간편한 신발을 신고 밖으로 나왔다. 주차를 했던 곳과는 반대쪽으로 걸어갔다. 둘은 숲이 마치 두 사람을 감싸는 것처럼 보이는 길을 향했다. 나무는 몇 년간 그 자리를 지켰는지 모를 정도로 우거져 있었다.

"와. 비밀 통로 같아요."

흥분한 목소리에 그가 키득키득 웃으며 걸음을 옮긴다.

"비밀통로?"

"네. 음, 저길 넘어가면 두 발로 걸어 다니고 말하는 토끼가 있을 것 같기도 하고, 마법을 가르쳐 주는 학교가 있을 것 같기도 하고."

하늘을 가린 풀잎들 틈새로 들어오는 빛 때문에 더 오묘한 분위기가 풍겨 정말 그럴 것만 같았다.

"재미있는 생각이네."

"혜성 씨도 그렇게 생각하지 않아요?"

주영의 물음에 그가 느릿하게 답을 내놓았다.

"음, 예전이라면 단순하게 그렇게 생각했을지도 모르겠지. 그런데 지금은 아니야."

"왜요?"

왜 이렇게 냉소적인 반응인지 몰라 그녀가 물어보았다. 그러자 그가 흐음, 하고 콧소리를 내더니 주영을 빤히 보았다. 말을 할까, 말까 고민하는 모습이었다.

"혼자 다 떠안고 있지 말라면서요. 나한텐 그랬으면서 본인은 왜 그런데?"

그녀가 마지막 경고처럼 했던 말이 떠오른다.

그렇다면 답은 정해져 있었다. 제 속에 있었던 지옥을 솔직히 꺼내 보이는 것.

"내가 여길 찾아냈고, 샀고, 혼자만의 성을 만든 이유 때문이지."

그의 말에 주영의 눈망울이 흔들렸다. 혼자만의 성. 그 단어가 유독 뇌리에 꽂혔다.

"숨고 싶었을 때가 있었거든."

"숨고 싶었을 때요?"

그녀가 흔들리는 목소리로 되묻자, 그가 주영의 손을 붙잡았다. 그리고 어느새 멈췄던 걸음을 다시 옮겼다.

"기억을 모두 잃고, 아무도 나에 대해 이야기를 해 주지 않는 거야. 내가 이름은 맞나, 내 나이는 맞나, 그런 생각을 하던 찰나에 수첩을 봤어. 그런데 더 혼란스러워졌어."

과거 어머니의 존재를 찾기 위해 적었던 수첩 내용은 그를 지옥으로 몰아넣는 기분이었다. 온통 술집 여자들만 기록되어 있는 수첩. 그 수첩을 보며 그는 세상에서 사라지고 싶은 마음이 들었다.

"얼마나 문란하게 놀았으면 이런 걸 따로 적어 두나, 라는 단순한 생각을 했던 거지."

"이젠 아니란 거 알잖아요."

"그래, 그렇기 때문에 너랑 이곳에 올 수 있었던 거지."

그가 주영을 보며 웃은 후 허리를 굽힌다. 이름 모를 잡초가 꽃을 피웠다. 노란 꽃송이 하나를 매만지던 그가 줄기를 꺾었다.

주영의 귀 위에 꽂아 준 그가 키득키득 웃자, 주영이 도끼눈을 떴지만 꽃을 빼진 않는다.

"장난이나 하고."

"분위기가 어색한 건 싫어. 아직 이런 이야기를 하는 것도 어렵고."

"그럼 지금부터 충분히 연습을 해요. 우린 속에 있는 이야기를 좀 더 자세히 할 필요가 있어요."

"알았어."

짧게 말을 마친 그가 주영의 손을 붙잡았다. 그리고 다시 어깨를 맞대고 천천히 아무도 없는 그 숲을 걷기 시작했다.

도란도란 이야기를 나누며 함께 걷던 둘이 걸음을 멈춘 것은 그 후로 상당한 시간이 흐른 뒤였다. 하늘이 가려진 숲은 시간을 묘하게 삼키곤 한다, 지금처럼.

주영이 허기가 지는지 납작한 배를 쓰다듬으며 말했다.

"아, 배고프다."

"돌아갈까? 밥 먹고 또 나와도 되니까."

"네, 좋아요."

몸을 돌린 두 사람이 걸어왔던 길을 되돌아갔다.

"도시락이 맛있어야 할 텐데."

"맛있게 먹어 주기만 하면 되는 거 아니야?"

"충분하죠, 그걸로."

새소리의 지저귐과 두 사람의 대화 소리만이 하모니가 되어

고요한 숲을 울렸다.

2층 침실, 넓은 그의 품에 안겨 있는 주영은 뻥 뚫린 천장 너머로 보이는 밤하늘을 보았다.

이번에도 역시나 그의 말이 맞았다. 하늘 위에 총총히 박힌 별은 쏟아질 것처럼 아름다웠다.

주영이 나른한 눈을 깜빡이며 말했다.

“너무 먼 길을 돌아온 것 같아요.”

방금 전까지만 해도 격정적으로 사랑을 나눴다고는 믿을 수 없을 만큼 평화로운 목소리였다. 모든 것이 제자리로 돌아온 후, 그녀는 그의 품에 안길 때마다 마음의 평온을 얻었다. 지금처럼.

그가 주영과 같은 곳을 바라보았다. 지금은 그저 주영의 말을 들어주는 것이 그가 해야 할 일이라는 것을 알고 있기 때문에.

“그런데 원망스럽지가 않아. 그때 당시엔 저 하늘이 무척 원망스러웠는데, 지금은 그렇지가 않아요.”

“…….”

“더 단단해진 기분이에요.”

그녀의 말에 혜성이 그녀의 몸을 제 쪽으로 더욱 끌어당겼다. 두 사람의 나체가 닿았지만 그는 그녀의 이마에 다정하게 입술만 맞출 뿐이었다.

그가 읊조리듯 말했다.

"그 상태로 계속 만났으면 힘들었을 거야. 행복하긴 했겠지만."

"이하동감."

짧은 주영의 말에 그가 고개를 돌려 주영과 눈을 마주했다. 이야기를 시작하고서 처음으로 맞추는 시선. 두 사람의 눈동자 모두 '이해'라는 감정으로 뒤섞여 있었다.

손을 올린 그녀가 혜성의 단단한 턱을 쓰다듬으며 우울하게 말했다.

"안녕이라고 말했던 거 미안해요."

언젠가 한 번은 사과의 말을 하고 싶었다. 아무리 힘든 상황이라 하더라도 그 말만은 하지 말았어야 한다고 생각했으니까.

그 말에 그가 '아니야'라고 답했다. 그리고 그녀가 가장 듣기 싫어하는 '미안해'라는 말 대신 '사랑해'라고 속살거렸다.

그제야 주영의 얼굴이 조금 밝아진다. 이제 그들은 거리낌 없이 사랑할 수 있는 위치에 놓여 있었으니까. 예전처럼 언제 부모님의 뜻에 의해 갈라서야 할까, 두려움에 살지 않아도 되니까.

그녀가 한숨처럼 말했다.

"이젠 매일 아침을 그 인사로 당신과 시작할 수 있다니, 기뻐요."

그가 팔꿈치를 세워 주영을 위에서 아래로 내려다보았다. 그리고 사랑스러운 말을 내뱉은 입술이 예뻐 미치겠다는 듯 그녀를 내려다보았다.

그녀의 눈망울도 흥분으로 물들었다. 사랑의 맹세를 한 이후의 분위기는 뜨겁고, 달콤하다.

녹아내릴 것처럼 나긋한 표정을 짓고 있는 주영을 눈에 담고 또 담던 그가 그녀의 몸 위에 제 체중을 싣더니 천천히 고개를 내린다. 비스듬히 맞춰진 입술 사이로 처음엔 호흡이 오고 갔다. 숨결은 그들의 분위기만큼이나 달달했다.

치열을 부드럽게 훑던 혀가 그녀의 혀를 옭아매고, 손길은 지난 정사의 여운이 가시지 않은 아랫도리를 더듬었다. 축축하게 젖어 있는 여성은 모든 준비를 마쳤다는 듯 그의 손가락을 꽉 물었다.

동작에 망설임은 없었다. 허벅지를 들어 제 허리에 감싸게 한 그가 불기둥처럼 단단한 남성을 붙잡고 그녀의 여성 표면을 문질렀다. 홍수가 난 듯 꿀물이 터져 나온다. 남성의 끝머리를 축축하게 적실 만큼.

"애만 태우고."

주영은 들어올 것처럼 들어오지 않는 남성에 애가 타는지 그의 팔을 붙들며 말했다. 이에 그가 기다렸다는 듯 남성을 여성 안으로 찔러 넣었고, 그녀는 그와 동시에 제 안을 가득 채우는 포만감을 느꼈다.

"으응!"

그의 허리 짓에 따라 가슴이 춤을 추고, 음악에 맞춰 그녀가 노래를 불렀다.

그들의 위로 별이 쏟아졌다.

우르르.

그들의 사랑처럼.

저 멀리 대운그룹 본사가 보였다. 차가 꽉꽉 막혀 이곳까지 오는 데 평소보다 30분은 더 걸렸으나 주영은 짜증스러운 기색 하나 없이 운전을 하고 있는 혜성을 보았다.

시간은 더 오래 걸렸지만 그와 나누는 대화 때문일까. 유독 시간이 짧게 느껴졌다. 열심히 일을 하고 다시 그를 만나면 될 일이었지만, 잠시의 이별도 아쉽다는 듯 입맛을 쩝쩝 다셨다.

"혜성 씨, 오늘 늦어요?"

"음. 오늘은 조금 늦을 것 같은데."

"에이. 저녁 같이 먹자고 하려고 했더니."

"저녁?"

"네. 저녁 같이 안 먹은 지 오래됐잖아요."

최근 그녀는 '대운 자선사업' 을 출범하고 도울 사람들을 모색하느라 바빴다. 1차로 어린 환우들을 돕기로 되어 있었으나, 2차에선 좀 더 많은 사람들을 돕기 위해 많은 병원에 공조를 해 둔 상황이었다. 그러면서 더욱 많은 자금을 조달하기 위해 최근 연이어 회의가 이어지고 있었다.

거기까지면 다행이었지만 그녀를 돕기로 마음먹은 이 이사의 혹독한 교육이 이어지면서, 이러니까 사람들이 '돌연사' 하는구나, 하고 느낄 정도였다.

그건 혜성 또한 마찬가지였다. 고려호텔에 되어 있던 예약을 정리하고, 호텔 직원들의 처우에 대해 골머리를 썩고 있었고, 고려그룹 본사로 들어가기 위해 박차를 가하고 있었다. 주식을 받으면서 수천억 원에 달하는 양도세를 모두 치르고, 다음 주부턴 고려그룹 본사로 출근해야 했기에 그가 익혀야 할 것들도 한둘이 아니었다.

그녀의 얼굴에 아쉬움이 뚝뚝 떨어지자, 그는 오늘 해야 할 일들을 떠올렸다. 그러다가 여기서 결정 내릴 문제가 아니라고 생각한 후 말했다.

"스케줄 조정할 수 있는지 알아볼게."

"그렇게까지 할 필요는 없는데……."

"우주영 씨, 거짓말을 하려면 입에 침이나 바르고 하셔요."

"치, 다 보여요?"

"보이고말고."

내가 너에 대해 모르는 게 과연 있을까?

당당하게 이어진 뒷말에 그녀가 기가 막히다는 듯 피식 웃더니 차 문을 열었다. 조금 더 그와 시간을 보내도 되었지만, 그도 한 회사의 오너였기 때문에 더 붙잡아 두고 있을 수는 없었다.

"그럼 연락 줘요."

"어."

짧은 답에 주영이 문을 닫았다. 차가 빠르게 제 시야에서 사라지자 그녀도 몸을 돌려 회사로 향했다.

"좋은 아침입니다, 부사장님."

"좋은 아침이에요."

인사를 건네는 사람들에게 일일이 인사를 한 그녀가 엘리베이터로 향했다. 직원 엘리베이터로 향한 그녀는 옆에서 흠칫 놀라는 직원의 모습에 고개를 기울였다.

"왜 그렇게 놀라요, 김미연 씨?"

"아…… 그, 그게."

주영이 미연의 목에 걸려 있는 사원증을 보며 묻자, 그녀는 어떻게 답을 해야 할지 모르겠다는 듯 당황했다. 그 모습에 주영이 작게 웃음을 내뱉었다.

"안 잡아먹어요."

"아, 네. 죄송합니다."

"죄송할 것도 없고요."

가벼운 웃음이 담겨 있는 목소리에 미연은 혹여 주영의 심기를 건드린 건 아닐까, 걱정하던 마음을 내려놓았다. 그녀의 표정은 정말 유쾌해 보였으니까.

엘리베이터에 올라 가장 높은 층으로 향한 그녀가 비서들의 인사를 받으며 제 사무실로 향했다. 으레 그랬듯 자리에 앉자마자 향긋한 원두향의 커피가 제 자리에 놓였고, 수많은 파일들도 와르르 쏟아졌다.

끔찍하게 느껴질 만큼 많은 일거리에 그녀가 사색이 되자 정 비서가 웃음을 삼키며 물었다.

"왜 그러십니까? 엄살이라도 부리고 싶어지셨어요?"

"설마요. 그냥 볼 때마다 매번 놀랄 뿐이에요."

"위치가 높은 만큼 책임감 또한 커지죠. 오늘 일정입니다. 오전 11시에 대운전자, 1시엔 대운화학 방문이 있습니다. 3시엔 재단 사무실로 가시기로 되어 있습니다. 오늘 외부 약속은 없습니다."

"네."

일거리를 잔뜩 안겨 주고도 오늘 하루 스케줄을 줄줄 읊는 정 비서가 매정하다고도 느껴졌지만, 그의 말에 하등 틀린 점이 없었다.

위치가 높아지는 만큼 책임감도 따른다.

그랬기에 그녀 또한 더욱 힘차게 달려야 했다.

주영이 시무룩하게 고개를 숙이자, 정 비서가 한마디 위로의 말을 하려고 할 때였다. 주영의 핸드백에 들어 있던 휴대전화가 울렸다.

그녀가 휴대전화를 꺼내 액정을 보자 그의 이름이 떠 있었다. 순식간에 표정을 바꾼 그녀가 전화를 받아 들었다.

"방금 전에 헤어졌는데, 어쩐 일이에요?"

— 저녁 약속 때문에. 일정 조율했어. 그런데 호텔 일이 일곱 시쯤 끝날 것 같아서. 호텔에서 볼까?

"아, 우리 맞선 장소?"

그녀가 장난스럽게 답하자 전화 너머에서 잠시의 침묵 후 웃음이 와르륵 쏟아졌다.

— 아찔했지.

"흠, 내 복수가 성공했었군. 그것도 아주 제대로."

— 그래.

통화가 길어지자 정 비서가 사무실을 나설지 말지 고민했다. 눈이 마주친 주영이 고개를 끄덕이자, 정 비서가 고갯짓으로 인사를 한 후 몸을 돌린다.

사무실을 나선 그가 문을 닫은 후 숨기고 있던 마음을 표정으로 드러냈다.

"저렇게도 좋으실까."

고개를 절레절레 젓는 와중에도 그의 입가에 맺힌 웃음은 떠나지 않는다. 우 회장이 걱정했던 것과는 달리, 그녀는 아주 행복해 보였으니까.

아홉 시부터 급한 서류부터 훑어본 그녀가 사무실을 나선 것은 정확하게 열 시가 되어서였다. 정확히 열 시 오십 분에 대운전자에 도착한 그녀는 최근 그녀가 직접 뽑아 올린 CEO와 이야기를 했다. 그가 직접 그룹을 방문해도 되었지만 바쁜 사람을 괜히 불러 일을 방해하는 것보단 직접 가는 것이 좋겠다는 판단 때문이었다.

해외에 있는 유능한 인재를 대거 기용하겠다는 그의 의사에도 그녀는 얼마가 되었든 간에 원하는 것이 있다면 하라고 지시했다.

정확하게 열두 시에 대운전자를 나선 그녀는 식사를 함께했으면 좋겠다는 말에도 경기도에 있는 대운화학을 가 봐야 한다며 식사는 다음에 하자고 미뤘다. 그리고 한 시간 사십 분을 도로에서 보내며 도시락으로 간단히 식사를 때웠다.

밥이 목으로 들어가는지 코로 들어가는지도 모를 지경이었지만, 최근 이런 삶에 꽤 익숙해져 있었던 터라 그녀는 이동 도중에도 일거리를 손에서 놓지 않았다.

화학에 도착해 그곳에서 최근에 이룬 성과들에 대한 브리핑을 들은 후에 본사로 돌아왔다.

1분, 1초 단위로 쪼개 스케줄을 소화한 그녀는 예상보다 5분 늦게 사무실에 도착해 미뤄 두었던 일거리를 집어 들었다. 그녀의 손길을 기다리는 일들이 너무나 많았다.

똑똑.

한창 일에 몰두할 때였다. 화면 구석에 있는 시계를 확인하자 그녀가 사무실로 돌아온 지 벌써 네 시간여 정도 흘러 있었다.

"방금 뜬 기사입니다."

정 비서가 파일을 건넸다. 최근엔 종이 신문이 거의 제 역할을 하지 못하고 있었다. 워낙 빠르게 인터넷 신문으로 소식들이 전해졌고, 무섭게 전파되었으니까.

파일을 열어 확인하자 〈대운재단〉에서 환우를 돕는다는 소식이 전해져 있었다. 심장이 아파도 수술비가 없어 차일피일 수술을 미루는 어린 환우들을 위주로 선택했다. 그중 다섯 명의 아이는 이미 수술을 마쳤다.

"여론이 좋네요."

재벌들이 이런 일에도 앞장서야 한다는 기사와 함께 덧글들은 대운에 대한 칭찬 일색이었다. 돈 벌기에만 혈안이 되었던 그룹은 최근 그녀를 수장으로 세우면서부터 변화하기 시작했고, 청년실업 문제도 해결하기 위해 작년 대비 20% 더 많은 직원을 뽑겠다고 발표까지 하면서 부정적인 이미지들이 많이 가신 모양이었다.

"기업 전체에 대한 반응도 좋습니다. 그리고 여직원들을 위해 유치원을 설치한다는 것도, 여직원은 물론 남자직원들까지 반응이 좋습니다."

"아, 그건 어떻게 진행되고 있나요?"

"서울, 경기권의 경우엔 이번 달까지 1층에 마련할 예정이고, 지방의 경우 조금 더 시간이 걸릴 것 같습니다. 현행법대로 시공을 하지 못하는 곳은 근처에 직원들 전용으로 마련할 예정이고요."

"좋네요."

그녀가 만족했다는 듯 고개를 끄덕이자, 정 비서가 따스한 미소를 짓는다.

"복지 쪽으로 나설진 몰랐습니다."

"아, 그래요?"

"네. 보통은 성과를 내기 위해 노력하지 않습니까."

그의 말에 주영이 탁 소리를 내며 파일을 덮었다. 그리고 화면에 떠 있는 직원 게시판을 보았다. 그녀에 대한 고마움으로 게시판이 도배되어 있었다.

"대운에 가장 부족한 게 뭔지 생각을 해 보았어요. 이미지메이킹부터 해야겠더라고요. 그래서 재단을 생각했어요."

그녀의 말에 정 비서가 고개를 끄덕였다. 그에 대한 일은 그를 통해 직접 지시하였기에 알고 있었지만, 놀이방 같은 경우에는 정 비서를 통해서가 아닌 정연 씨를 통해 진행해, 일이 어느 정도 진행된 후에야 알았다. 후에 거기에 대해 섭섭한 마음을 드러내자 주영이 곤란한 웃음부터 지었다.

"아, 정연 씨가 유일하게 여자잖아요. 본인이 필요하면 더 꼼꼼하게 진행할 것 같았어요."

그녀의 말에 정 비서는 그제야 무릎을 쳤다. 인사부에서 진행을 해도 되었지만 주영이 직접 챙기고 싶었기에 정연을 통해 일정지시를 내렸고, 유치원이 간절했던 그녀는 그 어느 때보다 빠르게 일처리를 했다.

"밖의 이미지만 챙기면 우리 직원들 서운해하겠구나, 생각해서 유치원을 생각했고요."

"이다음은 뭡니까?"

"생각 중이에요. 야근 없애기를 할까, 하고요. 돈으로 하는 것보단 이런 변화가 더 좋을 것 같아서요."

"찬성입니다."

그의 말에 주영이 키득키득 웃었다.

가볍게 웃음을 터뜨리는 그녀의 모습을 보던 정 비서가 물었다.

"결혼식 준비는 잘되어 가고 계십니까?"

주영이 고개를 끄덕인다.

"언론엔 시끄럽게 알렸는데, 비밀로 해야 하니 어렵죠."

"어디서 하십니까?"

그의 물음에 주영이 눈을 동그랗게 뜨며 물었다.

"정 비서님도 궁금하세요?"

두 사람의 결혼식 장소는 당사자들만 알고 있었다. 그래야 비밀도 잘 지켜지니까.

"당연한 것 아닙니까?"

"그렇군요."

그녀가 고개를 끄덕였다. 그런 후 느슨하게 턱을 괴며 고개를 기울인다.

결혼식은 다음 주였다. 장소는,

"추억이 많은 곳에서 해요."

두 사람의 추억이 아주 가득한 곳.

그곳에서 두 사람은 편지를 읽고 평생을 약속하기로 했다.

"추억이 많은 곳?"

이해 못 할 말에 정 비서가 고개를 옆으로 기울이자 그녀가 눈을 반짝였다.

"네, 추억이 아주 많은 곳."

기억하기만 해도 기쁨이 가득 찬 표정을 짓는 곳이라고.

자신에게까지 비밀을 유지하는 모습에 정 비서가 고개를 절레절레 저었다. 주영도 그렇고 혜성도 그렇고 가끔 보면 이 세계와 참 어울리지 않는 사람들이란 생각이 들었다. 신비주의를 콘셉트처럼 여기는 사람들이 아닌, 정말로 시선을 즐기지 않는 사람들이었으니까.

하지만 사람들은 재벌의 삶을 궁금해했고, 그 둘의 얼굴을 알고 있었다. 그러니 데이트 또한 평범하게 하는 것은 무리였다.

거기까지 생각이 닿자 정 비서가 시계를 확인하며 물었다.

"오늘 저녁에 사장님과 약속이 있다고 하지 않으셨습니까? 일어나셔야 하십니다."

"아, 벌써 시간이 이렇게 됐네요."

이제 퇴근을 해야 할 시각이었다. 그녀가 서둘러 자리에서 일어나 주섬주섬 짐을 꾸리자, 정 비서가 마치 딸아이를 보는 것처럼 다정한 눈빛으로 말한다.

"즐거운 데이트 되세요."

❖

고려호텔이 역사 속으로 사라진다는 소식이 처음 전해졌을 때만 해도 많은 사람들이 이곳을 찾았다. 하지만 이젠 그 분위기조차 시들해진 것인지, 스카이라운지 안엔 직원 몇몇만 근심이 가득한 얼굴로 지키고 있을 뿐이었다.

한강이 한눈에 내려다보이는 뷰가 좋은 자리. 인간이 만들어 낸 야경은 멀리서 보면 너무나 아름다워 시선을 뗄 수가 없었다.

한참이고 창밖을 보던 그녀가 고개를 숙여 시간을 확인했다. 일곱 시 십오 분이었다. 그의 일이 길어지는 것인지, 약속시간이 훌쩍 지난 시간에 그녀가 한숨을 쉰다. 그도 그녀처럼 시간 약속을 목숨처럼 여기는 이였으니 또 골치 아픈 일에 골머리를 썩고 있는 모양이었다.

"후."

한숨을 내뱉은 그녀가 엘리베이터에서 시선을 뗀 후 파우치를 꺼냈다. 다시 한 번 거울로 화장 상태를 확인하던 그녀는 갑작스러운 인기척에 파우더를 내린다.

드르륵.

의자가 끌리는 소리와 함께 멋들어진 슈트를 입은 그가 유려한 동작으로 의자에 앉았다. 그의 모습에 주영이 '왔어요?' 라고 물으려던 찰나다. 엄청난 일이라도 겪은 듯 굳은 얼굴로 자신을 바라보는 그의 눈빛에 주영의 입술이 굳게 다물렸다.

무슨 일이지?

검은 눈동자에 무심함이 흐르자 그녀가 당황해 어떠한 말도 하지 못했다.

그가 관찰하는 시선으로 주영의 훑었다.

꼴깍.

그 시선에 긴장한 듯 주영이 침을 꼴깍 삼키자 그가 고저 없는 목소리로 말했다.

"사실, 전 결혼에 대해 큰 관심이 없습니다."

'에?' 라는 답이 나갈 뻔했다. 순간 너무 당황해서.

그러다가 뭔가 떠오르는 생각이 있는지 서둘러 주위를 둘러보았다.

그러고 보니 직원이 자신을 안내한 자리는 그녀와 그가 1년여 만에 다시 재회를 했던 곳이었다. 이곳에서 그녀는 자신의 속마음을 숨긴 채 그를 다시 만났고, 저러한 소리를 들었었다.

무슨 꿍꿍이냐는 듯 그를 바라보던 주영이 장단을 맞춰 주듯 말했다.

"네, 그러시군요."

앵무새처럼 건조한 목소리로. 그러자 그녀의 답을 기다리던 그가 망설임 없이 입술을 뗀다.

"결혼은 사업의 연장선이죠."

그의 말에 주영이 도대체 '무슨 꿍꿍이예요?' 라고 물으려 했다. 하지만 그는 그녀가 말할 틈도 주지 않은 채 말을 이었다.

"사랑이란 허상을 가지고 하는 것이 아니니까요."

"강혜성 씨."

이런 장난 재미없어요.

그녀가 자신을 쏘아보자, 그제야 지루한 듯 떠 있던 눈에 빛이 스며든다.

"그런데 당신을 만나서 바뀌었습니다."

나지막한 목소리에 주영의 고개가 옆으로 기울었다. 그러다 이제야 그가 하고자 하는 것이 무엇인지 이해한 듯 말했다.

"그렇군요."

다시 재회했던 그 날을 바꾸고 싶었을 것이다. 시간을 되돌릴 수는 없을 테니, 그 장소에 와서 그는 사과를 하듯 이런 우스꽝스러운 일을 하고 있는 것이다.

아찔했던 그 맞선을.

"저랑 같으시군요?"

그녀의 말에 그의 입술 끝이 크게 휘어 올라갔다. 매혹적인 입술을 타고 흘러나온 말.

"생각이 맞으면, 우리 결혼할까요?"

그의 말에 그녀가 짐짓 모른 척 물었다.

"그러다가 사랑하는 사람이 나타나면요?"

그가 순간 당황한 듯 눈을 크게 떴다. 그러다가 곧 질투로 얼굴을 일그러뜨렸다.

"어떤 놈을 사랑한다는 거야? 세상에 나보다 좋은 남자는 없어."

크르릉.

낮은 분노에 그녀가 깔깔 웃음을 터뜨렸다.

"그걸 어떻게 믿어요? 평생 당신만 만났는데."

"그건 나도 마찬가지야."

그가 고개를 팩 돌렸다. 단단히 토라진 모습에 주영이 순간 당황했다.

뭐야, 삐진 거야?

처음 보는 모습에 그녀가 어떻게 반응해야 할지 몰라 할 때였다.

눈길만 슬쩍 돌린 그가 그 어떠한 미사여구보다 달콤한 말을 꺼냈다.

"처음도 마지막도 너야."

처음도 마지막도 너.

두 사람 모두 그랬다.

아마도, 평생.

—*fin*

에필로그

커다란 저수지가 있는 강원도 별장은 예전 주영과 혜성이 시간이 날 때마다 오던 곳이었다. 이곳에서 낚시도 하고 조용히 사색도 즐기며 보냈던 시간들은 아직도 두 사람에겐 큰 추억이었다.

그가 변했던 때에도 이곳에서 있었던 일을 무척 그리워했다. 그래서 기억을 잃은 그가 예전엔 무슨 일을 하며 보냈냐는 물음에 이곳부터 떠올리며 말을 했었다.

그런 장소에서 두 사람은 작은 결혼식을 올리기로 했다. 양가 부모님은 모두 없는 결혼식.

고아가 되어 버린 주영과 친부를 이곳에 초대할 수 없는 혜성은 두 사람만 조용히 시간을 보내기로 하였다. 앞으론 그녀도, 그도 무척 바빠져 한가롭게 시간을 보낼 수 없을 테니까.

아침 일찍 별장에 도착한 두 사람은 미리 와 있던 사람들의 손길에 이끌려 각자 다른 방으로 가게 되었다. 먼저 턱시도를 갈아입고 밖으로 나온 그는 시간이 흘러도 열릴 생각이 없는 문을 노려보다가 성급히 걸음을 옮겼다.

벌컥!

거칠게 문을 열고 안으로 들어온 그는 드레스를 입고서 화장대 앞에 앉아 있는 주영을 보았다. 거울에 비친 모습을 보아하니 갑작스레 등장한 그 때문에 화들짝 놀란 것 같았다.

그녀는 예뻤다. 두 사람이 직접 고른 미니드레스를 입고 있는 주영은 소녀처럼 보였다.

이런 모습을 꽁꽁 숨기고 보여 주지 않다니. 그가 미간을 찡긋거렸다.

"아꼈다가 보여 주는 것도 좋지만 내 입장도 좀 생각해 주지?"

"에? 아직 준비가……."

덜 끝났는데요?

그녀의 말이 끝나기도 전이었다. 그가 예상이라도 한 것처럼 말한 것은.

"예뻐."

"……."

주영이 아무런 말도 하지 못하자 곁에 있던 플래너가 박수를 치며 호들갑을 떨었다.

"어머, 그래도 오늘 같은 날은 좀 기다려 주셔야죠! 그래도 이제 티아라만 하면 되니까……."

"제가 하겠습니다."

"네?"

그의 말뜻을 알아듣지 못한 플래너가 눈을 동그랗게 뜨며 묻자 그가 성큼성큼 걸음을 옮긴다. 그리고 마치 핀처럼 보이는 꽃 모양의 티아라를 집어 들며 말한다.

"이만 나가 주시겠습니까? 준비는 끝난 것 같은데."

"아…… 아, 네!"

플래너가 주위에 있던 직원들에게 눈짓을 주었다. 그러자 곁에 서서 이 모습을 멍하니 보던 두 사람도 함께 방을 빠져 나간다.

한 걸음, 한 걸음 주영에게 다가간 그가 한쪽 무릎을 굽혔다. 주영을 올려다보던 그가 손을 뻗어 주영의 옆머리를 살짝 넘겨 준 후 티아라를 씌워 준다. 혜성의 손길은 섬세했다. 고개를 뒤로 빼 마지막 모습을 체크하는 것까지 잊지 않은 그가 만족스러운 웃음을 지었다. 그리고 주영에게 손을 내민다.

"갈까?"

"네."

두 사람이 입술 위에 띤 웃음은 꼭 닮아 있었다. 행복으로 점철된 그것은 주위 사람들까지 마음을 몽글몽글하게 만들 만큼 따뜻했고, 완벽했다.

주영의 손을 잡고 밖으로 나온 혜성은 플래너가 건네는 하얀

작약 꽃다발을 받아 들어 주영에게 건넸다.

조심스러운 손길로 부케를 받아 든 그녀가 새삼스레 자신이 고른 꽃을 바라보았다. 탐스러운 꽃망울은 만지면 녹아내릴 것처럼 예뻤다. 그 모습이 마치 솜사탕처럼 보이기도 했다.

둘은 걸음을 옮겨 건물 밖으로 나왔다. 뒷마당엔 단 두 사람을 위한 결혼식이 준비되어 있었다.

절벽 끝에 놓여 있는 테이블로 걸음을 옮기는 두 사람의 걸음은 느렸다. 여기까지 오기 위해 옮겨야 했던 그 걸음걸이만큼이나.

그리고 유리로 만들어진 테이블 앞에 멈춰 선 후에 두 사람의 입에선 동시에 깊은 한숨이 흘러나왔다.

고개를 돌려 자신의 손을 꼭 잡고 있는 주영의 눈망울을 바라보는 그의 눈빛은 복잡했다. 많은 생각이 버무려져 있는 눈동자로 주영을 바라보던 그가 입꼬리를 올리며 매혹적인 웃음을 짓는다.

"여기까지 오는 데 너무 오랜 시간이 걸렸다."

"그렇네요."

"11년이야."

우리가 사랑을 키워 온 게. 그리고 그 시간이 쌓이고 쌓여 오늘 두 사람은 한 가족이 되었다. 주영을 바라보는 눈동자엔 그 시간만큼 쌓여 온 사랑이 가득했다.

손을 뻗어 테이블 위에 있는 종이를 든 그가 오늘을 준비하며 적었던 편지를 보았다. 편지는 짧았다. 하지만 이 편지를 쓰기 위해 그는 꼬박 이틀을 보내야 했다.

"주영아."

그렇게 시작된 편지. 떨리는 목소리로 한 자 한 자 읽어 내리는 그의 모습에 긴장이 흘렀다.

"고마워."

옆에서 그의 모습을 올려다보던 그녀가 살짝 놀란 표정을 지었다. 그는 강심장이었으니까. 특히나 최근엔 이 정도로 떠는 모습을 보지 못했다.

"나랑 있어 줘서."

그러다가 이 이야기를 들으며 그녀는 이해했다.

진심이구나. 진심이기 때문에, 짧은 문장 하나하나를 읽으며 저리도 긴장을 하는구나.

마음이 찡, 하고 울었다.

"날 사랑해 줘서."

그의 말에 주영의 고개가 아래로 떨어졌다.

"나의 동반자가 되어 줘서."

그와 동시에 순식간에 고인 눈물이 아래로 후드득 떨어졌다.

"고마워."

짧은 편지는 그렇게 끝났다. 이제 주영의 차례였다. 하지만 그녀는 눈물을 흘리느라 편지낭독은 무리라고 생각이 될 정도로 몸을 휘청였다.

팔을 뻗은 그가 작은 어깨를 붙잡아 제 품으로 잡아당겼다. 작은 몸이 새처럼 떨린다. 파르르.

"넌 안 읽어 줄 거야?"

그가 나지막한 목소리로 물었다. 목소리엔 웃음이 서려 있었다. 그러자 주영이 불만스럽게 중얼거린다.

"이러는 게 어디 있어. 내가 먼저 읽을 걸 그랬어요."

일렁이는 목소리. 투덜거리듯 읊조린 주영이 그의 품 안으로 폭 파묻혔다.

그의 가슴은 넓다. 모든 것을 포용해 줄 것만 같은 그 품에서 그녀는 안식을 느낀다.

토닥, 토닥.

그가 어깨를 두드리며 귓가에 속살거린다.

"울지 마. 사진 찍어야 하는데 얼굴이 엉망이 되잖아."

공간 안엔 단 두 사람만이 있었다.

하지만 그것으로도 충분하다는 생각이 들었다.

둘로도 '완벽'을 이룬 것 같았으니까.

낚시터가 한눈에 보이는 방.

커다란 창으로 쏟아지는 새벽빛은 어스름했다.

실오라기 하나 걸치지 않은 채 침대에 잠들어 있는 주영의 얼굴은 평온했다. 세상 근심 하나 놓여 있지 않은 얼굴 위로 빛이 스며들며 반짝반짝 빛난다.

주영의 모습을 바라보던 그가 근육의 선이 고스란히 살아 있는 팔을 뻗어 머리카락을 넘겨 주었다. 지난밤의 관계가 고됐던 것일까. 평소라면 눈을 떴겠지만, 지금은 그저 고른 숨소리만 내뱉고 있었다.

그 모습을 보고 또 보았다. 자신의 여자가 잠든 모습을.

그러다가 곁에 놓여 있던 노란색 편지지를 가져왔다.

편지는 어제 주영이 낭독을 해야 했던 편지였다. 하지만 그녀는 눈물을 멈추지 못했고, 기념으로 찍은 사진 속의 그녀는 눈이 퉁퉁 부은 채였다. 사진을 확인한 그녀가 다시 한 번 울먹이며 '이게 뭐야!' 라고 외쳤지만 그 모습조차 귀여워 그는 한참이고 웃어야 했다.

어제 읽지 못했던 편지를, 이젠 아내가 된 주영이 잠든 이 시각 홀로 읽는다. 아직 완연하게 해도 떠오르지 않는 그 시각에.

혜성 씨.

편지를 쓰려 하니, 어색한 마음부터 들어요. 그러고 보니 그 긴 시간 동안 연애편지 한 장 쓰지 않았다 생각도 들고요. 그래서일까, 결혼식 때 낭독해야 하는 편지라기보단 연애편지처럼 느껴져요.

당신이 기억을 잃고 난 후, 난 너무나 많은 생각을 했거든요.

처음엔 화가 났어요. 나와 우리의 보물을 잊을 수가 있나, 하고.

그다음엔 당신에게 미안한 마음도 들었어요.

당신에게 아무런 힘도 되어 주지 못했다는 생각을 했거든요. 강 회장님의 모진 핍박을 홀로 받아 내야 했던 당신의 그 상황을 내가 겪으면서부터는 과거의 선배가 너무나 안쓰러워 견딜 수가 없었거든.

그래서, 그래서 포기하지 못했어요. 어떻게 해서든 당신과 함께 있고 싶었어. 당신에게 보상을 해 주고 싶은 마음만 들었어. 당신의 모진 말에도 난 그런 생각을 했었어요.

그러다 우리도 헤어질 수 있구나. 절대 헤어지지 못할 것 같았던 우리도 안녕을 고할 수 있구나, 라는 생각을 했을 땐 세상이 무너지는 기분이었어요.

혜성 씨는 내 세상이었으니까.

하지만 이젠 당신을 내 세상으로 두지 않을 거예요.

함께 힘낼게요.

함께 우리의 관계를 지키기 위해 노력할 거예요.

그렇게 살아갈게.

사랑해요.

나란 사람을 잊을 정도로.

당신을 앞으로도 그렇게 사랑할게요.

편지를 읽어 내리는 눈동자가 붉게 물들었다. 어느새 낚시터 수면에도 그와 비슷한 색의 해가 물들어 있었다.

후, 그렇게 한숨을 쉴 때였다.

부스럭부스럭. 옆에서 작은 소음이 들리자 그가 고개를 돌렸다. 주영이 멍하니 눈을 깜빡이고 있었다. 아직도 잠기운이 가득한 눈동자를 바라보던 그가 입꼬리를 한껏 끌어 올린다.

"안녕?"

쪽.

그가 이마에 입을 맞췄다.

이제 두 사람이 고해야 할 안녕은 그거다.

내일 아침 짧은 입맞춤과 함께 '잘 잤니?' 라는 인사. 그 인사에 주영이 웃으며 화답했다.

"안녕하세요."

외전

서울은 빌딩으로 만든 숲이다.

길을 걸을 때면 가끔은 너무 높은 건물 때문에 하늘이 좁게만 보이고, 밤에도 활동적으로 지내기 위해 인위적으로 만든 불빛이 빼곡한 곳.

사람들은 그 좁은 하늘조차도 보지 못할 정도로 바쁘고, 도로 위는 주차장을 방불케 할 정도로 차들로 꽉꽉 막혀 있다.

사람들은 주위 사람들을 돌보지 못하고 제 시간도, 휴식도 없이 굴러가는 24시간에 지친다. 그리고 어떻게든 쉬고 싶어 발악을 한다.

하지만 서울 노른자 땅은 한 사람이 태어나 평생을 꼬박 돈만 모아도 사지 못할 정도이니, 대부분은 기업들의, 개인의 돈벌이

수단으로만 이용한다.

그런 땅이었다. 이곳도. 몇 해 전까지만 해도 대한민국에서 최고라 손꼽히는 고려호텔이 있었던 자리는 현재 넓은 잔디가 차지하고 있었다.

다른 공원처럼 사람들을 위해 벤치를 만들거나, 운동기구를 가져다 놓지는 않았다. 누구나 자유롭게 잔디밭으로 들어와 휴식을 취할 수 있고, 잔디를 밟는다 하여 뭐라고 하는 사람들도 없었다. 아이들은 도심에서 흙을 밟고 자랄 수 있게 되었고, 연인은 한가롭게 앉아 속닥속닥 이야기를 나누며 시간을 보내게 된다.

〈아카시아 공원〉이라고 불리는 이곳은 이젠 서울 도심 사람들에겐 이젠 삶의 터전이 되어 버렸다.

4월, 아카시아의 계절이 왔다.

부쩍 따스해진 햇살에 사람들은 오늘도 공원을 찾아 돗자리를 깔고 앉아 이야기를 나누고 있었다. 낮부터 시작된 사람들의 발길은 늦은 저녁이 되어서까지도 끊이지 않았다.

주로 가족단위였던 낮과는 달리 연인들만 자리를 잡은 시각. 검은색 차량 한 대가 공원 앞에 멈춰 서더니 한 가족이 내린다.

운전석에서 남자는 40대 중반이었으나 나이보다 어려 보였다. 편안한 캐주얼 차림의 그는 평소 슈트를 입는 사람이란 걸 보여주듯 반듯하게 세운 자세와 잘 빗어 넘긴 머리카락은 멋스러운 분위기를 풍겼고, 새하얀 얼굴은 지나가는 사람들이 한 번쯤 힐끗 바라볼 정도로 반들반들했다.

뒷좌석으로 향한 남자가 문을 열어 주자 차 안엔 자그마한 아이를 안은 여자가 앉아 있었다. 그녀가 난감하다는 듯 작은 목소리로 말했다.

"쉿, 잠들었어요."

"이런."

난감하다는 듯 짧게 말을 뱉은 남자가 팔을 뻗으며 말했다.

"현서 이리 줘."

그의 말에 아이를 건네준 여자가 차에서 내린다. 여자도 남자와 마찬가지로 묘한 분위기를 풍기고 있었다. 머리카락은 귀밑에서 흔들릴 정도로 짧아 자칫 남성스럽게 보였지만, 커다란 눈망울과 도톰한 입술은 고혹적이었다.

여자가 자신의 옆에서 싱긋 웃자, 다섯 살 딸아이 현서를 안은 그와 그녀가 천천히 걸음을 옮겨 공원으로 향한다.

예전, 이곳은 남자에게 상처가 되는 건물이 있었던 곳이다. 하지만 지금은 여자가 좋아하는 커다란 아카시아 나무가 사람들에게 위안을 주는 장소가 되었다. 시간이 흐르면서 남자의 기억은 조금씩 흐려졌지만, 여전히 이곳은 그의 심장을 시큰하게 만들었다.

이런 그의 기분을 잘 아는지 곁에서 보폭을 맞춰 걷던 여자가 말했다.

"와, 꽃향기 좋다."

싱그러운 웃음에 구겨졌던 그의 미간이 조금은 반듯하게 펴진다. 그리고 인파 속으로 숨어들며 따스한 웃음을 짓는다.

"그럼 좀 더 걸을까?"

건물이 무너질 때 통렬하게 울었던 그가, 지금은 평생을 함께 걸을 가족과 함께 이곳에서 웃고 있다.

그렇게, 조금씩, 사랑으로 평온을 찾아가고 있었다.

작가 후기

안녕하세요, 정이연입니다. 이렇게 또 인사를 드릴 수 있게 되어 기쁩니다. 이 작품은 정말, 앞선 작품들보다 정신적으로도 육체적으로도 힘든 상황에 놓여 있을 때 쓴 작품이어서, 완성함에 더더욱 기쁜 마음이 큽니다.

남주와 남조를 동시에 하느라 제 작품 중에 남자주인공이 제일 바쁜 작품이었습니다(연재 때 홀로 다 해먹어라! 라는 말을 몇 번이나 들었는지 모릅니다).

조금 더 상황이 좋아서, 조금 더 제 글 솜씨가 좋았다면 이 시놉시스를 더 재미있게 쓸 수 있지 않을까, 라는 생각도 유독 많이 든 작품이었습니다.

그래서 유독 마침표를 찍는 이 순간이 두렵습니다. 어떻게 읽으셨을지, 라고요.

힘겹게 한 작품을 마무리 지었으니, 이제 전 조금 휴식을 가지고자 합니다.

좋은 곳에 가 책도 읽고 싶고, 아무것도 하지 않은 채 하루 종일 멍하게 있고 싶기도 하며, 집필 때문에 미뤄 뒀던 일들도 하나씩 하고자 합니다.

그렇게 전 또 다음을 기약합니다.

다음엔 조금 더 쑥쑥 커 있는 제가 되길, 그렇게 바라 봅니다.

— 무더위가 찾아오는 날,

정이연 올림

아·찔·한 맞선

초판 1쇄 찍음 2015년 6월 22일
초판 1쇄 펴냄 2015년 6월 26일

지은이 | 정이연
펴낸이 | 정 필
펴낸곳 | **(주)뿔미디어**

편집장 | 이재권
기획 · 편집 | 정시연

출판등록 | 2002년 9월 11일 (제1081-1-132호)
주소 | 경기도 부천시 원미구 소향로 17, 303(두성프라자)
전화 | 032)651-6513 / 팩스 | 032)651-6094
E-mail | dahyangs@naver.com
블로그 | http://blog.naver.com/dahyangs
홈페이지 | http://bbulmedia.com

값 9,000원

ISBN 979-11-315-6526-1 03810

※파본은 구입하신 서점에서 교환하여 드립니다.

www.bbulmedia.com

www.bbulmedia.com